DROEMER

Über den Autor:
Matt Haig, Jahrgang 1975, ist ein britischer Autor. Seine eigenen Erfahrungen mit Depressionen und Angststörungen sind auch stets ein zentrales Thema in seinen Büchern. Zuletzt sind von ihm das Sachbuch »The Comfort Book« sowie die Romane »Ich und die Menschen« und der Bestseller »Die Mitternachtsbibliothek« erschienen. Im August 2024 erscheint sein neuer Roman »Die Unmöglichkeit des Lebens«. Matt Haig lebt mit seiner Familie in Brighton.

MATT HAIG

FÜR IMMER, EUER PRINCE

Roman

Aus dem Englischen
von Tatjana Kruse

DROEMER

Die englische Originalausgabe erschien unter dem Titel
»The Last Family in England« bei Jonathan Cape, London.

Besuchen Sie uns im Internet:
www.droemer-knaur.de

MIX
Papier | Fördert gute Waldnutzung
FSC® C014496

Taschenbuchausgabe September 2024

Ein Imprint der Verlagsgruppe
Droemer Knaur GmbH & Co. KG, München
Die deutsche Erstausgabe erschien 2007 im
Goldmann Verlag, München.

Published by arrangement with Canongate Books Ltd,
14 High Street, Edinburgh EH1 1TE
Covergestaltung: Verlagsgruppe Droemer Knaur
nach einem Design von Peter Adlington
Coverabbildung: Peter Adlington
Satz und Layout: Adobe InDesign im Verlag
Druck und Bindung: GGP Media GmbH, Pößneck
ISBN 978-3-426-30832-5

2 4 5 3 1

Für Andrea

Für die Sicherheit seiner Familie zu sorgen
ist die wichtigste Aufgabe,
die man als Vater und Ehemann hat.

David Beckham

Die Weisheit lässt sich hören in den Gassen,
und niemand achtet ihrer.

William Shakespeare

REDEN

Hunde reden gern.

Wir reden ständig, nonstop. Miteinander, mit Menschen, mit uns selbst. Reden, reden, reden. Natürlich reden wir nicht wie die Menschen. Wir öffnen unsere Schnauze nicht, um uns auf menschliche Weise zu artikulieren. Das können wir nicht. Außerdem wissen wir um die Probleme, die daraus entstehen können. Wir verstehen Wörter, wir verstehen überhaupt alles. Und wir haben eine eigene Sprache, aber unsere Sprache ist etwas Kontinuierliches, das nicht aufhört, sobald wir unsere Kiefer zuklappen. Mit jedem Schnüffeln, jedem Bellen, jedem Schnuppern an einem Hinterteil, jedem Anpinkeln eines Laternenpfahls bringen wir unsere Gedanken zum Ausdruck.

Wenn Sie also die Wahrheit hören wollen, fragen Sie einen Hund.

Natürlich hören die Menschen uns nicht immer. Und natürlich sind sie nicht immer der Ansicht, wir hätten etwas Lohnendes zu sagen. Sie befehlen, wir gehorchen. Sitz. Platz. Gassi. Hier. Hol's. Mehr Unterhaltung wird uns nicht zugestanden. Und mit mehr könnten die meisten Menschen auch gar nicht umgehen.

Aber das schreckt uns nicht ab. Also, andere Rassen nervt diese Situation gewaltig, und manchmal nehmen sie zu einer Ausdrucksweise Zuflucht, die sogar Menschen verstehen können. Was jedoch uns Labradore betrifft, so warten wir gern ab. Außerdem erfahren wir auf diese Weise mehr. Wir lauschen allem. Wir hören die Lügen und riechen die Wahrheit. Vor allem in unseren Familien.

Wer außer dem Hund kennt schon das ganze Bild? Wer außer dem Hund sieht, wie sich hinter jeder einzelnen Schlafzimmertür die Wirklichkeit entfaltet? Das Rollenspiel vor dem Spiegel, das Stöhnen unter der Bettdecke, das niemals endende, forschende Betrachten ihrer haarlosen Körper? Wir sind die einzigen Zeugen.

Und wir sind da, wenn sie bereit sind, ihr Herz auszuschütten. Wenn sie ihre unausgesprochene Liebe offenbaren wollen.

Wir sind immer da. Wir hören alles und antworten mit unseren stummen Worten des Trostes.

NORMAL

Als ich heute Morgen aufwachte, hatte es den Anschein, als ob nichts geschehen sei.

In diesen ersten, verschwommenen Momenten fühlte ich mich beinahe normal, wie ich mich damals gefühlt hatte, als die Hunters noch keiner Bedrohung ausgesetzt gewesen waren. Aber als die leeren Schuhe vor der Hintertür langsam Kontur annahmen, schoss eine Woge der Übelkeit durch mich hindurch. Ich erinnerte mich wieder an alles. Besonders der stechende Geschmack nach Blut kehrte in meinen Gaumen zurück, und ich sehnte mich nach der Zeit, als mir noch nicht bewusst war, welcher Preis für die Sicherheit meiner Familie zu zahlen war.

Der Angst folgte eine seltsam anmutende Erleichterung, als mir wieder einfiel, was heute geschehen würde.

Als mir wieder einfiel, dass ich sterben würde.

SPASS

Wir stehen auf dem Gehweg vor der Praxis von dem netten Herrn Tierarzt. Adam sinkt neben mir auf die Knie.

»Tut mir leid, Prince«, sagt er und legt seine Hand auf mein Halsband. »Das ist allein meine Schuld.«

Ich versuche, ihm zu sagen, dass es im Gegenteil nur mir zuzuschreiben ist. Aber natürlich versteht er mich nicht. Er stößt die Tür auf, und alle schauen auf, als die Glocke ertönt. Adam geht auf die Theke zu, aber sie ist nicht besetzt. Während wir warten, spüre ich die Aufmerksamkeit aller Hunde auf mir. Sie nehmen meinen Geruch in sich auf.

Ich kann einen Labrador direkt hinter mir riechen, aber ich drehe mich nicht um. Stattdessen werfe ich rasch einen Blick auf die Hunde, die mit ihren Herrchen an der entgegengesetzten Wandseite sitzen. Ein dreibeiniger Schäferhund. Ein Border Collie, der nach Luft schnappt. Ein Bobtail, der hinter einem struppigen Schleier weißen Haares in sich hineinlacht. Es gibt auch eine Katze, die hinter ihrer Käfigtür Zischlaute ausstößt.

Bestimmt weiß niemand, warum ich hier bin; es ist noch zu früh.

Ein weiterer Duft schwebt auf mich zu. Ein schweres, süßliches Parfüm.

Die Frau hinter der Theke ist jetzt da, auch wenn ich sie nicht sehen kann.

»Äh … Hunter«, sagt Adam und zeigt dann auf mich. »Mit Prince. Wir haben einen Termin für halb zehn.«

Die Frau blättert ein paar Seiten um. »Mister Hunter. Neun Uhr drei…« Sie hält abrupt inne, lehnt sich über die Theke und schaut genauer hin. Ihr Gesicht ist eine enorme Ausdehnung haarlosen Fleisches, orange angemalt.

»Sollte er nicht einen Maulkorb tragen?« Die Stimme klingt jetzt angespannt und ängstlich.

»Es geht ihm gut«, sagt Adam und lächelt die anderen Menschen im Raum entschuldigend an. »Er war schon früher hier, und es hat nie ein Problem gegeben. Er war immer … ein guter Hund.«

Es herrscht Schweigen. Aber im Grunde ist es gar kein Schweigen, denn aus dem Nebenzimmer sind Schmerzens- und Klagelaute zu hören.

»Wir haben einen Maulkorb hier«, sagt die Frau.

»Ach.« Ich spüre, dass er mich verteidigen will, aber nicht weiß, wie.

»Es ist Vorschrift, wissen Sie. Bei gefährlichen Hunden.«

»Äh … na gut.«

Sie reicht Adam den Maulkorb, und er sinkt wieder auf die Knie, nur dass er mir dieses Mal nicht gut zuredet. Ich mache ihm keinen Vorwurf. Überhaupt nicht. Er wird all das niemals verstehen können.

Der Maulkorb sitzt eng um meine Schnauze und sperrt die Gerüche aus.

»Also schön«, sagt Adam. »Komm schon, mein Junge.« Ich spüre, wie nahe er den Tränen ist, aber er reißt sich zusammen.

Er setzt sich auf den letzten freien Stuhl, und ich liege neben der Labradorhündin, deren Geruch ich schon zuvor wahrgenommen habe. Ich weiß, dass sie jung ist, jünger als ich, und dass sie nicht ernsthaft krank ist.

»Pflicht über alles«, sagt sie und beschnüffelt mein Gesicht.

»Pflicht über alles«, schnüffle ich durch den Maulkorb zurück und hoffe, dass es bei diesem Austausch bleiben möge.

Sie schnuppert noch eine Weile, dann setzt sie sich wieder.

»Du bist es, nicht wahr?«

»Ich weiß nicht, was du meinst«, sage ich, obwohl ich das ungute Gefühl habe, es doch zu wissen.

Sie schaut sich um, kontrolliert, ob auch keiner der anderen Hunde zuhört. »Du bist derjenige, der den Labrador-Pakt gebrochen hat.«

Ich schlucke. Ich möchte sie anlügen. Ich will sie anlügen. Aber ihr wird klar sein, dass ich sie anlüge, und dann gibt es noch mehr Fragen. Und hier warten noch viele andere Tiere, deren Behandlung meinen Tod hinauszögert. Die Befragung könnte endlos weitergehen.

Also erzähle ich ihr die Wahrheit. Ich sage: »Ja, der bin ich.«

Ich schaue ihr ins Gesicht. Sie sieht aus, als ob sie jemand gerade eben heftig am Schwanz gezogen hätte.

»Warum? Was hat dich dazu bewogen?«

»Das ist eine lange …« Bevor ich den Satz beenden kann, öffnet sich die Tür. Die Glocke bimmelt. Es ist ein Englischer Springer-Spaniel, der sein Herrchen hinter sich herzieht.

In dem Augenblick, in dem er mich entdeckt, zuckt seine Nase. Er riecht meine Schuldgefühle und bellt los: »Das ist er! Das ist er!«

Sein Herrchen versucht, ihn zu beruhigen. »Pst, Murdoch! Pst!«

Aber natürlich beachtet ihn Murdoch nicht weiter und bellt: »Das ist er! Das ist er! Er hat den Labrador-Pakt gebrochen!«

Jetzt fallen auch die anderen Hunde mit ein.

»Das ist er!«, knurrt der dreibeinige Schäferhund.

»Das ist er!«, kläfft der Border Collie.

»Das ist er!«, kichert der Bobtail.

Murdoch liefert den anderen regelrecht eine Vorstellung.

»Die Labradorhunde stecken in der Krise! Der Pakt ist ein Witz! Hunde für Hunde, nicht für Menschen!« Er hängt sich so sehr in sein Halsband, dass es ihm fast die Luftzufuhr abschnürt. »Spaß statt Pflicht!«

»Spaß statt Pflicht!«

»Spaß statt Pflicht!«

»Spaß statt Pflicht!«

Die Katze dreht sich in ihrem Käfig angstvoll im Kreis und faucht noch lauter als zuvor.

»Würden Sie bitte Ihren Tieren Einhalt gebieten!«, mahnt die Frau hinter der Theke. Aber trotz der Bemühungen der Menschen wird das Bellen immer lauter.

»Siehst du es wenigstens ein?«, sagt die Labradorhündin neben mir. »Siehst du jetzt, was du angerichtet hast? Die Springer glauben, sie hätten gewonnen! Und alle Labradore werden ihren Glauben verlieren! Das endet in Anarchie!«

Als ob er ihre Worte unterstreichen wolle, reißt sich Murdoch los, springt auf die Theke und schleckt die orangerote Farbe aus dem Gesicht der Frau.

»Tut mir leid, ich wollte dem Pakt niemals die Treue brechen«, versichere ich ebenso sehr mir selbst wie der Labradorhündin. »Aber es gab keine andere Möglichkeit.«

»Keine andere Möglichkeit?«

»Der Pakt reichte nicht aus.« Ich drehe mich um, sehe erst sie an und dann Adam, der versucht, meine Ohren vor dem Lärm zu schützen.

»Wie das?« Angesichts meiner Blasphemie ist sie zwar verstimmt, aber ich merke, dass sie es auch begreifen will. Während um uns herum Lärm und Chaos toben, wird mir zum ersten Mal bewusst, dass es für die Menschen vielleicht doch Hoffnung gibt.

Mit diesem Gedanken im Kopf beantworte ich ihre Frage.

DER LABRADOR-PAKT:

PFLICHT ÜBER ALLES

Das Glück und die Sicherheit unserer menschlichen Familien hängen von einem Opfer ab.

Unserem Opfer.

Wir sind die letzten Hunde, die um die Notwendigkeit des Grundsatzes wissen: Pflicht über alles. Wir sind die Letzten, denen klar ist, dass unsere menschlichen Familien den Schlüssel für unser künftiges Überleben in Händen halten. Nie zuvor war die Aufgabe, ein harmonisches, familiäres Umfeld aufrechtzuerhalten, schwieriger. Und nie war es von größerer Bedeutung.

Wir Labradorhunde müssen unser Leben in jeder Beziehung dem Schutz unserer Familien widmen, wenn wir die Ewige Belohnung erhalten wollen. Kommt auch nur ein einziger Labrador seiner Pflicht nicht nach, gerät die ganze Mission in Gefahr.

Immer weniger Familien besitzen heutzutage einen Hund, der sie beschützt, und noch weniger Familien haben einen Labrador. Das bedeutet, dass unser Einfluss auf die menschliche Gesellschaft bald schon schwinden könnte. Um dieser entsetzlichen Situation entgegenzuwirken, muss jeder einzelne Labrador, ob er nun in einer Familie lebt oder nicht, ausschließlich das Wohl seiner Herrchen und Frauchen im Sinn haben.

Wenn wir unseren Instinkten nachgeben und jene vernachlässigen, die für uns sorgen, werden wir im Leben nach dem Tode niemals mit unseren eigenen Familien wiedervereint. Daher muss uns ständig die höchste Wahrheit bewusst sein: Wenn wir unsere Menschen aufgeben, geben wir uns selbst auf.

GARTEN

Ich war mit Adam im Garten.

Auf der Seite liegend, mitten im Gras, genoss ich die Sonne und die warme Brise. Mit einem Ohr auf dem Boden konnte ich tief unter mir den sanften Pulsschlag der Erde hören. Pa-damm. Pa-damm.

Adam hörte die Geräusche der Erde nicht. Er lieferte sich einen Ringkampf mit einem Rosenstrauch. Und obwohl er mit einer Metallschere bewaffnet war, behielt der Rosenstrauch eindeutig die Oberhand.

»Scheiße. Mist. Verdammt und zugenäht«, fluchte er, während dornenbewehrte Zweige die notwendigen Verteidigungsmaßnahmen ergriffen. Schließlich trat Adam einen Schritt zurück. Er hatte dem Strauch zwar einige Schnitte zufügen können, musste aber letztendlich seine Niederlage eingestehen.

»Ich weiß nicht recht, mein Junge, ich weiß nicht recht«, sagte er zu mir und fuhr sich mit der behandschuhten Rechten über die verschwitzte Stirn. Ein rascher Blick aus zusammengekniffenen Augen in die Sonne, und schon machte er sich wieder an die Arbeit. Er kniete nieder und nahm den Kampf mit nachgiebigeren Gegnern auf.

Schnipp, schnipp, schnipp.

Sicherstellen, dass die Natur nicht vergisst, welcher Platz ihr gebührt.

APPORTIEREN

Als die Dunkelheit hereinbrach, machte Adam mit mir meinen Abendspaziergang.

Der Park war voller heranwachsender Menschen, die auf der Mauer saßen. Das machten sie jede Woche: Sie gingen in den Park und setzten sich auf die Mauer.

Adam kam ihnen nicht allzu nahe. Er hatte einige von ihnen an der Schule unterrichtet, und ich glaube, er zog es vor, unerkannt zu bleiben. Darum beschränkte er sich auf die andere Seite des Parks und hielt nach Stöckchen Ausschau.

Ich sah ein geeignetes Stöckchen von genau der richtigen Länge, noch bevor er es sah. Mit meiner Schnauze lenkte ich seine Aufmerksamkeit darauf. Er lächelte schwach, streichelte meinen Nacken und hob es auf.

»Ist gut, Prince, ist ja gut.«

Nach zwei vorgetäuschten Würfen hebelte er seinen Arm weit über die Schulter und ließ das Stöckchen los. Ich rannte zügig los, während es durch die Luft wirbelte, immer weiter in den Himmel hinauf. Beim Laufen behielt ich das Stöckchen fest im Blick, auch wenn Blumen an meine Brust schlugen, und verlor es keine Sekunde aus den Augen. Ich wartete darauf, dass es den höchsten Punkt erreichte, wo es reglos innehielt, nur um dann wieder nach unten zu fallen – schnell und immer schneller –, bis es vor mir auf den Boden schlug und abprallte. Noch bevor das

Stöckchen endgültig liegen blieb, steckte es schon zwischen meinen Zähnen, und ich lief triumphierend zu Adam zurück.

Wir zogen das noch zwei Mal durch. Werfen. Fangen. Apportieren. Werfen. Fangen. Apportieren. Wir hatten beide unseren Spaß daran. Für mich ging es um das Apportieren, um das Gefühl der Befriedigung, wenn ich etwas zurückbringen konnte. Noch mal neu anfangen zu können. Die Regelmäßigkeit. Die Wiederholung. Für Adam ging es dagegen immer nur um den Wurf. Um das Loslassen.

Mitten im vierten Durchgang, gerade als das Stöckchen auf dem Boden aufprallte, rief jemand etwas. Ich verstand ihn anfangs nicht, Adam ebenso wenig, also gingen wir näher zur Parkmauer.

Einer der Teenager, ein Junge, stand auf, als er uns kommen sah.

»Tut mir leid«, sagte Adam. »Ich habe dich nicht verstanden. Wie hast du mich gerade genannt?«

»Wichser. Ich habe Sie Wichser genannt.« Nach einem raschen, Mut machenden Blick auf einen seiner Freunde fügte er hinzu: *»Sir.«*

Die Teenager lachten, die Köpfe weit in den Nacken zurückgebogen.

»Sehr komisch. Es überrascht mich, dass der Berufsberater dir nicht geraten hat, Komiker zu werden.«

»Sie können mich mal.« Der Junge sog kräftig an seiner Zigarette. »Ich bin jetzt nicht in der Schule, also muss ich auch nichts auf Ihren Scheiß geben.«

»Ich bin sicher, dass das für dich überaus befreiend ist.«

»Verpissen Sie sich, Sir.«

Er spuckte aus, markierte sein Territorium.

Ich lief auf ihn zu und schnüffelte. Er roch nach verletzter Haut. Unter seiner Kleidung hatte er Wunden.

»Schau dir das an, jetzt hetzt er auch noch seinen Hund auf dich«, sagte ein anderer Junge hinter vorgehaltener Hand.

Ich knurrte.

»Mein Gott, ich mach mir gleich in die Hosen. Hilfe! Hilfe!«

Noch mehr Gelächter.

»Hierher, Prince.«

Auf Adams Befehl hin kehrte ich zu ihm zurück. Er nahm mich am Halsband und legte die Leine an, dann führte er mich aus dem Park. Als wir die Straße überqueren wollten, spürte ich etwas hinter uns.

Ich drehte mich um. Eine Flasche flog durch die Luft auf uns zu. Sie zerbrach dicht vor meinen Pfoten, nicht apportierbare Glassplitter flogen in alle Himmelsrichtungen. Adam zuckte verschreckt zusammen.

Die Teenager lachten erneut.

»Wichser!«, brüllte der Junge ein letztes Mal, dann bogen wir um die Ecke.

»Ist schon gut, mein Junge«, versicherte mir Adam. »Ist schon gut.«

PULVER

Hal schüttete weißes Pulver in ein Glas und füllte es mit Wasser auf. Er trug seinen Schlafanzug, wie schon seit Tagen.

»Mum ist noch im Krankenhaus«, sagte er zu Adam, ohne gefragt worden zu sein.

»Ach«, meinte Adam. »Und Lottie?«

»Ist wieder da. Sarahs Mum hat sie heimgefahren. Sie ist oben.«

Adam wollte Hal von der zerschmetterten Flasche erzählen, aber bevor er seine Schilderung beenden konnte, beugte sich Hal abrupt vor und griff sich an den Bauch. Dann drehte er sich um und eilte rasch in das untere Badezimmer. Zurück blieben schlechte Gerüche.

Adam ging zum Fernsehgerät.

Ich folgte ihm, und da Kate immer noch nicht zurück war, legte ich mich neben ihn auf das Sofa.

Er streichelte meinen Kopf, während er sich durch die Programme zappte, vorbei an Klavier spielenden Hunden und tanzenden Katzen.

Hal kehrte von der Toilette zurück. Er hielt sich immer noch den Bauch.

»Wie geht's dir?«, fragte Adam.

»Unverändert.«

»Ach herrje.«

Charlotte kam die Treppe herunter. Sie hatte ihre Zimmertür offen gelassen, und es war Musik zu hören. Adam und Hal sagten nichts, als sie eintrat. Charlotte schien irgendwie anders auszusehen.

»Alles in Ordnung, Kackhose?«, erkundigte sie sich bei ihrem Bruder.

»Du sollst nicht so reden«, mahnte Adam.

»Warum nicht? Genau das ist er doch!«

»Er hat Durchfall, und es geht ihm nicht gut. Was ist mit deinem Gesicht passiert? Du siehst aus wie der Sensenmann.«

»Das nennt man Make-up.«

»Keine Sorge, Dad«, erklärte Hal in vorgetäuscht beruhigendem Tonfall, eine Hand immer noch auf dem Bauch. »Sie ist dreizehn. Sie ist verwirrt und auf der Suche nach dem Sinn und muss mit verschiedenen Identitäten experimentieren. Letzte Woche Britney Spears, diese Woche Marilyn Manson. Wir sollten für sie da sein und …« Er hielt sich den Bauch und gab ein Geräusch von sich, das auf Schmerz schließen ließ.

»Zieh Leine, Kackhose.« Bevor Adam sie zurechtweisen konnte, war Charlotte schon wieder auf dem Weg nach oben.

SCHWEINEREI

Als Kate nach Hause kam, erkundigte sich Adam, wie es ihrem Vater ging. Sie antwortete nicht, wenigstens nicht direkt.

»Wer hat das da liegen lassen?«, wollte sie wissen.

»Was?«

»Die Hundeleine. Warum ist sie nicht ordentlich aufgehängt?«

»Das wollte ich noch erledigen. Ein paar Jungs im Park haben mich übel beschimpft. Ich habe sie früher einmal unterrichtet …«

Kate ließ ihn stehen und ging in die Küche. »Ach Adam, sieh dir diese Schweinerei an!«

»Es tut mir leid, Liebes. Komm, setz dich. Du siehst erschöpft aus.«

Ich ging zu ihr und schnüffelte an ihr. Sie roch wie an den meisten Abenden. Krankenhausgerüche. Grandpa Bill. Mir fiel auf, dass sie seine Hand gehalten haben musste, als ich ihre Finger beschnupperte. Und sie musste sie lange gehalten haben, denn der Geruch war stärker als am Abend zuvor, als sie ihn alle gemeinsam besucht hatten.

Kate sah nach unten, während ich an ihr schnüffelte, und sie lächelte ihr sanftes Lächeln. Das Lächeln, das sie nur mir schenkte. »Hallo, Prince.«

ÜBERALL

Später, als ich weggesperrt wurde, kam Lapsang zurück. Sie war zwei Tage lang fort gewesen, und allmählich machte sich ihre Abwesenheit bei mir bemerkbar. Natürlich war sie schon früher abgetaucht, oft sogar. Sie war häufiger unterwegs als zu Hause. Aber nach einem zweifelhaften Start war unsere Beziehung in letzter Zeit richtiggehend aufgeblüht, und wenn sie nachts nicht da war, vermisste ich jemanden, mit dem ich reden konnte. Als sie also genüsslich durch die Katzentür hereinglitt, machte mein Herz einen Sprung.

»Wo bist du gewesen?«, fragte ich sie. Mein Tonfall war neugierig, nicht verärgert.

»Überall«, schnurrte sie. »Überall.«

»Ich glaube, die Familie hat dich vermisst.«

Sie sah mich mit ihren durchdringenden Augen skeptisch an. »Und ich glaube, die Familie hat mein Fehlen nicht einmal bemerkt.«

»Sei versichert: Sie haben dich vermisst.«

»Nun, Schätzchen, sie werden mich bald noch mehr vermissen, denn ich bin nicht für lange zurückgekehrt.«

»Aber …«

»Genauer gesagt, ich denke gerade darüber nach, für immer abzuhauen.«

»Das ist nicht dein Ernst.«

»Ich fürchte doch, Süßer.« Sie leckte sich die Pfote. »Hast

du denn nie Lust, für immer zu verschwinden?«, fragte sie mich und rekelte sich in ihrem Körbchen.

»Wie bitte?«

»Verspürst du nicht manchmal den Drang, einfach wegzugehen, davonzulaufen, völlig neu anzufangen?«

»Nein, einen solchen Drang verspüre ich nicht.«

»Nun, ich schon. Stell dir vor, wie befreiend das wäre. Stell es dir nur einmal vor, Schätzchen. Von Haus zu Haus zu laufen, neue Identitäten anzunehmen, neue Namen und dann dieser endlose Nachschub an Milch.«

»Aber das bringst du nicht wirklich fertig, oder? Du könntest die Familie nicht für immer verlassen?«

»Darf ich fragen, warum nicht?«

»Du würdest sie alle vermissen.«

»O nein, da irrst du dich. Ich würde sie keineswegs alle vermissen. Nicht die Bohne. Ich würde vielmehr an all die neuen Menschen denken, auf deren Schoß ich liegen könnte.«

Ich seufzte. »Ich glaube, du befindest dich in einem Zustand der Verdrängung.«

»Verdrängung?«, miaute sie ungläubig.

»Genau. Ich habe dich beobachtet. Ich habe gesehen, wie du dich in Gegenwart von Charlotte verhältst. Du magst sie sehr.«

Lapsangs Kopf sank zur Seite. »Sie hat den wärmsten Schoß im ganzen Haus.«

»Mehr ist sie nicht für dich? Nur ein warmer Schoß?«

»Stimmt, Prince. Ich fürchte, genau so ist es. Mehr bedeutet sie mir nicht.«

»Das glaube ich einfach nicht.«

Ihre Stimme veränderte sich. »Tja, eines solltest du aber

glauben: Wenn du den Menschen zu nahe kommst, wirst du am Ende nur verletzt.« Obwohl Lapsang zum Melodrama neigte, konnte ich nicht leugnen, dass echte Überzeugung in ihrem Blick lag.

»Wie das?«

»Schätzchen, hör mir zu. Ich laufe jeden Tag und jede Nacht durch diese Stadt. Ich bin nicht wie du. Ich bin mobil. Ich habe Bewegungsfreiheit. Ich schaue durch Fenster, und ich sehe, was passiert. Ich durchquere ihre Gärten, und wenn ich weiß, dass keine Gefahr droht, dann spaziere ich auch manchmal durch ihre Türen. Und ich höre die Geschichten, die andere Katzen zu erzählen haben. Die Menschen stecken in der Krise. Sie tun vor aller Welt so, als seien sie immer noch so glücklich wie eh und je, aber hinter verschlossenen Türen sieht die Sache ganz anders aus. Sie haben die Kontrolle verloren. Eltern und Kinder liegen im Krieg – miteinander und mit sich selbst.«

»Was willst du damit sagen?«

»Ich will damit sagen, dass du am Ende mit der Familie untergehen wirst, wenn du dich zu sehr auf sie einlässt.«

»Es gibt Dinge, die nicht einmal du verstehst, Lapsang.«

Lapsang sah mich zweifelnd an. »Was zum Beispiel?«

»Dass die Familie sicher ist.«

»Wie kannst du das mit dem Brustton der Überzeugung sagen, wo es doch in diesem Moment bereits kriselt? Die Zeichen ihrer eigenen bedauerlichen, aber unvermeidlichen Zerstörung sind bereits unverkennbar.«

»Wohnen in den Häusern, die du aufsuchst, Labradore?«

»Keine Ahnung, ich glaube nicht. In den meisten gibt es wahrscheinlich überhaupt keine Hunde.«

Ich legte den Kopf auf die Pfoten und schloss die Augen.

»Das habe ich mir gedacht.«

»Du hast dir *was* gedacht?«

»Nichts. Du solltest nur wissen, dass es keinen Grund zur Sorge gibt. Wirklich nicht. Ich bin ein Labrador«, erklärte ich ihr. »Die Familie ist sicher.«

Es trat eine kurze Pause ein, dann fing Lapsang an zu schnurren. »Ach Schätzchen, was bist du doch für ein dummer, kleiner Hund«, sagte sie. »Ich habe mir doch keine *Sorgen* gemacht.«

Natürlich wusste Lapsang nichts von dem Pakt. Sie wusste nicht, dass wir die letzten Hunde waren, die bereitwillig ihr Leben für den Schutz ihrer Herrchen und Frauchen hingeben würden. Ihr war nicht klar, dass alle anderen Hunderassen den Guten Kampf bereits aufgegeben hatten. Ihr war ja nicht einmal bewusst, dass es einen Guten Kampf gab. Schließlich war sie eine Katze.

Als ich meine Augen wieder öffnete, starrte ich auf die vier Paar Schuhe, die Kate vor dem Gemüseregal neben der Hintertür sauber aufgereiht hatte. Unwillkürlich musste ich an Lapsangs Worte denken.

... am Ende wirst du mit der Familie untergehen, wenn du dich zu sehr auf sie einlässt.

DER LABRADOR-PAKT:

BEREITET EUCH AUF VERÄNDERUNGEN IM VERHALTEN DER MENSCHEN VOR

Das menschliche Leben hält sich nicht so einfach an einen Plan. Trotz besten Willens werden die Menschen ständig von den Ereignissen um sie herum aus der Bahn geworfen. Selbst wenn ein Ereignis vorherzusehen war oder früher schon einmal eingetreten ist, kann es auf das Verhalten des Herrchens beziehungsweise Frauchens dennoch eine profunde Auswirkung haben.

Wir als Labradorhunde haben die Pflicht, jederzeit auf Veränderungen vorbereitet zu sein. Wir müssen uns bewusst sein, dass unsere Anwesenheit und die daraus resultierende Erkenntnis, dass manche Dinge immer gleich bleiben, den Menschen helfen können, zur Normalität zurückzukehren.

Welche Veränderungen auch eintreten mögen, wir müssen unserem Ziel treu bleiben. Letztendlich dürfen wir niemals vergessen, dass die Sicherheit unserer menschlichen Familie nicht durch Verhaltensänderungen gefährdet wird, sondern nur dadurch, dass wir nicht richtig vorbereitet sind oder auf Veränderungen falsch reagieren.

GLÜCKLICH

Adam hakte die Leine aus, hielt aber die Hand auf meine Schnauze.

»Sitz.«

Das war stets sein Lieblingsspiel.

»Sitz.«

Mich so lange wie möglich reglos verharren zu lassen.

»Si-*itz.*«

Ich saß im Gras. Im Park.

»Guter Junge. Sitz.«

Er trat einen Schritt zurück.

»Sitz. Schön sitzen bleiben.«

Er wollte einen Vorsprung herausholen.

»Und los, mein Junge! Hierher!«

Wie ein Rennhund schoss ich los. Das musste ich auch, schließlich waren Adams Startposition und die Ziellinie nur eine Hundelänge voneinander entfernt. Aber ich liebte es. Ich liebte es, ihn glücklich zu machen. Ich liebte es, ihm zuzusehen, wie er seinen Kopf in den Nacken warf, wenn er die unsichtbare Ziellinie überquerte.

»Unentschieden«, keuchte er. Aber er wusste, dass ich ihn um Schnauzeslänge geschlagen hatte, da war ich mir sicher.

MACHT

Wenn ich mich daran zu erinnern versuche, wann alles angefangen hat, wann ich zum ersten Mal meine Macht infrage stellte, dann fällt es mir schwer, einen bestimmten Augenblick zu benennen. Es geschah jedenfalls nicht über Nacht. Ich bin nicht eines Tages in meinem Korb aufgewacht und musste feststellen, dass sich die ganze Familie um den Frühstückstisch versammelt hatte und sich urplötzlich außerhalb meiner Kontrolle befand.

Ich kann nur sagen, dass es eine Zeit gab, in der alles in Ordnung zu sein schien, als der Labrador-Pakt alle Antworten bereithielt und die Hunters nicht von der Außenwelt bedroht waren.

Vielleicht war das auch nur eine Illusion. Ehrlich gesagt weiß ich heute, dass es das war. Aber jedes Familienmitglied glaubte an diese Illusion. Und obwohl ich mich nicht daran erinnern kann, wann ich am Pakt zu zweifeln begann, weiß ich doch noch ganz genau, wann diese Illusion allmählich verblasste.

Es fing eigentlich nicht mit der zerschmetterten Flasche an. Es geschah in der Woche darauf. An dem Tag, als es Hal besser ging.

SPIEGELMÄDCHEN

Ich machte mir Sorgen um Hal, aber das war nichts Neues. Ich machte mir schon seit geraumer Zeit Sorgen um Hal.

Darüber, dass er vor anderen nie ganz er selbst zu sein schien. Darüber, wie großmäulig und selbstbewusst er innerhalb der Familie schien, wie versteinert er sich jedoch der Welt draußen präsentierte. Darüber, wie er mit dem Spiegel sprach, als ob dieser das Mädchen seiner Träume sei, Laura Shepherd. An jenem Abend lag ich auf dem Boden in seinem Zimmer und beobachtete ihn aufmerksam.

»Hi, Laura«, sagte er. Dann versuchte er es mit einem anderen Tonfall. »*Hi*, Laura.«

Er bat sie zu einem fiktiven Date. »Was machst du Freitagabend?«, fragte er und zog erwartungsvoll eine Augenbraue hoch.

Natürlich erwiderte das Spiegelmädchen darauf nichts, und er drängte sie auch nicht weiter. Stattdessen wartete er darauf, dass sie sich abwendete oder gänzlich verschwand, damit er seine Mitesser ausdrücken konnte.

STIMME

Eine Stimme von unten. Die Stimme seiner Mutter: »Das Essen ist fertig.«

ESSEN

Ich ging wieder nach unten und legte mich in meinen Korb, um alles zu beobachten, so wie ich es immer tat. Nach der Hälfte des Essens legte Charlotte Messer und Gabel beiseite.

Kate fiel auf, dass sie ihren Fisch nicht gegessen hatte. »Du hast deinen Fisch nicht gegessen«, sagte Kate.

Charlotte holte tief Luft und verkündete: »Ich habe beschlossen, Vegetarierin zu werden.«

»Charlotte«, protestierte ihre Mutter, »du magst doch gar kein Gemüse.«

»Ich mag aber auch keine toten Tiere essen.«

»Einer von zehn Briten ist Vegetarier«, behauptete Hal.

Adam legte die Hand auf Kates Arm. »Wenn Charlotte kein Fleisch essen möchte, so ist das ihre Entscheidung.«

»Adam, sie ist erst dreizehn.«

»Von allen Bevölkerungsgruppen werden weibliche Teenager am häufigsten Vegetarier«, fuhr Hal fort. »Ich glaube, das liegt daran, dass sie die Kontrolle über ihre Ernährung ausüben wollen. Im Grunde ist es eine Machtfrage.«

Charlotte wandte sich verächtlich an ihren Bruder. »In hundert Jahren werden alle Vegetarier sein, weil jedermann erkennt, wie ekelhaft und primitiv und barbarisch es ist, andere Lebewesen zu verspeisen. Wir sollten alle gleich sein.«

»Aber Charlotte, du brauchst Fisch und Fleisch, damit du deine Vitamine und Proteine bekommst«, erklärte Kate.

Charlotte sah mich an. »Prince hat jede Menge Vitamine und Proteine, warum essen wir ihn nicht?«

Hal schnaubte amüsiert. »Weil er nicht in den Backofen passt.«

»Charlotte, du bist albern«, sagte Kate. »Hunde sind etwas anderes.«

Adam beugte sich auf seinem Stuhl vor. »Aber es ist ein interessanter Gesichtspunkt. Wir finden den Gedanken, Prince zu essen, nur deshalb widerwärtig, weil wir Hunde mehr als andere Tiere vermenschlichen.«

Kate starrte an die Decke, während Adam fortfuhr. »Hunde haben heutzutage eigene Therapeuten. Und ihre eigenen Parfüms. Ich habe in der Zeitung gelesen, dass es sogar ein Restaurant speziell für Hunde gibt. Wahrscheinlich dauert es nicht mehr lange, dann haben sie ihre eigenen *vegetarischen* Restaurants. Stellt euch das mal vor.«

»Genau«, sagte Kate – enttäuscht, aber nicht überrascht von der mangelnden Unterstützung ihres Mannes in dieser Angelegenheit. »Stellt euch das mal vor.«

TELEFON

Und das war es. Dieser eine Moment. Das letzte Mal, dass alles normal war.

Denn in diesem Augenblick klingelte das Telefon.

SCHWERKRAFT

Adam ging zum Telefon und schloss die Küchentür hinter sich. Seine Stimme war nur gedämpft zu hören, aber Kate merkte, dass etwas nicht in Ordnung war. Sie öffnete die Tür, als Adam gerade den Hörer auflegte.

»Er ist …«

Sie sah ihn an, suchte in seinem Gesicht verzweifelt nach einem Hinweis darauf, dass es nicht die Nachricht war, vor deren Eintreffen sie sich seit Wochen gefürchtet hatte. »Was wolltest du sagen?«

»Dein Vater. Er ist …«

»Nein.«

»Kate, es tut mir so leid.«

»Nein.«

»Es war die Krankenschwester von der Pflegestation. Sie sagt, sie habe keine Zeit gehabt, früher anzurufen …«

»Nein.«

»Es ist alles sehr schnell gegangen, sagt sie. Schmerzlos.«

»Nein, das ist nicht …«

»Liebling, es tut mir so leid.« Er trat einen Schritt auf sie zu. »Es tut mir so … leid.«

Ihr Kopf sank auf seine Schulter, ihre Hände krallten sich in sein Hemd. Charlotte stand in der Küchentür. Dann tauchte Hal hinter ihr auf.

»Was ist passiert?«, fragten sie unisono. Oder vielleicht

war es auch nur Charlotte. Daran erinnere ich mich nicht mehr.

»Grandpa«, erklärte Adam. »Er …« Das Wort, das nicht ausgesprochen werden konnte, erfüllte das ganze Haus und verlieh der Schwerkraft eine besondere Bedeutung.

Charlotte und Kate konnten sich kaum auf den Beinen halten. Hal und Adam konnten sie kaum stützen.

Ich stand einfach da, neben dem Küchentisch, und wusste nicht, was ich tun sollte. Ich wusste nicht, was das für die Familie bedeutete.

ÄRGER

Erst als Adam Hal später mitteilte, dass Grandma Margaret bei uns wohnen würde, wurde mir die Bedeutung der Ereignisse langsam klar.

»Dad, du machst Witze.«

Adam seufzte. »Ich fürchte, wir haben keine andere Wahl.«

»Aber sie hat doch noch den Bungalow.«

»Der ist für sie allein zu teuer. Außerdem denkt deine Mum, dass sie es hier besser hat.«

Hal legte sein Erdnussbutter-und-Marmite-Sandwich auf den Teller und schluckte den Bissen, den er im Mund hatte, hinunter. »Aber das wird ein Albtraum.«

Adam ging zu der Stelle, an der ich stand, zwischen Küche und Flur, und zog mich am Halsband nach vorn. Dann schloss er hinter mir die Tür, damit die Worte nicht nach oben drangen. »Ich bitte dich, denk an deine Mutter. Sie will sie hier haben.«

»Aber ich stehe kurz vor den Abschlussprüfungen. Ich muss lernen.«

»Bitte, Hal, mach es nicht noch schwerer, als es ohnehin schon ist.« Adam starrte angestrengt aus dem Küchenfenster und sah zu, wie Lapsang auf dem Zaun entlangschlenderte.

»Ich weiß gar nicht, warum wir alle so furchtbar bekümmert tun sollen. Grandpa konnte schon seit Jahren nicht mehr richtig sprechen. Er saß einfach nur so da und schnaufte in der Ecke vor sich hin.«

»Hal, das kannst du unmöglich ernst meinen.«

»Wenn er Prince gewesen wäre, hätten wir ihn schon längst einschläfern lassen.« Beim Klang meines Namens sah ich auf und täuschte Unverstand vor.

»Hal, komm schon. Denk an deine Mum, denk an …« Adam brach ab, lauschte den gedämpften Stimmen von Charlotte und Kate im oberen Stock. Er sah mich an und sagte: »Ich denke, ich sollte Prince füttern.«

»Nein, Dad, ist schon gut. Das mache ich.« Aber ich hatte keinen Hunger.

Ich starrte meine Schüssel mit Fleisch und Hundekeksen nur an und versuchte, mir zu überlegen, wie ich jetzt vorgehen sollte. Wer brauchte meine Unterstützung am meisten? Kate und Charlotte, die vom Geschehenen völlig aufgewühlt waren? Oder Adam und Hal, die von dem, was noch geschehen könnte, aufgewühlt waren?

Ich musste sorgfältig vorgehen. Es war ein Sonntag. Sonntage waren immer Gefahrentage, auch wenn alles glatt lief. Die Familie verbrachte zu viel Zeit miteinander und redete zu viel. Aber dieser Sonntag war schlimmer, die Atmosphäre aufgeladener.

Morgen wäre wieder alles gut. Ich könnte mit Henry sprechen, meinem Mentor, ebenfalls ein Labrador. Er würde mir sagen, was ich tun sollte, wie er es immer getan hatte, seit ich in das Haus der Hunters gekommen war. Seit ich gerettet worden war.

Aber in diesem Augenblick konnte ich mich nicht konzentrieren. Ich spürte, dass etwas nicht stimmte, aber ich konnte meine Pfote einfach nicht auf die Ursache legen.

Grandma Margaret würde zu uns ziehen. Das war schlimm. Zugegeben. Aber gefährlich? Sicher nicht. Und doch hing da eindeutig etwas zwischen den traurigen Gerüchen, etwas Schweres, das die Luft anfüllte.

Das Zimmer um mich herum war mit einer negativen Energie aufgeladen. Die Waschmaschine, die Tiefkühltruhe, das Gemüseregal, sogar mein Korb – allesamt schienen sie Geheimwaffen in einem unsichtbaren Krieg. Und da wurde es mir zum ersten Mal klar. Ärger stand vor der Tür, und ich war der Einzige, der ihn aufhalten konnte.

TRAUM

An diesem Abend vergaßen sie, mich wegzusperren, darum schlief ich auf der Treppe, verloren in einem ungestümen Wolftraum. Ich hetzte wie wild in fliegender Hast zwischen den Bäumen hindurch, zusammen mit dem Rudel. Die Sonne kämpfte sich über den Horizont. In der Ferne hörte ich ein Heulen. Der Geruch von Blut: Wir kamen näher, bewegten uns auf unsere morgendliche Beute zu, Herzen und Beine im galoppierenden Gleichklang. Noch mehr Gerüche. Kiefernstämme, Gebell, Erde, Schweiß, Knochen, Wolf, Sonnenschein. Und immer schneller den Hügel hinunter, im Zickzack durch das Gehölz, dann der Ausfall in freies Gelände, einen letzten Haken schlagen, alle gemeinsam wie einer. Wir Wölfe, wieder auf dem flachen Land, Erde aufwirbelnd. Das Versprechen von Blut war überall, überwältigender als alles andere. In Sekundenbruchteilen würde es unser sein, unsere Beute, aus allen Richtungen stürzten wir uns auf sie. Wir senkten die Köpfe und bissen zu. Das war's. Es gab kein Entkommen. Wir rissen das Fleisch in Stücke, Blut spritzte in unsere Gesichter. Doch bevor ich es schmecken konnte, wachte ich auf.

GERÄUSCH

Da war ein Geräusch.

WIMMERN

Über dem Wind draußen vor dem Haus war ein hohes Wimmern aus Charlottes Zimmer zu hören. Und da war auch ein Geruch. Der vertraute Geruch nach Adams nackten Füßen. Unter verschlafenen Lidern hervor sah ich, wie sie vor mir stehen blieben. Seine Zehen zuckten. Offenbar wurde am anderen Ende seines Schlafanzugs irgendeine Entscheidung gefällt.

Er lehnte sich gegen Charlottes Tür.

»Lottie?«, flüsterte er. Keine Antwort.

»Charlotte, mein Liebes. Ist alles in Ordnung?« Ein weiteres Wimmern.

Vorsichtig stieß er ihre Tür auf. Sie saß aufrecht im Bett, klammerte sich an einen Zipfel der Decke. Der Duft im Zimmer war mir vertraut. Ich kannte ihn aus der Nacht, als Grandma Margaret Babysitterin gespielt und ihr mit einem Holzlöffel gedroht hatte (der ohne mein Einschreiten zweifelsohne zum Einsatz gekommen wäre). Ich kannte ihn von damals, als Hal sie angebrüllt und ihr in einem Ausbruch von Geschwisterzorn gedroht hatte, dass er mitten in der Nacht in ihr Zimmer kommen und sie aus dem Fenster werfen würde. Und ich kannte ihn von dem Moment, als sie vor gar nicht so langer Zeit erste Spuren von Blut in ihrer Unterhose entdeckt hatte und sich zu sehr fürchtete und schämte, um es irgendjemandem zu erzählen. Außer mir.

Doch jetzt war der Geruch sogar noch stärker.

»Ach Charlotte, mein Baby«, sagte Adam und setzte sich neben sie auf das Bett. »Komm her. Nicht weinen.«

Charlottes Arm ruhte schwer in ihrem Schoß, und obwohl wir ihr ganz nahe waren, schien sie völlig in sich gekehrt. Weit entfernt in eine Welt der Trauer versetzt.

Adam spürte das auch und merkte, dass Worte nicht ausreichen würden, um sie zurückzuholen. Er wollte sie trösten, sie berühren, sie im Arm halten.

Er zögerte. Strich sich müde über sein Gesicht.

Es gab jetzt weniger Stellen, die er berühren konnte. Seit ihr Körper angefangen hatte, zu voller Weiblichkeit zu erblühen, sah er sich vor. Obwohl ich diese besondere Problematik nur sehr schwer nachvollziehen konnte, spürte ich seine Angst, als er näher an sie heranrutschte. Seine Hand schwebte über ihrem Knie. Er versuchte sich zu erinnern, wo sich ihre neutralen Zonen befanden.

Schließlich entschied er sich, einen Arm um ihre Schultern zu legen. Anfangs war es etwas unbeholfen, und wir erwarteten beinahe, dass Charlotte sich ihm entziehen würde. Aber das tat sie nicht. Stattdessen sank sie zögernd gegen Adams Brust und zuckte krampfartig vor Trauer.

»Grandpa.« Das Wort erklang gedämpft, aber die Verzweiflung in ihrer Stimme und ihr Duft sprachen Bände.

»Ich weiß, Lottie«, sagte Adam.

Ich fühlte mich absolut machtlos. Es gab nichts, was ich hätte tun können, um die Situation zu verbessern oder die beiden in angenehmere Stimmung zu versetzen. Für solche Momente hielt der Pakt keine Anweisungen parat. Momente, in denen Schmerz herrschte, aber keine Gefahr.

Dennoch wollte ich helfen.

Sie lagen mir am Herzen, deshalb.

Bis zu diesem Augenblick – in dem ich Charlotte beobachtete, wie sie sich in Adams Pyjamaoberteil vergrub und versuchte, alles Böse zu verscheuchen – gestaltete sich meine Sorge um die Familie in strikter Einhaltung des Paktes. Und da stand ich nun, außerhalb der Szene, die ich roch, unfähig, irgendeinen Einfluss auszuüben.

Doch halt, diese Gedanken habe ich heute, wenn ich zurückschnüffle. Damals zweifelte ich nicht am Pakt. Selbstverständlich fühlte ich mich verwirrt und wollte zur Besserung der Lage beitragen. Es gab jedoch keinerlei Treuebruch. Ich lernte immer noch; es gab Dinge, die ich nicht wusste. Ich verstand die zwiespältige Natur des Schmerzes nicht, der Familien sowohl voneinander trennen als auch sie einander näher bringen konnte.

Und natürlich gab es nichts, was ich hätte tun können, auch wenn ich gewusst hätte, was ich heute weiß, auch nach meinen entsetzlichen Taten. Es gab nichts, was den traurigen Gerüchen Einhalt hätte gebieten können.

»Was ist hier los?«

Es war Kate. Sie merkte, dass ihre Frage keine Antwort brauchte, also trat sie ins Zimmer und setzte sich auf das Bett. Charlotte, die sich von ihrer Gegenwart sofort getröstet fühlte, löste sich von Adams Brust und schmiegte sich an die Brust ihrer Mutter.

»Warum müssen Menschen sterben?«, fragte Charlotte und trocknete sich mit der Hand das Gesicht. »Das ist dermaßen unfair.«

Kate schluckte ihre eigene Trauer hinunter und sah Adam an. »Ich bin sicher, wo immer dein Großvater jetzt auch sein mag, er schaut auf uns alle herab. Jetzt, in diesem Augenblick.«

»Nein, das tut er nicht«, widersprach Charlotte. »Er ist für immer fort. Wir werden alle für immer fort sein. Es gibt sonst nichts.«

Angesichts dieser neuen Erkenntnis sah Charlotte aus, als ob sie sich gleich übergeben müsse. Beide Eltern umarmten sie. Ich hörte, wie Hal sein Bett verließ und ins Badezimmer ging. Das Geräusch des Urinierens, rasch übertönt von der Wasserspülung.

Augenblicke später saß auch er auf dem Bett seiner Schwester.

Er sagte nichts. Er weinte nicht. Er beteiligte sich nicht an dem Knäuel aus Trauer neben ihm. Für die ungeübte Nase mochte es sogar den Anschein haben, als sei er für jedwede Emotion viel zu müde. Aber als ich zu ihm ging und an ihm schnüffelte, wobei ich versuchte, den Mief seiner Boxershorts auszublenden, da entdeckte ich einen tiefen und bedrückenden Trauergeruch, so schwer wie bei den anderen.

Seine Eltern trösteten weiter seine Schwester.

»Komm schon, Charlotte, du musst jetzt stark sein.«

»Lass Grandpa stolz auf dich sein.«

Schließlich wandte sich Adam an Hal, wobei eine Hand immer noch auf dem Rücken seiner Tochter lag. Er fragte ihn, ob bei ihm alles in Ordnung sei.

»Mir geht's gut«, sagte Hal. »Echt gut.«

Das zweite »gut« war fast nicht zu hören, weil eine heftige Windböe gegen das Fenster schlug. Hal lächelte ein unverwüstliches Lächeln, aber in seinen Augen lag ein anderer Ausdruck. Etwas, das sich nicht mit einer Umarmung trösten ließ. Etwas, das auf die Dunkelheit und die wachsende Bedrohung durch die Außenwelt deutete, jenseits der Familie.

Jenseits meines Schutzes.

DER LABRADOR-PAKT:

LERNE VON DEN ÄLTEREN

In den frühen Phasen ihrer Mission benötigen junge Labradorhunde Anleitung und Führung, und es ist die Verantwortung der älteren Rassevertreter, ihnen diese Hilfe angedeihen zu lassen. Der Pakt muss interpretiert und auf jede Mission individuell abgestimmt werden, und nur Hunde mit beträchtlicher Erfahrung sind in der Lage, jüngeren Labradoren bei dieser Aufgabe beizustehen. Wenn wir unseren Älteren nicht gehorchen oder ihren Rat verwerfen, unterminieren wir die geheiligte Ordnung, die uns seit alter Zeit geholfen hat, unsere menschlichen Herrchen und Frauchen zu beschützen.

GUT

Nachts im Park pflegten wir unsere Beziehung. Ich und Adam. Keine anderen Hunde, die uns ablenkten. Morgens verwandelte sich der Park dagegen in etwas völlig anderes. In ein Ausbildungslager.

»Pflicht über alles.«

»Pflicht über alles.«

Nie hatte ich mich mehr gefreut, Henrys goldgelbes Gesicht zu sehen. Sogar sein Duft vermittelte mir neuen Mut.

»Ich spüre, dass du dir Sorgen machst, Prince. Was stimmt nicht? Befindet sich deine Familie in Gefahr?«

Seit Beginn meiner Mission hatte er mir jeden Morgen beigebracht, ein guter Labrador zu sein und mein Leben in Übereinstimmung mit dem Pakt zu führen. Wenn mir jemand sagen konnte, was jetzt zu tun war, dann er.

»Ich weiß nicht genau. Kates Vater ist gestorben. Grandma Margaret wird zu uns ziehen. Alle sind durcheinander.«

»Das ist ganz natürlich, Prince.«

»Ja, ich weiß, aber ich mache mir Sorgen, was das für die Zukunft bedeutet.«

»Du musst dir keine Sorgen machen, Prince. Du schlägst dich hervorragend. Denk nur immer daran, dass du alles unter Kontrolle hast.«

»Aber …« Ich hielt inne, weil ich einen Springer-Spaniel entdeckte, der auf uns zulief.

»Ach herrje«, meinte Henry, »da kommt ein Springer.«

PRINZIPIEN

Der Springer prallte gegen Henry und stieß ihn dabei zu Boden. Während Henry sich wieder auf die Pfoten rappelte, versuchte der Springer, ihn zu besteigen, und versetzte ihm ein paar aggressive Stöße, bevor er sich davonmachte.

Ich hasste diese Momente. Und ich muss sagen, sie kamen häufig vor. Für die meisten Hunde, auf die wir im Park stießen, war Henry eine Art Witzfigur. Natürlich werden *alle* Labradorhunde von Zeit zu Zeit verspottet, vor allem von Springern. Das ist unvermeidlich. Unsere Prinzipien, wie sie im Pakt festgehalten sind, halten sie für altmodisch. Schließlich ist dies ein Zeitalter, in dem Hundepflicht und Hundeopfer durch die unermüdliche Suche nach Spaß ersetzt wurden und es nur noch wenig Rücksicht auf unsere menschlichen Herrchen und Frauchen gibt.

Doch Henry hatte es schwerer als die meisten anderen. Er war nicht besonders gesellig und verheimlichte seine Verachtung für Schnüffelholiker nicht. »Schnüffeln muss stets einen Zweck haben, darf nicht zu bloßer Empfindung verkommen«, insistierte er. Vermutlich hielten ihn die anderen für humorlos und bierernst. (Ein Eindruck, der aufgrund seiner früheren Position als Polizeihund noch verstärkt wurde.) Stets beschäftigte er sich mit den höheren Dingen.

Tja, das dachte ich zumindest. Wenn ich heute zurückschaue, ist mir klar, wie sehr er sich beherrscht haben muss. Wie groß sein Schmerz gewesen sein muss. Wie stark seine Schuldgefühle.

Aber damals liebte und respektierte ich diesen weisen, alten Labrador bedingungslos. Seine völlige Hingabe an den Guten Kampf erschien mir geradezu heldenhaft. Ich sah zu ihm auf, betrachtete seinen massigen Kiefer, der himmelwärts wies, und sehnte mich danach, von Henry respektiert zu werden.

»Er tut mir leid«, sagte Henry und wies auf den Besitzer des Springers. »Welche Hoffnung bleibt ihm bei so einem Hund? Da könnte er sich genauso gut eine Katze halten. Ich muss dich wohl nicht daran erinnern, warum die Menschen in der Krise stecken. Die meisten haben keine Hunde mehr, und die wenigen Hundeliebhaber entscheiden sich nur noch selten für einen Labrador.«

Ich erinnerte mich an etwas, das er mir bei einer unserer früheren Sitzungen gesagt hatte. »Aber ich dachte, dass jede Familie eine Chance hat, solange nur die Labradorhunde ihrer Pflicht nachkommen. Selbst die hundelosen Familien.«

Henry zögerte, trat rückwärts in ein Blumenbeet und hob ein Bein. »Theoretisch ja, Prince. Das stimmt schon. Wie es im Pakt heißt: ›Schütze *eine* Familie, und du schützt alle.‹ Aber unser Einfluss schwindet. Wir können die Tatsache nicht ignorieren, dass der Aufstand der Springer eine enorme Auswirkung hatte. Wenn jeder Hund seine Pflicht täte, wäre fast jede Familie in England sicher, ungeachtet des Umstandes, für welches Haustier sie sich entscheidet. Selbst Menschen ohne ein Haustier könnten oft noch gerettet werden, so groß wäre der Einfluss unserer Spezies auf die menschliche Gesellschaft. Doch jetzt brechen überall Familien auseinander. Wir dürfen uns nicht länger um das Schicksal anderer Menschen kümmern, sondern müssen uns auf jene in unserer unmittelbaren Obhut konzentrieren.«

»Aber dir liegt meine Familie doch am Herzen.«

»Das stimmt, Prince, das stimmt. Jedoch nur, weil deine Familie noch gerettet werden kann. Du bist ein Labrador und begreifst, was das bedeutet.« Er sah zu seinem eigenen Herrchen Mick, der auf einer Parkbank mit Adam plauderte. Wie üblich schien Adam ihm nicht wirklich zuzuhören und betrachtete stattdessen den klotzigen Neubau, in dessen Schatten sie saßen.

Ich wusste nicht viel über Mick, da Henry bezüglich seiner eigenen Mission nur wenig preisgab. Henry war älter als ich, viel älter, so alt wie der Park selbst. Es war sein Vorrecht, verschlossen zu sein. Man stellte den Älteren keine Fragen, nicht als Labrador. Aber ich musste ihm auch keine Fragen stellen. Tatsache war: Mick hatte Henry. Falls Mick also eine Familie haben sollte, dann war sie auf jeden Fall glücklich. Henry kannte den Pakt, seine Geschichte und seine Auswirkungen besser als jeder andere. Außerdem war er ein kundiger Lehrer, der auf seine eigenen Erfahrungen zurückgreifen konnte (wie ich annahm). Henry musste mir also nichts über Mick erzählen. Ich hatte Glauben.

Außerdem wusste ich durchaus einige Dinge. Ich wusste, dass Mick mit Henry an seiner Seite bei der Polizei gearbeitet hatte, nun aber zu alt war. Ich wusste von seiner »glühenden Vaterlandsliebe«, wie Adam es Kate gegenüber ausgedrückt hatte. Ich wusste, dass er mit Henry in einem dieser kleinen, alten Häuser auf der Straße gegenüber dem Park wohnte. Ich wusste – und der Wind wusste es auch –, dass die Haare, die sich über seinen Scheitel erstreckten, nicht wirklich ihm gehörten. Aber das war auch schon alles.

Einmal sah ich, wie eine Frau Henrys Haus verließ. Eine Frau mit einem traurigen Gesicht und einem noch traurigeren Duft. Sie roch viel zu unglücklich, um zu der Familie zu gehören, um die Henry sich kümmerte, aber vielleicht hatte sie ja auch nur einen schlechten Tag, dachte ich damals.

Henry sah immer noch zu der Parkbank und sagte: »In Zeiten der Veränderung musst du immer vorsichtig sein. Aber du brauchst nicht in Panik auszubrechen. Ich weiß, du siehst dich zum ersten Mal einer solchen Situation gegenüber, aber ich hoffe, dich ausreichend vorbereitet zu haben. Du musst stets stark sein. Gleichgültig wie schlimm die Lage auch wird, gleichgültig wie viele Familienzwiste es gibt oder wie oft man dich völlig ignoriert, vergiss niemals, dass du die Kontrolle hast. Du hast die Macht, alles wieder in Ordnung zu bringen. Hast du das verstanden? Wirst du stark sein?«

»Ja«, erwiderte ich mit neuer Zuversicht. »Das werde ich.«

»Herrje«, sagte er, als Mick und Adam aufstanden und auf uns zukamen. »Sieht so aus, als hätten wir heute Morgen keine Zeit für die nächste Lektion – Schwanzwedelkontrolle für Fortgeschrittene. Wir sparen uns das für morgen auf.«

Während die beiden näher kamen, fiel mir auf, dass

Mick erregter als sonst war und noch intensiver redete. Ich hörte seine Stimme: »Ich sage Ihnen, diese jungen Kerle heutzutage, die teilen sich doch meistens zu viert eine einzige Hirnzelle. Für die ist alles selbstverständlich, und dann werfen sie es weg. Sehen Sie sich nur das hier an …« Er zeigte mit dem Fuß auf eine zerbrochene Flasche am Boden. »Das ist eine wahre Schande. Am Wochenende kommen sie her, trinken bis zur Besinnungslosigkeit, werfen Drogen ein und stellen Gott weiß was an. Aber *Ihnen* muss ich das ja nicht erst sagen.«

Adam überraschte diese Bemerkung, wahrscheinlich konnte er sich nicht entscheiden, ob Mick damit seine Stellung als Vater oder als Lehrer meinte. »Tja, mir begegnen viele dieser Fälle in der Schule«, bestätigte er. »Aber eine Menge dieser Kinder haben große Probleme zu Hause, müssen Sie wissen. Die Eltern sind heroinabhängig und dergleichen mehr. Auch viele wirklich traurige Missbrauchsfälle. Angesichts all der Probleme, mit denen sie fertigwerden müssen, ist es kein Wunder, wenn sie mit ihrem Schulabschluss zu kämpfen haben. Sie denken einfach, es gäbe ohnehin keinerlei Hoffnung. Es mag merkwürdig klingen, weil ich dort unterrichte, aber ich hätte meine Kinder nie an die Rosewood-Schule geschickt.«

Henry schien sich plötzlich unwohl zu fühlen. Er sprang an Mick hoch, um ihn zum Heimgehen aufzufordern. Aber Mick war zu sehr in das Gespräch vertieft, als dass er auf ihn geachtet hätte.

»Tja, das ist vermutlich der liberale Ansatz«, entgegnete er, während rote Flecke an seinem Hals auftauchten und der Geruch von Wut durch die Luft waberte. »Ich selbst halte es eher mit den traditionellen Werten. Solche Probleme gab es jedenfalls nicht, als wir jung waren, mehr sage ich dazu nicht. Ich glaube, wir haben Muffensausen, wir sind weich geworden, haben Angst, Kinder wie Kinder zu behandeln. Lehrer und Polizisten und alle anderen sind schlichtweg zu machtlos, um einzugreifen ...« Henry sprang höher und leckte das Gesicht seines Herrchens. »Ist ja gut, komm, wir gehen nach Hause.«

Mick und Adam befestigten unsere Leinen. Beide rochen gleichermaßen aufgewühlt.

»Denk daran: Sei stark«, rief mir Henry in Erinnerung, während er sein Herrchen nach Hause zerrte.

»Ja, Henry, ich werde daran denken.«

PUTZEN

Kate hatte sich eine Woche freigenommen. Sie putzte, auf Händen und Knien, einen der Küchenschränke aus. Seit sie von Grandma Margaret zurückgekehrt war, hatte sie jedes einzelne Zimmer sauber gemacht. Und jetzt fing sie wieder von vorn an.

»Dieses Haus ist einfach dreckig«, sagte sie immer wieder zu mir.

Ich war ihr gefolgt, versuchte, sie aufzuheitern oder doch wenigstens meinen Beistand anzubieten. Aber gleichgültig wie sehr ich mit dem Schwanz wackelte, der Geruch nach Traurigkeit verzog sich nicht. Er waberte durch die Räume und vermischte sich mit dem beißenden Gestank der Reinigungsmittel.

Hin und wieder hielt Kate inne, setzte sich auf die Fersen und presste die Hand – diejenige, die nicht das Wischtuch umklammert hielt – auf ihr Gesicht. Jedes Mal glaubte ich, sie würde gleich weinen, aber das tat sie nicht. Stattdessen holte sie mehrmals tief Luft und putzte dann weiter, noch energischer als zuvor.

Als ich den Schlüssel im Schloss hörte, tat mein Herz einen Sprung.

»Mum, was machst du da?« Es war Hal.

»Ich versuche, etwas Ordnung in dieses Haus zu bringen. Hier ist es so dreckig.«

»Es sieht sauberer und aufgeräumter aus als je zuvor.«

Sie setzte sich wieder auf die Fersen und hob die Hand.

Diesmal brachen sich die Tränen Bahn. »Ich will doch nur … Ich will doch nur etwas tun … ich will nur …«

Hal warf seine Schultasche auf den Küchentisch, ging langsam auf seine Mutter zu und griff nach ihrer erhobenen Hand. »Ich weiß, Mum. Alles wird wieder gut.«

Etwas später kam Adam nach Hause. Er trat von hinten auf Kate zu und legte seinen Arm um ihre Hüften. »Du riechst großartig«, sagte er und küsste ihren Nacken.

Kate krümmte sich. »Bitte nicht, Adam. Ich will nicht, dass du … mich anfasst. Bitte.«

ZEICHEN

Am nächsten Morgen im Park sagte Mick so gut wie gar nichts. Adam starrte ungestört auf den klotzigen Neubau und auf das Schild mit der Aufschrift »Zu verkaufen«.

Henry schnüffelte an mir, wie er es immer tat, wenn er meine Fortschritte erriechen wollte.

»Wie ist es seit unserem gestrigen Treffen gelaufen?«, fragte er mich formell, wie es für ihn typisch war.

»Ganz gut«, meinte ich.

»Es gab keinen Streit?«

»Nein. Kein Streit.«

»Hast du auch alles beobachtet?«

»Alles, was ich beobachten konnte.«

»Und kein Anzeichen für Probleme?«

Ich dachte an Kate, die in der Küche weinte, und erzählte ihm von ihr.

»Na schön«, meinte Henry. »Du musst dir die heutige Lektion gut merken. Wir haben die Schwanzwedelkontrolle schon früher durchgenommen, aber heute geht es um die Schwanzwedelkontrolle für Fortgeschrittene.« Henry erhob sich und baute sich in einem horizontalen Winkel vor mir auf. »Bislang habe ich dir gesagt, wann du mit dem Schwanz wedeln sollst und wann nicht, aber wir haben noch nie über die Geschwindigkeit geredet.«

Ich dachte an meine eigenen Bemühungen vom Vortag, als ich versucht hatte, Kates Traurigkeit mit dem Schwanz wegzuwedeln. Womöglich hatte es deshalb nicht funktioniert.

Vielleicht hatte mein Schwanz die falsche *Geschwindigkeit* gehabt.

»Wie schon besprochen, Prince, ist das Schwanzwedeln von fundamentaler Bedeutung für das Wohlbefinden der Familie. Schließlich ist das einer der wenigen Aspekte unseres Kommunikationssystems, den die Menschen wahrnehmen können.«

»Stimmt«, sagte ich, bereit, neue Informationen aufzunehmen.

»Und obwohl es die Menschen nicht immer merken, übt die Geschwindigkeit unseres Schwanzwedelns einen direkten Einfluss auf ihr Glück aus. Unser Schwanz diktiert den Rhythmus des Familienlebens.« Sein Schwanz bewegte sich in langsamen Schleifen von einer Seite auf die andere, dann zog er allmählich das Tempo an.

Eine rote Setterdame auf der anderen Seite des Parks warf sich auf den Rücken und lachte schallend über Henrys Zurschaustellung.

»Wenn wir langsam wedeln«, erläuterte Henry, »dann beruhigen sich die Dinge. Wenn wir schnell wedeln, überstürzen sich die Ereignisse. Schnelles Wedeln kann eine sehr effektive Methode sein, die Stimmung im Allgemeinen zu heben, aber sobald ein Zustand familiärer Harmonie erreicht ist, genügt für gewöhnlich ein moderates Wedeln, begleitet von einem beiläufigen Schlendern wie diesem hier, um eine Atmosphäre generellen Wohlbehagens aufrechtzuerhalten. Aber denk daran, dass du immer ein Gleichgewicht halten musst: Du darfst nie zu sehr auffallen, aber du solltest auch nicht völlig ignoriert werden …«

Schnellwedeln? Hatte ich das am Vortag nicht ausprobiert, jedoch ohne Resultate? Waren denn nicht Situationen denkbar, in denen Schwanzwedeln allein nicht ausreichte?

Aber das sind Jetzt-Zweifel, keine Damals-Zweifel.

Während Henry in aller Ausführlichkeit darlegte, wie und wann man die elf Haupttypen des Schwanzwedelns einsetzte, stellte ich ihn keine Sekunde lang infrage. Wenn Henry sagte, dass das Schwanzwedeln der Schlüssel war, um das Glück und die Sicherheit der Familie zu orchestrieren, wer war ich, dass ich dem widersprach? Die Familie würde glücklich sein, ob sie nun wollten oder nicht. Und der Grund für ihr Glück war der, dass ich es endlich geschafft hatte.

Ich folgte dem Pakt. Ich lernte von Henry.

Ich war, im wahrsten Sinne des Wortes, ein Labrador.

Es schien undenkbar, dass dies nicht ausreichen könnte und dass die Sicherheit der Familie von mehr abhängen sollte.

Erst später wurde mir klar, wie viel mehr getan werden musste, um meine Familie vor den Gefahren von außen zu schützen.

Und vor den Gefahren durch sich selbst.

WIDERSTAND

Niemand weiß genau, wann der Aufstand der Springer begann. Oder wie. Es kursieren verschiedene Geschichten, aber es geschah alles viel zu schnell, als dass irgendjemand wirklich sicher sein konnte. In Windeseile fanden sich in so gut wie jedem Park im Lande Springer-Spanielhunde, die die Kunde verbreiteten.

Vor sieben Generationen, im Hundejahr 20687, konnte die Stabilität menschlicher Familien nicht länger als etwas Selbstverständliches erachtet werden. Hunde mussten nun das praktizieren, woran sie zu glauben behaupteten: Pflicht, Gehorsam, sich selbst für ihre Herrchen und Frauchen zu opfern.

Als die Springer ankamen und allen erzählten, es sei vollkommen in Ordnung, der Leine zu entschlüpfen und zum reinen Vergnügen herumzuschnüffeln, ließen sich die meisten Hunde mühelos einwickeln. Schließlich hatten viele keine Hoffnung mehr für die Menschen, wähnten sie auf aussichtslosem Posten.

»Nur schlechte Hunde geben ihren Herrchen die Schuld«, lautete Henrys Urteil. »Hunde, die an die Ewige Belohnung glauben, aber im Alltagsleben nichts dafür tun, werden unvermeidlich von den Springern korrumpiert. Wer aussteigt, fühlt sich immerhin besser als der, der versagt.«

Natürlich bemerkten die Menschen den Aufstand nicht,

weswegen sich die Auswirkungen als doppelt so katastrophal erwiesen. Soweit es die Menschen betraf, verhielten sich die Hunde wie immer. Stöckchen wurden apportiert. Laternenpfähle wurden angepinkelt. Man schnüffelte im Schritt.

Aber es gab keine Struktur mehr. Keine Zielgerichtetheit. Anstatt das Stöckchen zu apportieren, um dem Herrchen eine Freude zu machen, apportierten die Hunde nur noch zum eigenen Vergnügen. Sie achteten nicht länger auf die Gesamtsituation der Menschen, um die sie sich eigentlich kümmern sollten. Und wenn sie es doch taten, dann eher zufällig und nicht absichtlich. Sie genossen wie früher die Aufmerksamkeit der Menschen, aber um ihrer selbst willen, nicht als Belohnung für ihre Anstrengungen.

Doch wie ich schon sagte, den Menschen fiel nichts auf. Sie schrieben den Zusammenbruch ihres Familienlebens anderen Faktoren zu. Das Ende des Gemeinwesens. Längere Arbeitszeiten. Die wachsende Säkularisierung der westlichen Gesellschaft. Unausgewogene Ernährung.

Sie waren blind für das wahre Problem. Dass nämlich die Hunde sich nicht länger kümmerten. Ihnen war nicht klar, um wie viel wahrscheinlicher es war, ein glückliches Familienleben zu führen, wenn sie sich für einen Labrador entschieden. Sie begriffen einfach nicht, dass das Schicksal der menschlichen Gesellschaft in den Pfoten unserer Spezies lag. Natürlich gab es auch noch ein paar andere Hunde, die sich für das Gute einsetzten, aber sie bildeten eine verschwindend geringe Minderheit. Die meisten hatten beschlossen, für den Augenblick zu leben und nicht für ihre Herrchen und Frauchen.

Aus diesem Grund einigten sich die Labradorhunde jener Zeit auf den Pakt, aus Sorge, dass künftige Generationen nicht so loyal sein und auch sie den Aufstand proben könnten. Der Pakt untermauerte die Prinzipien, an die sich einst alle Hunde gehalten hatten – Pflicht, Gehorsam, Schutz –, und betonte die Notwendigkeit, das Streben nach irdischen Vergnügungen zugunsten des Versprechens auf unsere Ewige Belohnung zu opfern.

Anders als beim Aufstand der Springer besann man sich gemeinhin sehr gut an die Einzelheiten des Labradorwiderstands.

Es fing in einem großen Park im Norden Englands an. Es gab dort viele Labradorhunde – einige sagen, es seien Tausende gewesen (obwohl ich persönlich das immer für eine Übertreibung gehalten habe), und sie versammelten sich jeden Morgen an einem Ententeich.

Oscar, ein ehemaliger Blindenhund, war ihr Anführer. Wie so viele Labradore hatte er keine Familie, um die er sich kümmern konnte, aber er hatte sein Leben verschiedenen menschlichen Herrchen gewidmet, und da galten dieselben Prinzipien. Die Familie wurde jedoch zum zentralen Dreh- und Angelpunkt der Richtlinien von Guru Oscar. Sie wurde als der schönste, wenn auch zerbrechlichste Aspekt menschlicher Existenz verehrt, aber auch als zuträglichstes Umfeld für einen Hund.

Wenn wir die Menschen aufgeben, geben wir uns selbst auf. So lautete der Leitsatz.

Guru Oscar zitierte jeden Morgen den Pakt, den er formuliert hatte, wobei er die Zwischenrufe der Springer und anderer Zweifler ignorierte.

Alle Labradorhunde, die eine Familie hatten, um die sie sich kümmerten, folgten seinem Rat gewissenhaft und reichten ihr Wissen über den Pakt an ihre Nachkommen weiter und an jedes andere Mitglied unserer Rasse, auf das sie trafen. Innerhalb von zwei Hundejahren waren die meisten Labradorhunde im Land darin übereingekommen, loyal zu bleiben – komme, was wolle – und ihr ganzes Leben dem Glück und der Sicherheit ihrer menschlichen Herrchen und Frauchen zu widmen.

Und dabei blieb es auch. In jedem Park, in jedem Winkel dieses Landes, unterwiesen die Alten die Jungen in den Lehren des Paktes.

Bis heute.

Ich muss die Wahrheit akzeptieren, wie sie ist. Wie immer man es bewerten mag, ich war derjenige, der alles geändert hat. Von nun an muss jeder Labrador selbst herausfinden, welches Grauen damit verbunden ist, die Familie zu beschützen.

ROUTINE

Eines der ersten Dinge, die ein Labrador über seine menschliche Familie lernt, ist die Tatsache, wie sehr sie von Wiederholungen abhängt. Damit eine Familie überleben kann, muss eine tägliche Routine eingerichtet werden.

Ein wichtiger Bestandteil dieser Routine war mein zweimal täglicher Spaziergang mit Adam in den Park. Jeden Tag ging er zu exakt denselben Zeiten und tat exakt dieselben Dinge, sobald er im Park angelangt war.

Morgens setzte er sich auf die Bank und unterhielt sich mit Mick. Abends warf er Stöckchen, die ich apportierte.

Doch allmählich veränderte sich dieser Ablauf. An jenem Morgen hatte Adam kaum mit Mick gesprochen, und als wir am Abend in den Park kamen, fiel mir auf, dass Adam keine Lust zum Spielen hatte. Ich lief mit einem Stöckchen im Maul zu ihm, aber er nahm nicht einmal die Hände aus den Hosentaschen. Das war äußerst seltsam. Wie ich schon sagte, genoss er es normalerweise sehr, die Stöckchen so hoch und so weit wie nur möglich in die Luft zu werfen.

Doch er stand nur wie festgewurzelt auf der Stelle und starrte die ganze Zeit die neue Villa an, die an den Park grenzte. Um ehrlich zu sein, war das kein *völlig* anderes Verhalten. Seit die Baufirma vor fast einem Jahr mit den Arbeiten begonnen hatte, war seine Faszination stetig gewachsen. Anfangs war es nur ein gelegentlicher Blick, eine leichte Neugier zwischen zwei Stöckchen. Doch nun schien es schon fast an Besessenheit zu grenzen.

Während ich mich um den Anschein von Gelassenheit bemühte und lässig zwischen den Blumenbeeten umhertrottete, behielt ich ihn im Auge, versuchte herauszufinden, was in seinem Kopf vor sich ging. Dann dämmerte es mir. In einem der oberen Fenster ging das Licht an, und ein Schatten bewegte sich hinter dem Vorhang. Jemand war eingezogen.

Nachdem ich im Park die Runde gemacht hatte, lief ich gemächlich zu Adam zurück. Ich keuchte heftig, um seine Aufmerksamkeit zu erregen, aber erst als ich meine Schnauze sanft in seinen Schritt presste, erwachte er aus seiner Trance.

»Nein, mein Junge. Aus!«, sagte er und hakte meine Leine ein.

AFRIKA

Hal und Charlotte waren schon auf ihren Zimmern, als wir nach Hause kamen. Kate sah sich die Nachrichten im Fernsehen an.

»Wir haben die Sendung verpasst«, sagte sie und zupfte Hundehaare vom Sofa. »Du weißt schon, die Sendung, die wir uns ansehen wollten.«

»Ja«, sagte Adam. »Welche Sendung?« Er stand vor ihr, neben dem Fernsehgerät, und obwohl Kate es nicht bemerkte, war er wieder in Trance gefallen.

»Über diese Frau, die das Krankenhaus in Afrika aufgebaut hat.«

»Ach ja, genau.« Er rieb sich den Nacken und starrte auf einen undefinierbaren Fleck auf dem Sofa. Und dann, aus dem Nichts: »Sie haben es verkauft.«

»Wie bitte?«

»Das Haus am Park. Sie haben es verkauft.«

Nur der Nachrichtensprecher blieb von Adams Verhalten wirklich unberührt.

»Aha«, sagte Kate und streckte den Kopf leicht nach vorn, als ob sie dadurch das fehlende Bindeglied in ihrer Unterhaltung ausfindig machen könnte.

»Dabei ist es erst seit einem Monat auf dem Markt. Und doch hat es schon einen Besitzer. Die Leute *wohnen* bereits im Haus.«

»Aha.«

»Das ist doch unglaublich.«

»Liebling, ist mit dir alles in Ordnung?«

Er hörte ihr gar nicht zu. »Ich habe jemanden im oberen Fenster gesehen. Sie müssen heute Morgen eingezogen sein.«

»So was kommt vor. Menschen kaufen Häuser. Sie ziehen ein. Das ist ja wohl kaum etwas Ungewöhnliches.«

»Ja schon, aber dieses Haus. Hast du es dir mal angesehen? Das ist wohl der hässlichste Bau, der mir je untergekommen ist. Es gibt sogar eine Doppelgarage, also ehrlich.«

»Na ja.« Kate seufzte. »Dann können wir von Glück sagen, dass wir da nicht einziehen müssen, nicht?«

Er ging aus dem Zimmer und hängte seinen Mantel auf. Seine Stimme drang herein. »Mal ehrlich, würdest du dort einziehen wollen?«

»Adam, was hast du nur immer mit dieser klotzigen Villa? Neid bringt gar nichts.«

Er lachte auf. »Neid! Also bitte, Kate. Würdest du tatsächlich in so ein Haus ziehen wollen?«

»Wir könnten uns das gar nicht leisten.«

Adam tauchte mantellos wieder im Raum auf und brachte den Geruch nach Neid mit herein. »Ich spreche rein hypothetisch. Wenn wir das Geld hätten, wenn du alles Geld der Welt hättest, würdest du auch nur eine Sekunde lang in Betracht ziehen, einen Fuß über die Schwelle dieses grässlichen, seelenlosen Zerrbilds von einem Haus zu setzen?«

»Nein.« Kate seufzte. Sie hoffte offenbar, dies sei der schnellste Ausweg aus der Unterhaltung, damit sie wenigstens noch das Ende der Nachrichten mitbekam.

Mein Schwanz versuchte, Eintracht in die Situation zu wedeln. Zu meiner großen Zufriedenheit erwies sich die morgendliche Lehrstunde bei Henry als Erfolg. Sofort wurde die Atmosphäre entspannter.

»Komm her, mein Junge.« Adam streichelte mir den Kopf.

Anscheinend wusste er meine Bemühungen zu schätzen. Dann sagte er zu Kate: »Ich hätte diese Sendung wirklich gern gesehen.«

»Ja«, erwiderte sie. Ein leichtes Lächeln umspielte ihre Mundwinkel. »Ich auch.«

Adam setzte sich neben sie auf das Sofa, und ich spürte ein warmes Glühen angesichts des Bildes, das dank meiner Mithilfe entstanden war. Auch dies stellte einen Bruch der üblichen Routine dar, aber ich hatte einfach das Gefühl, dass es ein willkommener Bruch war. Adam und Kate, zusammen auf dem Sofa, wie sie sich den Wetterbericht ansahen. Erschöpft, das stimmt, aber sie rochen auch nach stiller Zufriedenheit.

SCHUHE

Später verzog Kate ihr Gesicht vor dem Schlafzimmerspiegel. Das machte sie immer, wenn sie allein war. Unter dem gleißenden Licht des Strahlers legte sie die Fingerspitzen auf ihr haarloses Gesicht und zog die Haut, so weit sie konnte, nach hinten, wobei sich ihre Augen hinter schmalen Schlitzen versteckten. Nach einer Weile fuhren ihre Finger weiter zu den Schläfen und zogen auch hier die Haut nach hinten, um die Falten auf ihrer Stirn unsichtbar zu machen.

Sie bemerkte mich und drehte sich um. »Prince, wie lange bist du schon hier?«

Ich schwanzwedelte meine Antwort und versuchte, gefühlvoll zu blicken. Kate lächelte mich an. Sie war müde, aber sie lächelte. Und es war ein wunderschönes Lächeln, ganz natürlich, nur für meine Augen bestimmt. Niemand sonst bekam dieses Lächeln von Kate geschenkt, nicht einmal Adam. Jedes andere Lächeln in ihrer Sammlung war falsch, eine Maske, aber dieses Lächeln war echt.

Wissen Sie, Kate und ich hatten eine ganz besondere Beziehung.

Sie vertraute mir all ihre Geheimnisse an. Alles, was sie in sich verschlossen hielt, verborgen vor ihrer Spezies. Na ja, nicht *alles*.

Kate trat vom Spiegel weg, um die Vorhänge zu schließen und ihre Schuhe auszuziehen. Im Gegensatz zu ihrer üblichen Angewohnheit warf sie die Schuhe einfach auf den grünen Teppich und setzte sich dann auf den Rand des Bettes.

Die Schuhe lagen in einem Winkel und in einer Entfernung voneinander, dass es den Anschein hatte, als ob die echte Kate auf eine unsichtbare, jüngere, geschmeidigere Version ihrer selbst schaute, die einen Spagat machte.

Inzwischen war das Lächeln aus ihrem Gesicht verschwunden. Sie saß auf dem Bett und lauschte. Lauschte, wie Adam mit Charlotte in deren Zimmer sprach und ihr erklärte, warum sie nicht zum Konzert der Mad Dogz of War durfte. Seine Stimme wurde immer lauter, sein Atemrhythmus wurde immer abgehackter. Der Streit endete mit einem Geräusch; Charlotte schlug mit den Fäusten auf ihr Bett ein. Adam schlurfte zu Kate zurück.

»Charlotte«, seufzte er. »Sie ist einfach unmöglich.«

»Sie ist ein Teenager, und Teenager sind immer unmöglich. Das sollte uns mittlerweile klar sein.«

»War Hal damals *auch* so?« Adam sprach leise, obwohl Hal sich in seinem Zimmer die Kopfhörer übergestülpt hatte.

»Tja, perfekt war er jedenfalls nicht, oder? Außerdem ist es für das jüngere Kind immer am schlimmsten. Das zweite Kind ist immer schwieriger als das erste, das ist allgemein bekannt.«

Adam sank auf die Knie, wobei seine Gelenke knackende Geräusche von sich gaben, und streichelte meinen Kopf.

»Was denkst du, Prince? Hast du irgendwelche Erziehungsratschläge im Angebot?«, fragte er.

Aber wie üblich hörten sie nicht auf mich. Solange ich mich nicht auf die Hinterbeine aufrichtete und Worte aus meiner Schnauze drangen, würden sie mich nie verstehen. Adam starrte mit leerem Blick in meine Augen, dann wandte er sich an Kate.

»Ich bringe ihn jetzt wohl besser nach unten.«

DER LABRADOR-PAKT:

VORAUSSAGE IST SCHUTZ

Um die Zukunft der Familie zu kennen, muss man die Gegenwart kennen.

Beobachte ständig deine Umgebung. Jede Handlung, jedes Wort, jeder Geruch ist von Bedeutung. Geh in dich und befrage dein Gespür für das Wahrscheinliche und dann handle entsprechend. Wenn die Menschen unsere Fähigkeit zur Voraussage bemerken, sprechen sie von paranormalen Kräften oder einem sechsten Sinn.

Wir können von Glück sagen, dass sie so unwissend sind.

Wir dürfen jedoch nicht selbstgefällig werden. Wenn wir die Familie schützen wollen, müssen wir sicherstellen, dass unsere Motive im Verborgenen bleiben und wir stets subtil vorgehen. Das ist von grundlegender Bedeutung, nicht nur für jede einzelne Mission, sondern für den Guten Kampf aller Labradorhunde.

Lass dich von deinen Sinnen leiten, und du wirst feststellen, dass die Zukunft direkt unter deiner Nase liegt.

SPEICHEL

Pflicht über alles.«

»Pflicht über alles.«

Obwohl ich mich jeden Morgen mit Henry unterhielt, ließen wir die Formalitäten niemals außer Acht. Henry bedeuteten der Labrador-Pakt und selbst dessen kleinste Rituale einfach alles. »Ignoriere die kleinen Dinge, und die großen Dinge laufen aus dem Ruder«, pflegte er zu sagen. Und an diesem Morgen im Park trafen die kleinen Dinge und die großen Dinge wahrscheinlich zum ersten Mal aufeinander – obwohl mir das damals noch nicht klar war.

Es fing alles ganz normal an. Adam und Mick gingen zu der Parkbank, um ihren täglichen Plausch zu halten, während Henry und ich zum anderen Ende des Parks liefen, vorbei an den großen Eichen, damit ich meine morgendliche Lektion bekommen konnte. Ich weiß nicht genau, warum ich immer so weit weg von Adam unterrichtet werden musste, aber Henry war es auf diese Weise lieber. »Das dient der Geheimhaltung unserer Mission.« Also machten wir es so.

»Wie ist es gelaufen?«, erkundigte sich Henry.

»Gut«, sagte ich. »Die Lage in der Familie scheint sich zu bessern.« Ich berichtete ihm von dem erfolgreichen Wedeleinsatz meines Schwanzes am Vorabend.

Henry sah mich an und nickte. In einer seltenen Zurschaustellung von Zuneigung leckte er mir die Wange. »Gut gemacht, Prince. Ich bin stolz auf dich.«

Mir war schwindelig vor Stolz, und in meinem Kopf erklang die Musik des Parks. »Du bist ein guter Lehrer, das ist alles.«

»Nein, nein, Prince. Du darfst nicht bescheiden sein. Eine glückliche menschliche Familie ist keine Selbstverständlichkeit. Wie du sehr wohl weißt, entsteht sie nicht durch Zufall. Nur jene Labradorhunde, die sich ganz dem Guten Kampf verschreiben, erzielen solch ein harmonisches Ergebnis.« Er sah zu seinem Herrchen Mick hinüber, der auf der Parkbank eifrig auf Adam einredete.

»Nun gut, die heutige Lektion dreht sich um die sensorische Voraussage.« Er drehte sich wieder zu mir um. Als ehemaliger Polizeihund war das natürlich Henrys Lieblingsthema und ein Gebiet, auf dem er sich hervorragend auskannte. Er behauptete, dass man Ärger nicht nur riechen, sondern sogar *im Voraus* erschnüffeln konnte.

»Voraussage ist Schutz, so einfach ist das«, erklärte er, während wir um einen der Eichenstämme schnüffelten. »Wenn du den Ärger riechst, noch bevor er geschieht, dann kannst du die Familie jederzeit beschützen. Das Problem ist nur, je weiter die Dinge in der Zukunft liegen, desto schwerer kann man sie erschnüffeln. Wenn wir jedoch bis zur letzten Minute warten, ist es oft zu spät. Du musst immer daran denken, dass die Zukunft bereits in der Gegenwart verborgen liegt. Wenn du die Dinge in der Gegenwart nicht nur riechen kannst, sondern auch verstehst, was sie zu bedeuten haben, wirst du in der Lage sein, künftige Möglichkeiten zu enträtseln.«

Er spürte meine Verwirrung und versuchte, sich klarer auszudrücken.

»Im Heim deiner Familie gibt es in jedem Zimmer Tausende von Gerüchen, die um deine Aufmerksamkeit buhlen. Das sind die Gerüche der Vergangenheit, der Gegenwart und der Zukunft. Denk beispielsweise an den Geruch eines Menschen. Wenn der Mensch das Zimmer verlässt, bleibt sein Duft zurück. Du riechst die Vergangenheit. Wenn der Mensch mit dir im Zimmer ist, dann ist das der Geruch der Gegenwart. Aber ist es nicht auch möglich, den Menschen zu riechen, noch bevor er den Raum betritt? Natürlich! Wir riechen also die Zukunft jeden Tag, ohne dass es uns bewusst ist. Überall um uns herum gibt es Hinweise darauf, wie alles enden wird. Der Geruch – das ist das Geheimnis. Wenn wir diesen wichtigsten Sinn nicht entwickeln, bleibt die Zukunft für uns ein absolutes Rätsel. Aus diesem Grund scheitern die Menschen so jämmerlich, wenn sie sich darin versuchen. Sie verlassen sich zu sehr darauf, die Dinge zu *sehen* – sei es in den Sternen oder in ihren Handlinien. Aus diesem Grund müssen wir uns um sie kümmern und sie vor künftigem Schaden bewahren. Der Schlüssel besteht darin, dass …«

Henry hielt inne und schnupperte die Luft. Zuerst dachte ich, er wolle damit auf drastische Weise einen Punkt unterstreichen. Aber nein. Ich konnte es auch riechen. Ich sah über ihn hinweg und stellte fest, dass sich – wie aufs Stichwort – Schwierigkeiten ankündigten. Der furchteinflößendste, verschwitzteste, speicheltriefendste Rottweiler, den ich in meinem ganzen Leben je gesehen oder gerochen hatte, stand plötzlich vor uns und sah mich an.

»Was starrst du mich denn, verdammt noch mal, so an?«, knurrte er.

»Tut mir leid. Ich habe nur …« Ängstlich schnüffelte ich nach Adam. Er roch meilenweit entfernt.

»Ist schon gut, Prince«, beruhigte mich Henry und trat vor. Dann sagte er zu dem Rottweiler: »Mein Freund und ich kümmern uns nur um unsere eigenen Angelegenheiten. Wir wollen keinen Ärger.«

»Verpiss dich, du Arsch. Der Park gehört mir. Kannst du das, verdammt noch mal, nicht riechen? Das ist mein verdammtes Königreich, und ich werde es nicht mit zwei verdammten, schwulen Labradoren teilen. Jetzt verpisst euch, oder ich beiße euch eure verdammten Kehlen durch.«

Meiner Meinung nach wäre das ein guter Zeitpunkt für unseren Abgang gewesen. Henry sah das jedoch anders.

»Wer bist du?«, fragte er.

»Hä?«

»Ich frage mich, wer du bist? Wie du heißt?«

»Ich bin Lear. Nicht dass es dich, verdammt noch mal, was angeht.«

»Du sagst, dass dies dein Park ist, mein Freund, also geht es uns sehr wohl etwas an.«

Aus Lears gewaltigem Kiefer tropften weiße Speichelflocken.

»Äh, Henry«, warf ich ein, »vielleicht sollten wir lieber woandershin.«

Aber Henry ließ sich nicht einschüchtern. »Warum muss es immer um Territorien gehen?«, fragte er mit wissbegierigem Schnüffeln. »Warum ist das Territorium für dich so wichtig, Lear? Wovor hast du Angst?«

»Angst?«, wiederholte Lear. »Angst? Scheiße, ich habe, verdammt noch mal, vor verdammt gar nichts Angst!«

»Ach bitte, könntest du wohl auf deine Ausdrucksweise achten?«, bat Henry. »Wir sind Labradorhunde.«

»Das ist mir, verdammt noch mal, scheißegal, selbst wenn du der verdammte Geist von Lassie wärst.« Lear rückte zentimeterweise näher auf Henry zu und gewann dabei immer mehr an Masse.

»Und warum hast du dann das Bedürfnis, zu derart aggressivem Verhalten Zuflucht zu nehmen? Solltest du deine Zeit nicht darauf verwenden, dich um dein Herrchen zu kümmern, anstatt dir darüber den Kopf zu zerbrechen, was andere Hunde im Park tun?« Mittlerweile ließ es Henry wirklich darauf ankommen. Ein unheilvolles Knurren war irgendwo tief im Innern von Lears massiger Gestalt zu vernehmen. Ich trat ein paar Schritte zurück und schnüffelte an einigen fast geruchlosen Grashalmen. Die Morgenbrise trug die Stimmen von Adam und Mick, die unsere Lage offenbar immer noch nicht bemerkt hatten, aus der Ferne heran.

»Du hast, verdammt noch mal, keine Ahnung, oder?«

»Nein. Deshalb frage ich ja.«

Ich spürte, wie Lear den Blick von Henry abwandte und zu mir schaute. Möglicherweise erachtete er mich ja als köstlicheres Frühstück. »Schaut euch beide doch mal an«, sagte er.

»Ist das der Zustand, zu dem diese Spezies verkommen ist?« Ich sah Henry verwirrt an. »Schaut euch nur an, ihr seid beide viel zu saft- und kraftlos, um etwas zu tun. Glaubt ihr wirklich, ihr könntet die Dinge mit einem Schwanzwedeln oder einem schmalzigen Blick verändern?

Dass ich nicht lache, verdammt noch mal! Ich sage euch, das Leben ist verdammt hart. Da draußen heißt es für uns Hunde ›Friss oder stirb‹. Entweder seid ihr die Beute oder die Jäger, ganz wie ihr möchtet. Den Menschen ist es sowieso scheißegal. Die wollen sogar den wenigen, die noch etwas Stolz besitzen, Maulkörbe überstreifen. Aber wisst ihr, mein Herrchen ist anders ...« Er drehte seinen massiven Schädel zu seinem Besitzer, einem blässlich wirkenden Mann mit Bart, der ein paar Schritte hinter ihm stand. »Er würde mir nie einen Maulkorb anlegen, weil er versteht ...«

»Lear«, brüllte sein Herrchen und kam leicht hinkend auf uns zu. »Weg da.«

Der Rottweiler fletschte zum Abschied die Zähne und trottete dann gehorsam zu seinem Herrchen.

»Das war knapp«, sagte ich, als ich wieder an Henrys Seite getreten war.

»Eigentlich nicht«, schnupperte Henry. »Hinter seinen lauten Worten scheint es ein Gefühl für Moral zu geben. Natürlich nicht *unsere* Moral, aber dennoch eine Moral. Die Springer scheinen auf ihn keinen Eindruck gemacht zu haben. Und er ist kein solcher Psychopath, wie er zu sein vorgibt.«

»Da wäre ich mir nicht so sicher.« Die Stimme gehörte nicht mir. Sie gehörte Joyce, einer Irischen Wolfshündin, die als Streunerin lebte und mit der wir im Park häufig einen Plausch hielten. Sie tauchte aus einem der Büsche zu unserer Linken auf. »Ich sehe ihn ständig, Leute. Er ist ein Volltrottel, das kann ich euch versichern.«

Sie stand vor uns, mit Blättern und Schlammspritzern bedeckt. Obwohl ihr Fell noch verfilzter als sonst aussah, war sie dennoch eine exzentrische Schönheit. Wir respektierten Joyce und schätzten ihr Urteil. Sie wusste Dinge über diesen Park, die wir ohne sie nie erfahren hätten. All seine kleinen Geheimnisse. Anders als die anderen Streuner, denen wir nicht selten begegneten, versuchte sie niemals, uns Minderwertigkeitsgefühle einzureden oder die Sorge um unsere Familien herabzusetzen.

»Wie kommst du darauf?«, fragte ich sie.

»Na gut, ich will es euch sagen. Ich will euch von letzter Woche erzählen, als er drohte, einen kleinen Yorkshire-Terrier zu töten. Also ehrlich, einen Terrier, um Hundes willen! Ungefähr ein Hundertstel seiner Größe. Er hätte ihn in einem Stück hinunterschlucken können. Was für eine Bedrohung kann so ein winziger Haufen Hund schon für so eine gewaltige Bestie darstellen? Sagt mir das mal, Leute. Der arme Yorkshire war völlig verängstigt. Ja, verängstigt.«

»Und was geschah dann?« Ich pinkelte geistesabwesend auf den Boden, der noch den Duft des Rottweilers trug.

»Nichts. Aber nur, weil das Herrchen des Rottweilers ihn zu sich rief. Ich sage euch, wenn es jemals einen tätlichen Übergriff in diesem Park geben sollte, dann wisst ihr, auf wen eure Schnauzen zeigen …«

»Henry!«

»Prince!«

Unsere Herrchen spazierten auf uns zu. Henry schien unbedingt hören zu wollen, wie Joyce ihren Satz beendete. Aber sie sagte nur: »Ich verdünnisiere mich lieber, Leute. Bis die Tage.« Dann verschwand sie in der Tarnung der Büsche, wie sie es immer tat, wenn Menschen in der Nähe waren.

»Wir werden unseren Unterricht morgen fortsetzen«, verkündete Henry, den die ganze Rottweiler-Episode völlig unberührt gelassen hatte.

»Ist gut«, sagte ich, als Adam nach meinem Halsband griff.

»Ich seh dich dann.«

Auf dem Heimweg dachte ich an meine letzte Lektion. Ich atmete die Morgenluft ein – Autoabgase, Pommes-frites-Einwickelpapier, Katzenpisse – und versuchte, den Sinn darin zu erkennen. Ich atmete tiefer ein. Ich konnte Henry, Lear und Joyce riechen – ihre Duftspuren fanden sich noch alle in der Morgenluft. Als wir um die letzte Ecke bogen, roch ich auch die anderen Parkgerüche. Sie hafteten an mir so stark wie eh und je. Hässliche Verwesungsgerüche. Eichhörnchenblut, Erbrochenes von Menschen und noch etwas anderes. Feucht und schwer. Etwas, das ich nicht zuordnen konnte. Und doch schoss mir der Gedanke durch den Kopf, dass dieser nicht identifizierte Geruch der Schlüssel war.

Dieser Gedanke begleitete mich den ganzen Tag über.

Wenn ich diesen Geruch identifizieren konnte, könnte ich die Zukunft vorhersagen.

Ich könnte die schlimmen Dinge aufhalten. Ich könnte die Familie beschützen.

DER LABRADOR-PAKT:

LEISTET DEN SPRINGERN WIDERSTAND

Die Springer sind eine Gefahr für unsere Mission. Sie halten sich nicht länger für die Hüter der menschlichen Familie und sind erwiesenermaßen bereit, einfach danebenzusitzen und zuzusehen, wie Familien auseinanderfallen. Außerdem übt die aufrührerische Propaganda, die zu dem Aufstand der Springer führte, mittlerweile sogar einen Einfluss auf andere Rassen aus.

Insbesondere folgenden Schlüsselaspekten des Springer-Verhaltens muss unter allen Umständen Widerstand geleistet werden:

Leinenflucht

Ignorieren von Gefahrenzeichen

Ausbeutung der Freundlichkeit und Großzügigkeit unserer menschlichen Herrchen und Frauchen

Mangelnde Pflege der besonderen Hundekraft »geheime Diplomatie«

Labradorhunde müssen jedweden Kontakt mit dieser zunehmend hedonistischen, zügellosen Rasse vermeiden. Wann immer sich ein Springer nähert, kehrt ihm den Rücken zu. Wann immer ihr deren Duft aufnehmt, versprüht euren eigenen darüber.

Rücksichtsloser Springerismus wird unter Labradorhunden niemals toleriert werden.

Wir lassen uns nicht schwächen.

Unser Pflichtgefühl wird sich behaupten.

SEUFZER

Adam stieß einen Seufzer aus, der so lange währte, dass beinahe alles, was auf dem Küchentisch stand, in den Geschirrspüler gestapelt worden war, noch bevor er vollends ausgeatmet hatte.

Während des Seufzers schob Charlotte quietschend ihren Stuhl zurück, stand auf und spazierte aus dem Zimmer, wobei sie etwas in ihr Handy eintippte.

Als der Tisch abgeräumt war, zog Adam seine Krawatte fest und bedachte mich mit einem Blick, der fragte: *Was haben wir getan, um das zu verdienen?*

Er fütterte mich. Meine Schüssel mit konzentrierter Fleischbrühe mit Fleischeinlage.

Ein Hundeabendessen. Ein Hundefrühstück. Ich schlang es hinunter.

Noch mehr Morgengeräusche von oben: Schritte in eiligem Wettlauf. Das ganze Haus wurde immer lauter, wie an jedem Morgen, wenn Kate zur Arbeit in den Geschenkartikelladen ging und sie sich wie die anderen Familienmitglieder auf einen geschäftigen Tag vorbereitete. Der Lärm erreichte seinen donnernden Höhepunkt, als alle in rascher Abfolge wie die Riverdance-Truppe die Treppe hinunterpolterten und die Vordertür hinter sich zuschlugen.

Knall. Knall. Knall. Knall.

Nach dem letzten Knall herrschte selige Stille im Haus. Ich schlurfte zu meinem Korb zurück, machte es mir bequem und leckte mir die Pfoten. Plötzlich sprach die Stille zu mir. Ob es sich dabei um Hunde-Intuition oder um eine Halluzination handelte, kann ich nicht genau sagen. Aber sie schien mir mitzuteilen, dass dieser tägliche Trott, der Trott, der mich langweilte und mir gleichzeitig ein wohliges Gefühl bescherte, nicht mehr lange andauern würde. Ganz plötzlich war der Raum voller Geheimnisse, verbarg sein ahnungsvolles Wissen in jedem einzelnen Gegenstand. Und dieses Gefühl blieb eine Weile bestehen, bis ich beschloss, den Rest des Tages zu bellen. Um der Stille und ihren unwillkommenen Vorwarnungen das Maul zu stopfen.

DUFTHAUFEN

An diesem Abend hatte Adam immer noch keine Lust, Stöckchen zu werfen, gleichgültig wie oft ich eines zu seinen Füßen fallen ließ. Stattdessen setzte er sich auf die leere Parkbank.

Ich behielt ihn im Auge, während ich mich durch die feuchten Blumenbeete schnüffelte. Er schaute zu dem großen, neuen Haus hinüber, dessen Fenster in der Dunkelheit orangefarben glühten. Plötzlich wandte er den Blick ab. Eine Tür schloss sich.

Jemand kam.

Ich blieb reglos stehen und sah zu, wie ein Hund neben der Villa auftauchte. Er führte eine Frau zu der Pforte im Zaun, der den Garten vom Park trennte. Als die Pforte hinter ihnen zugefallen war, ließ die Frau den Hund von der Leine. Der Hund, der mich noch nicht bemerkt hatte, sprang auf die Eichen und den dahinter liegenden Dufthaufen zu. Von größerem Interesse war die Frau, die jetzt langsam, aber zielsicher auf die Bank zuging.

Ich bemerkte, wie Adam sich bemühte, entspannt zu wirken. Er lehnte sich zurück. Dann vor. Dann wieder zurück, wobei er einen Ellbogen auf die Rückenlehne der Bank legte. Ich kann mich nicht erinnern, was mir durch den Kopf ging, als ich zu ihnen lief. Mit Sicherheit hatte ich keine Ahnung, dass es sich um einen Wendepunkt handelte, um den Beginn meiner wahren Mission und all der Schlachten, die ausgefochten werden mussten.

Ich legte mich vor ihnen hin, damit ich alles mitbekam. Damit ich *sie* mitbekam. Der Geruch traf mich als Erstes. Selbstverständlich war es nicht ihr natürlicher Geruch, sondern eine bizarre Mischung aus Parfüm und etwas anderem. Etwas, das so stark war, dass ich leichte Schwindelgefühle bekam.

Adam fiel das natürlich nicht auf. Ihm fiel nur auf, wie sie aussah. Das wusste ich schon damals. Und wie sah sie aus? Nach menschlichen Maßstäben vermutlich attraktiv. Lange Haare, so goldgelb wie das Fell von Henry. Große, welpenhafte Augen. Ihre Haut war fest und strahlte vor Gesundheit. Sie muss halb so alt wie er gewesen sein.

Ich setzte mich auf, blieb aber bei ihm neben der Bank. Nicht, weil ich mir besondere Sorgen machte. Daran lag es nicht. Man musste einfach vorsichtig sein, nicht wahr, dass man den Pakt nicht brach. Aber die Sache war die: Von dem Augenblick an, in dem ich die Entscheidung getroffen hatte, bei Adam und der Frau zu bleiben, wurde mir klar, dass ich einen Fehler begangen hatte. Anstatt ihn vor der potenziellen Gefahr der Unterhaltung zu bewahren, hatte ich ihr eine Entschuldigung geliefert, sich vorzubeugen, meinen Nacken zu streicheln und zu sagen: »Wow! Sie ist eine zauberhafte Hündin! Wie heißt sie denn?«

»Ja, stimmt. Das ist sie wirklich, nicht?« Adam hielt kurz inne, als ob er innerlich etwas abwägte. »Eigentlich ist es ein Er. Na ja, ein halber Er. Er wurde …« Er beendete den Satz mit einer Pantomime, schnitt wie mit einer Schere durch die Luft.

Die Frau lachte. »Ach herrje, der arme, arme …«

»Prince. Sein Name ist Prince.«

Ich tat mein Bestes, um keine weitere Unterhaltung zu ermutigen, und konzentrierte mich stattdessen auf den Hund der Frau, der hinter einem der Blumenbeete einem Eichhörnchen auflauerte. Dann merkte ich es. Ich nahm seinen Duft auf. Er war nicht einfach irgendein alter Hund. Er war ein Springer-Spaniel. Ein *Springer*. Das war gar nicht gut. Wir mussten hier weg; ich musste etwas unternehmen. Ich bellte Adam und die Frau an, aber sie achteten nicht auf mich, sondern setzten ihre Unterhaltung fort.

»Ich bin Emily.«

Als ich mich umdrehte, streckte sie gerade ihre Hand aus.

»Ich bin, äh, Adam. Adam Hunter.«

Emilys Springer, der mir merkwürdige Blicke zugeworfen hatte, während er sich durch sein neues Territorium schnüffelte, kam jetzt herübergetrottet.

»Juhei, ein Labrador!«

Ich tat mein Bestes, ihn zu ignorieren, während er um mich herumschnüffelte. »Komm schon«, sagte er, »bleib locker. Ich beiße nicht.«

»Tut mir leid«, sagte ich. »Du bist ein Springer. Ich kann nicht mit dir reden.«

»Ach ja, der Labrador-Pakt. Natürlich. Tja, vielleicht beruhigt es dich, wenn ich dir versichere, dass ich nur ein Halber bin.«

»Wie bitte?«

»Ich bin nur zur Hälfte Springer.«

»Und die andere Hälfte?«

»Eine wilde Mischung – ein Hundecocktail. Weißt du, Kumpel, bei mir ist alles drin.«

»Ach ja?«

»Hör zu, ob es dir gefällt oder nicht, wir werden uns ziemlich oft über den Weg laufen, da können wir auch gleich versuchen, miteinander auszukommen«, erklärte er. »Wer weiß, vielleicht könnten wir zwei sogar gute Freunde werden.«

»Meinst du?«, sagte ich und versuchte, zweifelnd zu klingen.

»Ja klar«, erwiderte er, während Emily ihm die Leine anlegte. »Du könntest viel von mir lernen, Wahnsinnswedler. Jede Menge sogar.«

»Ach ja?«, spottete ich. »Was denn, zum Beispiel?«

Er sah zu Emily auf, und als er merkte, dass sie ihn nicht weiter beachtete, legte er den Kopf schräg, ließ die Leine locker werden und schlüpfte dann flugs aus seinem Halsband.

»*Das,* zum Beispiel«, sagte er und stürmte davon.

Emily entschuldigte sich bei Adam und rannte ihrem aufsässigen Hund hinterher. »Falstaff! Komm her, Falstaff!«

Wir sahen zu, wie die beiden durch den halben Park liefen. Emily versuchte, Falstaff auszutricksen, indem sie eine Abkürzung zwischen den Blumenbeeten nahm. Doch er durchschaute ihren Bluff und eilte wieder auf uns zu. Seine Zunge pendelte von einer Seite auf die andere, seine Augen waren vor Triumph weit aufgerissen.

»Ju-hei!«

Adam ließ meine Leine fallen, sprang auf und packte ihn am Halsband. »Hab ihn!«

Emily kehrte zu uns zurück, die Hände auf der Hüfte. Sie lächelte Adam an. Ein Lächeln, in dem Dankbarkeit lag, aber auch noch etwas anderes.

»Wow, Sie können sich aber schnell bewegen«, sagte sie und suchte seinen Blick. Aus irgendeinem Grund machte diese Aussage Adam sprachlos. Oder vielleicht war es die Art und Weise, wie Emily es sagte. Er zuckte mit den Schultern.

»Fische. Ich wette, Sie sind ein Fische-Geborener.«

»Äh, nein. Eigentlich bin ich Zwilling. Nicht dass ich …« Er unterbrach sich und lächelte. »Aber ich sollte jetzt lieber gehen.«

»Siehst du«, sagte Falstaff, als Emily ihm Halsband und Leine wieder anlegte. »Ich habe jede Menge Tricks auf Lager, Wahnsinnswedler!«

Emily lachte schon wieder. Dieses Mal war nicht zu verkennen, dass sie flirtete. »Wir sehen uns dann morgen um dieselbe Zeit.«

»Bis morgen«, sagte Adam, immer noch wie hypnotisiert. »Selbe Zeit.«

Er stand reglos, ich neben ihm. Sein Blick folgte ihr, als sie zur Pforte schlenderte. Ich bin sicher, sie wusste, dass er sie beobachtete, warum sonst hätte sie stehen bleiben, ihren Kopf in den Nacken legen und mit der Hand durch ihr goldenes Haar streichen sollen. Aber da war noch mehr. Die Absichtlichkeit dieser Handlung ließ vermuten, dass sie Adam wissen lassen wollte, dass sie seinen Blick auf sich spürte und dass ihr seine Aufmerksamkeit gefiel. Welche Absicht sie auch immer verfolgt haben mochte, dieser Augenblick hatte eine nachhaltige Wirkung auf Adam, der sich – anders als Emily – überhaupt nicht wohl in seiner

Haut fühlte. Er schluckte schwer, als ob er sich eines Geschmacks entledigen wollte, den er lieber gar nicht erst probiert hätte. Ich konnte seine Besorgtheit spüren. Mein Pflichtgefühl kehrte zurück. Ich stand auf und zog an der Leine.

»Ist ja gut, mein Junge. Ich bringe dich nach Hause.«

MALZKAFFEE

Später an diesem Abend hatte Adam sogar noch weniger zu sagen. Während die Stimmen vom Rest der Familie mit den Geräuschen aus dem Fernsehgerät konkurrierten, ergründete Adam nervös sein Gesicht im Badezimmerspiegel.

Ich sah verwundert zu, wie er sein Profil von beiden Seiten sorgsam inspizierte.

Das war ein höchst ungewöhnliches Verhalten.

Wissen Sie, bis zu diesem Tag hatte Adam sein Aussehen mit beinahe hundehaftem Pragmatismus behandelt. Anders als sein Sohn, der mit seinem Spiegelbild stundenlang Zwiesprache halten konnte, sah Adam nur notgedrungen in den Spiegel – um sich zu rasieren, eventuell noch, um seine Krawatte zu binden oder sich auf Geheiß von Kate die Haare zu kämmen. Mehr war da nicht.

Und nun stand er vor dem Spiegel und analysierte sämtliche Details. Bei jeder neuen Entdeckung sackten seine Mundwinkel tiefer. Und es gab viel zu entdecken. Am meisten Kummer schienen ihm seine Haare zu bereiten, die an den Schläfen allmählich grau wurden.

»O mein Gott«, murmelte er. »Wann ist das denn passiert?«

Aber da war noch mehr. Nasenhaare, knittrige Stirnfalten, Krähenfüße um die Augen, fleckige Wangen, Truthahnhals und andere irreparable Schäden. Verzweifelt knöpfte er sein Hemd auf.

»Bitte«, flehte er, als ob er um eine gute Nachricht betete.

Als der letzte Knopf geöffnet war, stieß Adam einen Ton aus. Ein kurzes, aber unmissverständliches Wimmern der Enttäuschung.

Sein haarloser, rosa Körper verbarg absolut gar nichts. Egal, wie sehr er versuchte, seinen Oberkörper anzuspannen, er sah sich mit einer bitteren Wahrheit konfrontiert. Nunmehr hatte er offiziell den Zenit überschritten. Wieder einmal musste ich an die elementare Traurigkeit der Menschen denken. An ihre Unfähigkeit, ihr eigenes Naturell zu verstehen, an ihre Abneigung gegen das Altwerden, an ihre Konzentration auf einen einzigen Sinn, unter Ausklammerung aller anderen.

Ich war so besorgt angesichts Adams verzweifeltem Geisteszustand, dass mir Charlottes Schritte auf der Treppe völlig entgingen. Erst als sie direkt hinter mir stand und ihren hemdlosen, muskelanspannenden Vater vor sich sah, bemerkte ich sie. Angesichts dieses peinigenden Anblicks folgte sie ihrem ersten Instinkt, und der bestand wie so oft darin, nach ihrer Mutter zu rufen.

»Mum! Mum! Dad benimmt sich komisch im Badezimmer.«

Adam, der sich plötzlich seines Publikums bewusst wurde, schloss rasch die Badezimmertür. »Ich, äh, brauche nur eine Minute, Charlotte.«

Wenige Augenblicke später ging die Wasserspülung, und Adam tauchte mit einem unbeholfenen Lächeln und zugeknöpftem Hemd auf.

»Das Bad ist ganz dein.«

Charlotte schnaubte genervt und schnitt eine Grimasse, als ihr Vater versuchte, seine Hand freundschaftlich auf ihre Schulter zu legen. Die Badezimmertür war bereits zugefallen und Charlotte dahinter verschwunden, als Kate am Treppenkopf auftauchte.

»Liebling, geht es dir … gut?«

»Ja.«

»Du hast die Nachrichten verpasst.«

»Ach.«

»Ich mache mir eine Tasse Malzkaffee. Möchtest du auch eine?«

»Nein, danke. Ist schon gut. Mir geht es prima.«

RETTER

Als ich in jener Nacht in meinem Korb lag, fiel mir wieder ein, wie es ganz zu Anfang gewesen war.

Als sie mich auswählten, als sie beschlossen, zu meinen Rettern zu werden, an jenem Tag im Tierasyl, zwischen all dem Bellen und dem Chaos, da war ich nicht der Einzige, der eine Show ablieferte. Ich war nicht der Einzige, der Hilfe brauchte. Ich hätte es von Anfang an erschnüffeln sollen. Es hätte mir klar sein sollen.

Die Familie.

Die perfekte Familie.

Ehemann, Ehefrau. Schwester, Bruder. Nichts als Lächeln, nichts als Liebe. Nichts als Lügen. Ich wurde an der Nase herumgeführt, so wie ich sie an der Nase herumgeführt hatte. Aber in der Rückschau wird mir klar, dass Adam ihnen die Tour beinahe vermasselt hätte. Die Art und Weise, wie er seinen Arm um Kate gelegt hatte. Unbeholfen, unnatürlich. Die kaum verhüllte Panik in seinem Blick, als er mir in die Augen sah und dann nach unten auf die Tragetasche. Kate schien sich ebenfalls unwohl zu fühlen, wenn ich jetzt so darüber nachdenke. Das Lächeln in ihrem Gesicht schien zu viele Muskeln zu beanspruchen, um aus eigenem Antrieb entstanden zu sein. Es herrschte eine Spannung zwischen ihnen, zwischen Adam und Kate. Das musste einfach so gewesen sein. Sie trug seinen Arm wie einen rauen Kragen um ihre Schultern.

Aber alle gemeinsam schienen, ohne genaueres Hintergrundwissen, schwanzwedelnd vielversprechend. Wie der feuchte Traum eines Labradors. In den schmalen Konturen der Kindergesichter lagen Millionen glücklicher Abenteuer, endloses Verstecken- und Fangenspielen. Der Duft des Unbehagens, den Adam und Kate ausgeströmt haben müssen, wurde von dem süßen Geruch kindlicher Begeisterung maskiert.

Anstatt also geistesabwesend an meinen Hoden zu nagen, wie ich es getan hatte, als alle anderen armseligen Zukünftigen vorüberspaziert waren, setzte ich mich auf und strengte mich wirklich an. Der perfekte Hund für die perfekte Familie. Ich wollte, dass sie mich wollten. Ich wollte sie erkennen lassen, dass ich das fehlende Stück in ihrem Familienpuzzle war. Der lebende Kaminvorleger, den sie sich immer erträumt hatten.

Aber wie ich schon erwähnte, war das keine einseitige Vorstellung. Sie brauchten mich ebenso sehr, wie ich sie brauchte. Auch sie waren von dem gleichermaßen starken Wunsch beseelt, die Geschichte neu zu schreiben, noch mal neu anzufangen. Ihrem Asyl zu entfliehen. Und ich hielt den Schlüssel dafür in der Pfote. Möglicherweise trage ich ja zu stark auf, aber mit dem Wissen von heute würde ich sagen, dass dem nicht so ist. Ich weiß jetzt, dass ich das war, was Charlotte viele Jahre zuvor gewesen war. Ich war eine letzte Chance. Eine *letzte* letzte Chance.

»Oh, seht ihn euch an.«

»Oh, Kinder, seht nur.«

»Ist er nicht süß?«

Wenn ich die Szene vor meinem inneren Auge noch einmal abspielen lasse, dann sehe ich, wie es wirklich war. Die

Hunters: vier gigantische, überlappende Köpfe hinter einem Eisengitter. Das unbeholfene Lächeln war die Bauchrednerversion eines Hilfeschreis. Ich war ein Retter, das ist der Punkt. Ich war zwar kaum mehr als ein Welpe, aber ich wählte sie aus, mich zu retten, und sie wählten mich, um sie zu retten. Wir retteten einander. Nur, dass wir das unter Vorspiegelung falscher Tatsachen machten.

Als sich die Käfigtür öffnete, als ich heraussprang und ihnen die Gesichter leckte und sie mich umarmten, da spürte ich Erleichterung. Mir war damals aber nicht klar, dass auch sie erleichtert gewesen sein müssen. Auch sie hatten eine Chance auf Freiheit gewonnen. Eine weitere Chance auf eine glückliche Familie.

Doch noch bevor diese ersten sabbernden Hundeküsse weggewischt worden waren, noch bevor wir vom Hundeasyl wegfuhren, mussten sie gespürt haben, wie diese Chance verblasste. Sie müssen gemerkt haben, dass die Chance zurückgelassen worden war, irgendwo in einem leeren Eisengitterkäfig.

MISSY

Grandma Margaret war keine Gefahr von außen, aber sie machte die Sache auch nicht eben leichter. Daran kann keinerlei Zweifel bestehen.

Von dem Augenblick ihres Eintreffens an, mit ihren Einkaufsbeuteln und ihren tausend Gerüchen, veränderte sich die gesamte Atmosphäre des Hauses. Ich glaube, das lag vor allem daran, dass sie die Erinnerung an Grandpa Bill mit sich brachte. Und seine Erinnerung erwies sich als weitaus größere Kraft, als der zerbrechliche, alte Mann selbst es gewesen war. Jede Mahlzeit, jede Fernsehsendung, jeder Satz, der aus dem Mund eines Familienmitglieds drang, löste einen Funken der Erinnerung aus. Und jedes Lächeln oder Lachen galt als Zeichen mangelnden Respekts.

Am Abend ihres Einzugs setzte sie sich zu Hal ins Fernsehzimmer, wo er seine Lieblingssendung anschaute. Sie brachte ihre Anwesenheit ganz allmählich zur Kenntnis, durch eine Reihe lang gezogener und absichtlich tiefer Seufzer. Hal tat sein Bestes, sie zu ignorieren, und das mit Erfolg. Das heißt bis zu dem Moment, in dem die Seufzer durch eine Abfolge sorgfältig platzierter und eindeutig missbilligender Zischellaute ersetzt wurden.

»Oma, geht es dir gut?«

Sie antwortete mit einem leisen, verwirrten Seufzen. Hal sah wieder zum Bildschirm. Einige Augenblicke später sagte sie: »Soll das Musik sein?«

Jetzt war Hal mit Seufzen an der Reihe. »Das *ist* Musik.«

Noch ein verwirrtes Seufzen. »Tja, es klingt gar nicht nach Musik. Eher nach Geschrei.«

»Das ist kein Geschrei, das ist Rap. Man nennt das Hip-Hop. Es ist die wichtigste Form der Populärmusik in den letzten dreißig Jahren.«

Diesmal wurde das verwirrte Seufzen von einem verwirrten Kopfschütteln begleitet. »Also ehrlich, kannst du auch nur ein einziges Wort von dem verstehen, was er sagt?«

»*Sie.*«

»Wie bitte?«

»Das ist eine Frau.«

»Eine Frau?« An dieser Stelle *roch* sie sogar verwirrt.

»Ja. Missy Elliott.«

»Mrs. Elliott?«

»Nein, Missy. Missy Elliott. Sie ist die erfolgreichste Rap-Performerin der Welt.«

»Ich kannte mal eine Mrs. Elliott.«

»*Missy.*«

»Aber sie hat nie solche Sachen getragen.«

»Mein Gott.«

»Und sie war auch keine Farbige.«

Bei dieser Erklärung sprang Hals Daumen aggressiv von seiner Unterlippe ab.

»Nein, sie mochte anständige Lieder. John Denver, zum Beispiel. Oder war das ihr Ehemann? Ja, das stimmt. Er hat mit Bill in der Brauerei gearbeitet. Allerdings war er auf der Führungsebene tätig, weißt du. Aber dein Opa ist immer sehr gut mit ihm ausgekommen. Sie teilten denselben Sinn für Humor, ganz wie du und …«

Hal wandte den Blick vom Fernsehgerät ab, und sein Mund verzog sich zu einem zögernden, aber mitfühlenden Lächeln. Er tätschelte meinen Kopf.

Und dann fing Grandma Margaret an zu weinen, als ob eine unausgesprochene Erinnerung aufgetaucht wäre. »Tut mir leid«, schniefte sie schließlich, »ich störe dich beim Fernsehen.«

»Ist schon gut, Oma. Ich hole dir ein Taschentuch.«

Und dann zog er los und tat genau das. Als er zurückkehrte, legte er seine Hand ermutigend auf ihre Schulter. Es war eine liebevolle, wenn auch etwas unbeholfene Geste.

»Du bist ein guter Junge«, sagte sie und tupfte sich die Wangen ab. »So ein guter Junge. Bill war immer mächtig stolz auf dich.«

ABHACKEN

Adam kam mit diesem neuen Arrangement am schwersten zurecht. Wissen Sie, er konnte damals zwar nichts sagen, aber Adam hatte nie gewollt, dass Grandma Margaret bei ihnen einzieht.

Bevor Grandpa Bill gestorben war, hatte er einmal angedeutet, dass sie sich in einem Altersheim bestimmt wohler fühlen würde. Ich weiß nicht, was ein Altersheim ist, aber wenn es auch nur im Entferntesten einem Tierasyl ähnelt, dann verstehe ich, warum Kate strikt dagegen war. Grandma Margaret hätte nie und nimmer in einen dieser Käfige gepasst.

Wie auch immer, Adam war von Anfang an unglücklich. Seinem Geruch merkte man es nicht an; keiner schien es zu bemerken. Es lag auch nicht daran, dass Grandma Margaret ständig Ausschau hielt nach Momenten des Glücks, allzeit bereit, sie in Schuldgefühle zu verwandeln. Es war etwas anderes. Ihre Anwesenheit, stets in einer der Ecken des Raumes, hatte etwas an sich, das Adam zutiefst verärgerte. Jedes Mal wenn sie eine ihrer kontroversen Ansichten verkündete, verdrehte Adam die Augen und sagte: »Die Zeiten haben sich geändert«, oder: »Du solltest nicht alles glauben, was in der Zeitung steht«, oder in Extremfällen sogar: »Margaret, solche Sachen *kannst* du doch nicht sagen.« Aber sie konnte, und sie tat das auch fleißig weiter, obwohl sie nach der Hälfte ihrer

Sätze unweigerlich von ihm unterbrochen wurde. Schließlich war sie in Trauer.

»Ich finde, diese ganze Multikulti-Sache ist schon viel zu weit gegangen …«

»Bill fand, man könne diesen Ladendieben nur dann ein für alle Mal beikommen, wenn man ihnen die Hände abhackt …«

»Wie Enoch Powell immer zu sagen pflegte …«

»Schwule Hochzeiten. Was kommt wohl als Nächstes …«

»Ich sage dir, Adam, diese illegalen Einwanderer …«

Und Grandma Margarets kontroverse Ansichten wurden zwangsläufig zum Thema verschiedener Schlafzimmerzwiste, schon an ihrem allerersten Abend.

»Es tut mir leid, Kate, aber deine Mutter sagt die ungeheuerlichsten Dinge.«

»Ja, ich weiß«, erwiderte Kate und räumte eine von Adams Schubladen auf. »Aber wir werden sie nicht mehr ändern.«

»Sie ist eine Rassistin. Manchmal vertritt sie unglaublich entsetzliches Gedankengut.«

»Sie ist meine *Mutter*, Adam. Und sie ist in Trauer.«

»Ich weiß ja, aber …«

»Außerdem hat sie keine liberale Mittelklasse-Erziehung mit Ferien in Südfrankreich genossen wie du. Als junge Frau hatte sie es wirklich schwer. Und heute hat sie es auch schwer …«

»Also, das ist wirklich dummes Gerede. Tut mir leid, aber dann kannst du auch gleich behaupten, Hitler konnte nicht anders, weil er so eine schwere Kindheit hatte. Und darüber hinaus bist du deiner Herkunft ja entflohen, nicht wahr?«

»Entflohen? Ist dir klar, wie arrogant du gerade klingst? Ich bin gar nichts *entflohen,* und ich schäme mich nicht für meine Mutter. Wenn du die Tatsache nicht akzeptieren willst, dass ich jemanden – ein Mitglied meiner eigenen Familie – ungeachtet dessen lieben kann, was aus seinem Mund kommt, dann tut es mir zwar leid, aber dann ist das dein verdammtes Problem.«

»Na schön, wenn du es so haben willst …« Und an jenem Abend stand Adam auf und entfloh auf seine Weise. Mit mir. In den Park.

»Komm, mein Junge. Gassi gehen.«

UNNACHGIEBIG

Während wir durch die Straßen liefen, versuchte ich, Adam Vernunft einzubläuen. Warum war er Kate gegenüber so unnachgiebig gewesen? So war er doch sonst nie.

Normalerweise war er ruhig und vernünftig.

Ich wackelte mit dem Schwanz, atmete schnaufend, machte große Augen. Das schien eine gewisse Wirkung zu zeitigen, denn je näher wir dem Park kamen, desto lockerer wurde sein Schritt, und er fing sogar an zu pfeifen. Doch dann fiel es mir wieder ein.

Die Frau vom Vortag. Emily.

Sie war wieder da, und Adam musste damit gerechnet haben. Sie saß auf der Bank und beobachtete Falstaff, der durch den Park lief. Ich kam erneut zu dem Schluss, dass es am besten wäre, wenn ich bei Adam blieb, um für seinen Schutz zu sorgen.

»Wieder hallo«, sagte er.

»Hallo und hallo, du Hübscher«, sagte Emily und streichelte mir den Kopf.

»Sie tragen keine Schuhe.«

Emily lächelte und neigte ihren Kopf zur Seite. »Nein. Ich versuche, es zu vermeiden. Na ja, soweit es geht. Ich spüre gern die Erde unter meinen Füßen. Dann habe ich das Gefühl, eins mit der Natur zu sein und so. Sie wissen schon, die Schwingungen.« Ihr Kopf bog sich in den Nacken, und sie sah Adam an. »Wahrscheinlich halten Sie mich für bekloppt.«

»Nein, überhaupt nicht. Ganz und gar nicht. Um ehrlich zu sein, würde es mir im Moment sehr guttun, wenn ich mich mit irgendetwas eins fühlen würde.«

Emilys Stirn legte sich in übertriebener Sorge in Falten, obwohl ihr Duft unverändert blieb. »Ach, das tut mir aber leid. Sie Ärmster. Hatten Sie einen anstrengenden Tag im Büro?«

»Im Klassenzimmer. Ich bin Lehrer.«

Übertriebene Sorge wich übertriebener Überraschung.

»Lehrer? Wow, das muss *toll* sein!«

Adam schwieg. Eine solche Reaktion hatte er noch nie zuvor erlebt. »Na ja, es gibt schon ein paar großartige Momente. Was ist mit Ihnen?«

Emily wirkte verwirrt.

»Was arbeiten Sie? Sind Sie berufstätig?«

»O ja, natürlich. Tut mir leid. Ja, ich bin Aromatherapeutin.«

»Die Aromatherapie fasziniert mich«, verkündete Adam, zweifelsohne zum ersten Mal in seinem Leben.

»Ehrlich? Viele Menschen, vor allem Männer, sind immer noch ... Sie wissen schon, wie lautet der Begriff?«

»Skeptisch?«

»Ja, sie sind skeptisch, was alternative Formen der Gesundheitsfürsorge und Medizin angeht, Sie wissen schon. Aber ich glaube, was wir riechen, hat eine ungeheure Wirkung auf unser allgemeines Wohlbefinden. Trotzdem wird der Geruchssinn wahrscheinlich von allen Sinnen am meisten unterschätzt.«

»Stimmt.«

»Ich versuche, auch in andere Bereiche vorzudringen – Reflexzonenmassage, Edelsteintherapie, Astrologie, Numerologie …«

»Numerologie?«

»Ja. Dahinter steht die Vorstellung, dass das ganze Leben von Zahlenmustern bestimmt wird, die eine Art allumfassenden, kosmischen Plan bilden.«

»Aja.«

»Das hat mit Schwingungen zu tun, Sie wissen schon. Jede Zahl hat ihre eigene kosmische Schwingung.«

»Wie faszinierend.«

Mittlerweile streichelten sie beide meinen Kopf, wobei sich ihre Hände gelegentlich leicht berührten. *Voraussage ist Schutz.* Ich hielt es für sicherer, aufzustehen, rund um die Bank zu schnüffeln und dabei dennoch ein Ohr offen zu halten.

»Ja«, sagte Emily, »das ist es. Dabei denken alle, das sei nur was für Leute, die eine Schraube locker haben, Sie wissen schon, abgedrehte New-Age-Anhänger. Aber in Wirklichkeit ist es eine uralte Kunst. Es fing vor vielen Millionen Jahren an, gleich nach den Dinosauriern, Sie wissen schon. Dieser Mann, der das Dreieck erfunden hat. Pi-irgendwas …«

»Pythagoras?«

»Wie bitte?«

»Der Begründer der Numerologie – hieß er vielleicht Pythagoras?«

Es herrschte eine lange Pause, in der ich aufblickte und nach dem Verbleib von Falstaff Ausschau hielt, aber er war nirgends zu sehen, und sein Duft hatte sich zwischen den Gerüchen des Parks und Emilys Füßen verloren.

»Keine Ahnung«, meinte Emily schließlich. »Aber er war jedenfalls der Erste, dem klar wurde, dass man sehr viel über einen Menschen sagen kann, wenn man seine Zahlen kennt. Wissen Sie, ich wurde am 7. Juli 1975 geboren, das bedeutet, ich habe drei Mal die Sieben in meiner persönlichen Zahlentabelle. Die Zahl Sieben hat eine Menge medialer Eigenschaften, und das bin zutiefst ich, weil ich immer genau an die Dinge und so denke, an die andere Menschen auch gerade denken.«

Ich spürte Adams Unbehagen. Vielleicht sorgte er sich, Emily könnte herausfinden, was er in diesem Augenblick dachte, während er in ihre großen Dackelaugen blickte.

»In welchem Jahr wurden Sie geboren?«, fragte sie ihn.

»Äh, 1963«, sagte er. »Das Jahr, in dem der Geschlechtsverkehr erfunden wurde.«

»Wie bitte?«

»Nichts. Das stammt aus einem Gedicht. Ich unterrichte Englisch. Jedenfalls wurde ich am 3. Juni 1963 geboren.«

Emilys Unterkiefer sackte so weit herab, dass es eine beunruhigende Sekunde lang den Anschein hatte, als wollte sie Adam im Ganzen verschlingen.

Ihre Hand krallte sich in seinen Unterarm. »Nein! Sie wollen mich nur auf die Schippe nehmen!«

»Äh, nein. Ich fürchte, das ist der Tag meiner Geburt, der dritte Juni dreiundsechzig.«

»Aber das ist unglaublich! Drei. Sechs. Sechs. Drei. Mein Gott! Wissen Sie, erst gestern habe ich es gespürt. Als ich neben Ihnen saß, da verströmten Sie diese intensive kosmische Energie. Das kommt nur ganz selten vor. Mein Gott! Lassen Sie uns nachdenken, also, Sie haben die Drei, das bedeutet Kreativität und Unabhängigkeit. Sie mögen

Sprache, Sie sind sehr einfallsreich, Sie sind so was wie ein Freigeist. Aber dann ist da die Sechs. Wow, das ist echt abgefahren. Wissen Sie, die Sechs und die Drei sind Gegensätze. Bei der Sechs dreht sich alles um Pflicht, um Verantwortung, um Fürsorge, die Familie und so was. Wow! Sie tragen also diese machtvolle Spannung in sich, sind hin- und hergerissen zwischen Ihrer Verantwortung, dem, was Sie für richtig halten, und dieser anderen wilden Kraft, die Sie ungezähmt sein und Ihren Instinkten folgen lässt. Mein Gott, wissen Sie, ich kann es jetzt spüren. Sie haben diese Aura …«

Emily hatte recht. In Adam tobte eine Schlacht, und ihre Demarkationslinien waren jetzt in seinem Gesicht abzulesen. *Pflicht, Adam. Denk an deine Pflicht.*

SCHNÜFFELN

Na gut, dachte ich. Jetzt reicht es. Ich musste etwas unternehmen. Ich musste sie daran hindern, einander noch näher zu kommen. Aber als ich gerade losbellen wollte, wurde ich unterbrochen.

»Na, wenn das nicht der Wahnsinnswedler ist.«

Ich drehte mich um und sah, wie Falstaff an meinem Hinterteil schnüffelte. »Mein Name ist *Prince.*«

»Tut mir leid, Wahnsinnswedler. Nichts für ungut.« Falstaff entfernte seine Nase von meinem rückwärtigen Ende und kam nach vorn. Er war fetter und hässlicher, als ich ihn in Erinnerung hatte. Und auch älter, mit weißen Schnauzhaaren. »Mein Trick hat dir gefallen, stimmt's? Einfach so aus dem Halsband zu schlüpfen. Ist ganz simpel. Den Hals nach links drehen, so ungefähr, dann langsam mit dem Kopf in gerader Linie zurück, und schon bist du draußen. So einfach ist das. Es ist gut, diesen Trick auf Lager zu haben. Man weiß nie, wann man ihn brauchen kann.«

»Das bezweifle ich sehr.«

»Natürlich, Wahnsinnswedler. Du bist ja auch ein Labrador, nicht wahr? Ein Vertreter der Langweilerrasse, nicht? Dem Halsband zu entschlüpfen ist einfach nicht dein Ding, stimmt's? Aber das ist schon in Ordnung. Leiste den Springern Widerstand. Andererseits bin ich nur ein halber Springer. Also kenne ich keine Loyalität der Rasse gegenüber. Überhaupt keine. Oder, besser gesagt, ich habe so viele Rassen in mir, dass sie sich gegenseitig ausmerzen. Das ganze Königreich der Hunde fließt durch meine Adern, Wahnsinnswedler, ungelogen. Ich habe sogar irgendwo in mir einen Hauch Labrador. Ja, meine Ururururgroßmutter mütterlicherseits soll ein Labrador gewesen sein. Doch genug von mir, Wahnsinnswedler, lass uns ein paar Schritte gehen.« Er zeigte auf den hinteren Teil des Parks.

Ich zögerte. Adam und Emily unterhielten sich immer noch. Vielmehr redete Emily, während Adam fasziniert zuhörte.

»Ich sollte besser nicht mitkommen«, entgegnete ich. »Ich glaube, ich sollte hier warten.«

Davon wollte Falstaff aber nichts hören. »Ich muss dir etwas sagen, Wahnsinnswedler, mein alter Kumpel.«

»Mir?«

»Über mein Frauchen.« Er zeigte mit der Schnauze auf Emily. »Aber wenn es dich nicht interessiert ...«

Er lief davon, vorbei an den alten Eichen in Richtung der gammelnden Masse an Abfall am hinteren Ende des Parks. Wenn ich mehr über Emily in Erfahrung bringen wollte, dann hatte ich keine andere Wahl, als ihm zu folgen.

»Hast du hier schon einmal rumgeschnüffelt?«, fragte er, bevor er seine Schnauze unter einen losen Haufen aus Schmutz und totem Laub schob. Das Merkwürdige war, dass ich den Haufen noch nie gesehen oder gerochen hatte, obwohl ich bestimmt tausend Mal an diesem kompostierten Ödland vorbeigetrottet war.

»Wegen Emily ...«

Er zog seine Schnauze aus dem Haufen zurück. Ein Blatt

baumelte an seinem Ohr. »Das ist verdammt guter Stoff, Wahnsinnswedler. Verdammt guter Stoff. Riech mal.«

Das stellte ein echtes Dilemma dar. Wissen Sie, Schnüffeln zum Vergnügen wird innerhalb der Labradorgemeinschaft infolge von Guru Oscars Lehren strikt abgelehnt.

Ja klar, jeder von uns schnüffelt hin und wieder. Aber nur Duftmarken. Wir schnüffeln, um unserer Pflicht zu genügen, um Informationen zu erlangen. Und wir halten unseren Kopf dabei immer über der Erde. Schnüffeln zum Vergnügen erfordert, dass man mit seiner Schnauze, womöglich sogar mit dem ganzen Kopf, völlig in einen Dufthaufen wie dem eintaucht, mit dem ich es in diesem Moment zu tun hatte. Es ist die intensivste Schnüffelerfahrung, die es überhaupt gibt, und sie dient keinem anderen Zweck, als sich dadurch einen Kick zu verschaffen. Im Pakt wird ausdrücklich erwähnt, dass das Schnüffeln zum Vergnügen für unverantwortlich und sogar gefährlich erachtet wird. Und tatsächlich verbringen manche Hunde ihre gesamte Parkzeit mit der Nase auf dem Boden; und den Rest des Tages vernachlässigen sie dann jedwede Familienpflicht, die sie irgendwann vielleicht einmal verspürt haben mögen.

Aber dieser Fall lag anders. Wenn Adam und Emily sich von nun an jeden Abend sahen, musste ich versuchen, so viele Informationen wie möglich aus Falstaff herauszuquetschen. Und dafür musste ich mich mit ihm anfreunden. Mit anderen Worten, ich musste mich seinen Aktivitäten anschließen, sosehr sie meiner Labradorlebensweise auch entgegenliefen.

Vorsichtig bahnte sich meine Schnauze einen Weg durch den Schmutz und das Laub. Ich versuchte, Falstaff zu ignorieren, der über meine Technik kicherte. Stattdessen bemühte ich mich, den Atem anzuhalten. Wenn ich nicht schnüffelte, dann konnte ich auch keinen Schaden nehmen. Aber lange hielt ich das nicht durch.

Als ich einatmete, traf mich ein wilder und berauschender Cocktail aus Gerüchen. Fruchtbare Erde, Blättersaft, Wurmblut, Eichhörnchenexkremente. Ich erkannte jeden einzelnen dieser Gerüche, hatte sie aber nie in solcher Intensität erlebt. Die Zeit blieb stehen oder verlagerte sich zur Seite. Mein ganzer Körper zerfloss und verschmolz mit der Luft. Ich konnte meine Pfoten nicht mehr spüren.

Ich weiß ehrlich nicht mehr, wie lange ich meine Schnauze in dem Haufen vergraben hatte, aber solange es währte, war nichts anderes mehr wichtig. All meine Kümmernisse und Sorgen und Verantwortlichkeiten lösten sich in Luft auf. Adam und Emily. Kate. Grandma Margaret. Na und? Was sollte schlimmstenfalls schon passieren?

Die Gerüche wurden in meinem Innern zu Farben, rot und golden.

Ich schwebte. Zufrieden.

Falstaff sagte etwas, aber ich verstand es nicht. Worte waren bedeutungslos. Mein Herz pochte.

Schließlich zog ich meinen Kopf zurück und schüttelte den Dreck und das Laub ab.

»Na, wie war's für dich, Wahnsinnswedler?«

»Gut«, lallte ich wie im Delirium. »Gute Gerüche.« Ich musste niesen, was Falstaff erneut zum Kichern brachte.

»Tja, Wahnsinnswedler, ich hätte nie gedacht, dass du es tatsächlich draufhast.«

Meine Sinne kehrten langsam in den Normalzustand zurück. »Wegen Emily. Du meintest … du meintest, du hättest mir etwas zu sagen.«

Falstaff sah mir direkt in die Augen. Zum ersten Mal erlebte ich ihn absolut ernst. »Ist gut, ich will dir die Wahrheit sagen.« Er legte eine Pause ein, um die Wirkung zu erhöhen.

»Sie nimmt Menschen ihren Familien weg. Und ich weiß, dass sie es auf dein Herrchen abgesehen hat. Das erkenne ich. Sie wird ihn für sich wollen.«

Obwohl mein Kopf immer noch umwölkt war, traf mich der Schmerz in diesem Moment jäh und real. Eine Abfolge loser Bilder der Familie tauchten vor meinem inneren Auge auf, und die begleitenden Gerüche kehrten zurück. Adam und Kate, wie sie letztes Weihnachten eng umschlungen getanzt hatten. Adam und Hal, wie sie am Küchentisch ihre Kräfte im Armdrücken maßen. Hal und Charlotte, die um die Fernbedienung rangen.

Ein einziger Gedanke: Die Familie muss beschützt werden.

»Wen?«, fragte ich schließlich. »Wen hat sie schon alles weggenommen?«

Falstaff seufzte auf. Er wünschte ganz offensichtlich, dass er nichts gesagt hätte.

»Zuletzt Simon, mein Herrchen. Vor zwei Jahren hatte er eine Ehefrau, und sie versuchten, ein Baby zu bekommen. Aber dann tauchte Emily auf. Simon hat sehr viel Geld, Wahnsinnswedler, wirklich sehr viel Geld. Sie wird ihn noch nicht erwähnt haben … Aber letzten Endes ist das ja auch nicht wichtig, oder, Wahnsinnswedler? Nicht wirklich wichtig, meine ich. Denk mal darüber nach, womöglich wohnen wir irgendwann zusammen. Das wäre super, Wahnsinnswedler. Einfach super. Komm schon, nimm's locker. Schnüffel doch noch mal.«

Eine Welle der Übelkeit schwappte über mich hinweg, während ich blicklos auf den Dufthaufen starrte. Ich wusste genug.

»Ich muss jetzt los. Tut mir leid, es ist meine Pflicht.« Falstaff seufzte erneut, dieses Mal vor Enttäuschung.

Er hatte meine Reaktion falsch eingeschätzt. »Pflicht, so 'n Quatsch. Komm schon, Wahnsinnswedler. Ich hätte es dir gar nicht erzählen sollen. Du kannst ja ohnehin nichts dagegen unternehmen. Was geschehen soll, geschieht auch. Sei doch nicht so ein Labrador. Komm schon. Entspann dich.«

»Tut mir leid.«

Als ich zur Bank zurücktrottete, fühlte sich mein Kopf an, als würde er gleich explodieren. Alles versank im Chaos. Ich sah Emily und Adam auf der Bank. Sie saßen noch näher beisammen als zuvor, und ich bekam einen Würgereiz. Beinahe hätte ich mich übergeben. Worüber hatten sie sich unterhalten? War Adam wirklich bereit, seine Familie aufs Spiel zu setzen? Wo würde all dies enden?

In meinem verwirrten Zustand konnte ich mich nur an eine einzige Sache mit Sicherheit klammern. Pflicht über alles, dachte ich mir. Ja genau.

Pflicht über *alles*.

GESICHT

Das menschliche Gesicht hat etwas an sich. Etwas Lächerliches, ja, aber auch etwas Trauriges, Schutzloses, selbst wenn es lächelt. Das fiel mir auf, als ich zwischen Adam und Kate lag und zusah, wie sie ihre Bettlektüre lasen. Sie schienen so haarlos und verletzlich, dass ich sie lecken, sie säubern, sie schützen wollte.

»Prince, nein. Aus!«

»Ach Prince, bitte nicht. Wir wollen lesen.«

Tut mir leid, ich konnte nicht anders. Sobald ich wieder lag, kehrten sie in ihre getrennten Welten zurück. Sie seufzten und kicherten von Zeit zu Zeit leise in sich hinein. Adam nickte sogar einmal, als ob sich der Autor im selben Raum befände wie wir, am Fuß des Bettes säße und auf Zustimmung zu seinem Werk wartete. »Sehr gut«, versicherte Adam ihm, dem ängstlichen und unsichtbaren Autor. »Wirklich sehr gut.«

In genau diesem Augenblick sahen sie zwar verletzlich aus, aber auch glücklich. Sie waren beide in ihrer eigenen Welt, aber sie waren auch zusammen. Sie teilten den stillen, animalischen Frieden von Menschen, die einander wahrhaft lieben. Die Kinder schliefen, das Haus war ruhig. Aber meine düsteren Vorahnungen wollten einfach nicht weichen. Ich lag zwischen diesen beiden liebenden Wesen, spürte ihre Wärme, atmete ihren Duft ein. Und doch konnte ich nicht glauben, dass alles wieder in Ordnung war.

Zum ersten Mal überhaupt wünschte ich mir, der Augenblick würde niemals vergehen. Er sollte daliegen wie ein gehorsamer Hund, wie *ich*, und sich erst wieder bewegen, wenn man es ihm sagte. In diesem Raum mochte keine Leidenschaft herrschen – die war schon vor Jahren verblasst, zusammen mit dem Teppich –, aber da war etwas anderes. Etwas, das ebenso wichtig war, nein, *wichtiger*. Man konnte es bereits spüren, wenn man in den Raum trat, wenn man nur sah, wie sie beisammensaßen, Seite an Seite, fast wie eingesponnen in ihre Überdecke. Liebe. Genau das spürte man. Sie drang aus jeder Ecke des Raumes, war in jedem Gegenstand enthalten. Es mag sentimental klingen, aber so war es. Außerdem bin ich ein Labrador.

Mit Sentimentalitäten kenne ich mich aus.

Aber wie einem jeder alte Hund bestätigen kann: Nichts bleibt für immer gleich. Nicht auf Dauer. Die Zuneigung eines Welpen verwandelt sich in die Liebe eines Hundes und bald darauf in die Liebe eines alten Hundes. Sie humpelt dann noch ein paar Jahre vor sich hin, aber irgendwann muss auch die Liebe selbst eingeschläfert werden. Mir zwang sich der Gedanke auf, dass dieser Moment womöglich bereits eine Erinnerung war, und noch dazu eine wehmütige.

Mir wurde klar, dass Liebe allein nicht ausreichen würde.

STÖCKCHEN

Du hast recht, Prince. Das ist eine überaus ernste Situation.« Henry war natürlich der einzige Hund, an den ich mich wenden konnte. Freund, Mentor, Labrador – er war der Einzige, der wirklich begreifen konnte, was ich durchmachte. Er war auch der Einzige, wie ich hoffte, der mir eine Lösung anbieten konnte.

»Und was soll ich jetzt tun?«

Wir lagen Seite an Seite im Gras, Adam und Mick voll im Blick. Sie unterhielten sich auf der Bank, jener Bank, die zu dieser entsetzlichen Verführungsfalle geworden war. Dafür hielt ich es. Für eine Verführungsfalle. Adam war in eine Falle geraten, aus der er sich allein nicht wieder befreien konnte.

Ich kaute an einem Stöckchen und wartete nervös auf Henrys Urteilsspruch.

»Du brauchst mehr Informationen, schlüssige Informationen, bevor wir etwas unternehmen können oder, besser gesagt, unternehmen dürfen. Wann wirst du die beiden wieder zusammen sehen?«

»Er besucht sie heute Abend zu Hause für eine Aromatherapiesitzung. Sie sagt, seine Aura befinde sich in einem Zustand größten inneren Konflikts, und sie könne ihn vielleicht heilen. Er nimmt mich mit, damit Kate keinen Verdacht schöpft.« Leider verhielt es sich tatsächlich so. Das Verlangen, dieses Haus einmal von innen zu sehen, hatte ihn schon seit Monaten heimgesucht, und zusammen mit der Gelegenheit, Emily näher kennenzulernen, war die Versuchung für Adam offenbar unwiderstehlich geworden.

»Sehr gut«, sagte Henry zu meiner Überraschung. »Du musst ihn begleiten. Wie schwer es dir auch fällt, Prince, du musst mitgehen und alles beobachten. Deine Macht fußt auf deinen Sinnen. Du musst alle potenziellen Schwierigkeiten erschnüffeln. Deine Augen, deine Ohren und vor allem deine Nase sind deine Waffen. Wenn es den Anschein hat, dass die Situation aus der Pfote läuft, musst du selbstverständlich entschlossen handeln. Aber riskiere niemals, wirklich niemals, die Geheimhaltung deiner Mission. Denk daran, gleichgültig wie es aussehen mag, du hast stets alles unter Kontrolle. Der Labrador hat die ultimative Macht. Das weißt du doch, oder, Prince?«

Ich fühlte mich ermutigt, durch seine Worte und das Lächeln, das in seinem weisen, gelben Gesicht erstrahlte. »Ja, Henry, das weiß ich.«

»Sag mal, dieser Falstaff, wie ist der so? Würdest du sagen, dass er eine verlässliche Informationsquelle darstellt? Hältst du ihn für einen verantwortungsvollen Kerl?«

Ich sah Falstaff bei unserer ersten Begegnung vor mir, wie er seinem Halsband entschlüpft war. Und dann gestern Abend, wie sein Kopf aus dem Dufthaufen aufgetaucht war.

»Äh, es ist noch zu früh, das zu sagen«, erwiderte ich.

»Er ist doch kein Springer, oder?«

»Nein«, log ich. Vielleicht war es auch nur halb gelogen. »Natürlich nicht. Er ist ein Mischling, ich weiß allerdings nicht, aus welchen Rassen.«

»Na gut. Denk aber immer daran, dass Nicht-Labradore häufig nicht das Pflichtgefühl teilen, das wir gegenüber unseren Herrchen und Frauchen empfinden. Im Gegenteil, oft machen sie sich einen Spaß daraus, Labradore vom rechten Weg abzubringen. Sei also vorsichtig.«

In der Rückschau kommt es mir komisch vor, aber ich zweifelte niemals an Henrys Urteilen. Keine Sekunde lang. Seine Weisheit war so unendlich wie immer. Als ich das erste Mal den Park aufsuchte, war er schon dort. Er muss mich als neuen Rekruten betrachtet haben. Für mich schien es, als sei er von Anbeginn der Zeit dort gewesen. Aber in Wirklichkeit hatte er eben erst seine Polizeiarbeit hinter sich gebracht und suchte nun nach einer neuen Herausforderung. Er folgte dem Pakt buchstabengetreu und kannte ihn besser als jeder andere Labrador. Indem ich seinen weisen Worten lauschte und mir seine Lektionen zu Herzen nahm, hatte ich es geschafft, die Hunters vor jedweder Bedrohung zu bewahren und zu beschützen.

Bis zu diesem Augenblick. Jetzt stand mir die eigentliche Nagelprobe bevor.

Aber Henry würde mir beistehen, das wusste ich.

BRIEF

Den Rest des Tages verbrachte ich mit mentaler Vorbereitung. Ich tigerte in der Küche auf und ab und rezitierte den Labrador-Pakt. *Pflicht über alles ... Voraussage ist Schutz ...*

Ich spielte sämtliche Katastrophenszenarien durch. Was würde ich tun? Wie würde ich sie aufhalten? Würde Falstaff mir helfen?

Kate kam als Erste nach Hause. Die arme Kate. Ich sah ihr zu, wie sie ihre übliche Routine abspulte. Mantel ausziehen, Radio einschalten, Geschirrspüler leeren, Geschirr aufräumen. Sie schien so verletzlich, völlig blind gegenüber dieser Bedrohung von außen, die die Zukunft ihrer Familie aufs Spiel setzen konnte.

Kate nahm einen Brief zur Hand, der auf der Küchentheke lag. Hal hatte ihn an diesem Morgen, vor der Schule, laut vorgelesen – eine Universität hatte ihm ein vorläufiges Angebot unterbreitet. Sie setzte sich und las den Brief erneut. Ein stolzes Lächeln breitete sich auf ihrem Gesicht aus.

Grandma Margaret trat als Nächstes durch die Tür. Sie kehrte von ihrer freitäglichen Bustour zurück. Von ihrem zauberhaften Tag.

»Katherine, ich habe mit dieser Frau im Bus gesprochen. Reizende Person, gar keine Allüren und kein Getue. Sie hat ihren Mann ebenfalls verloren ...«

Während Grandma Margaret redete, fuhr Kate mit ihrer üblichen Routine fort. Sie bereitete mein Essen zu, kaltes Fleisch und Hundekekse, aber ich hatte keinen Appetit. Ich war zu nervös angesichts dessen, was an diesem Abend noch vor mir lag. Sie nahm den Fressnapf und schnitt das Fleisch in kleinere Stücke, aber ich brachte immer noch nichts hinunter.

»Geht es dir gut, Prince?«, fragte sie, und ihre Lippen schürzten sich vor Besorgnis.

Ich wedelte mit dem Schwanz und schnaufte beruhigend. Das Letzte, was ich jetzt wollte, war, dass Kate Verdacht schöpfte. *Denk an den Pakt, Prince, denk an den Pakt.* Sie sank auf die Knie und küsste mich sanft auf die Wange. Ich leckte ihr dafür das Gesicht.

»Prince«, kicherte sie, »hör auf.« Aber ich wusste, dass es ihr in Wirklichkeit gefiel.

Hal und Charlotte trafen gemeinsam ein. Seit in den Nachrichten von einem Mädchen berichtet worden war, das auf dem Weg zum Laden um die Ecke spurlos verschwunden war, bestand Kate darauf, dass Hal seine Schwester zur Schule und wieder nach Hause begleitete. Natürlich war Charlotte über dieses Arrangement nicht besonders glücklich. Sie tat zumindest so, als sei sie es nicht.

»Es ist dermaßen peinlich, mit ihm gesehen zu werden«, brummte sie und drehte an ihrem Nasenring. »Er ist so unterirdisch. Er redet beim Gehen wie Shakespeare.«

»Charlotte, er steckt mitten in den Prüfungen. Er muss Zitate aufsagen können. Versuche, etwas Verständnis aufzubringen.«

»Schon klar, aber sonst spaziert keiner durch die Straßen und redet wie die Typen im sechzehnten Jahrhundert.« Sie funkelte ihren Bruder böse an, der sich gerade ein dreistöckiges Sandwich aus Erdnussbutter und Marmite schmierte, wie jeden Abend.

»Ich habe ja versucht, es ihr verständlich zu machen«, sagte Hal zu seiner Mutter, obwohl es für die Ohren seiner Schwester gedacht war. »Ich sagte, das ist nur eine Phase, es ist vollkommen normal, das wächst sich wieder aus. Du musst diese Gefühle von Unsicherheit und Peinlichkeit durchleben. Das hat mit den Hormonen zu tun und damit, dass sich dein Körper im Augenblick sehr rasch verändert. Ich habe großes Einfühlungsvermögen bewiesen.«

»Hal«, mahnte Kate.

»Er ist ja so ein Wichser.«

»Char-*lotte!*«

»Siehst du, erneut eine absolut normale Reaktion für jemanden ihres Alters und Geschlechts, der ständig im Schatten eines älteren, weiseren, gut aussehenden und, seien wir ehrlich, kultivierteren Bruders lebt.«

»Wichser!« Charlotte stürmte die Treppe hinauf und knallte ihre Zimmertür zu. Hal streckte den Arm aus, als ob Charlotte soeben die Beweisführung für seine These erbracht hätte, dann zitierte er Shakespeare und biss zwischendurch in sein Sandwich.

Obwohl ein unbeteiligter menschlicher Beobachter angesichts dieser Familienstreitigkeiten leicht beunruhigt gewesen wäre, verstand ich als Labrador, was wirklich vor sich ging. Ich konnte die Liebe *riechen*.

»Erschüttert, wie wir sind, vor Sorge bleich, Ersehn wir doch für den gescheuchten Frieden. Erster Akt, Szene … äh … eins, der König.«

Als Adam nach Hause kam, hatte das Haus den maximalen Geräuschpegel erreicht. Hal deklamierte all seine Zitate. Kate hörte Radio, während sie den Küchentisch wischte. Charlotte lauschte den Mad Dogz of War. Und Grandma Margaret erzählte immer noch einem imaginären Publikum von ihrem Tag.

»Mein Gott.« Adam warf die Schlüssel auf die Kommode im Flur. »Man kann sich ja nicht mal selbst denken hören.«

Er ging in die Küche, zog einen Stuhl zurück und ließ sich schwer darauf fallen. Ich trabte zu ihm, und sofort hob sich seine Stimmung. Er packte mich spielerisch am Oberkiefer und schüttelte meinen Kopf.

»Wer ist mein guter Junge? Wer ist mein guter Junge? *Wer* ist mein guter Junge?«, fragte er mich. Dann sagte er an Kate gewandt: »Ich habe Paul Mortimer versprochen, ihm einige der Prüfungspapiere vom letzten Jahr vorbeizubringen. Die Lehrerfortbildungssache, von der ich dir erzählt habe. Er wohnt drüben an der Friary Road, also kann ich die Unterlagen abgeben, wenn ich mit Prince Gassi gehe. In Ordnung?« Ich zog mich zurück. Er hörte auf, meinen Kopf zu schütteln. Ich konnte es nicht glauben: Er hatte sich sogar eine Ausrede für heute Abend ausgedacht, für den Fall, dass es mit Emily länger dauern würde.

Er roch nervös, und das war auch kein Wunder. Für einen kurzen Augenblick schien die Küche um uns herum zu schrumpfen.

»Ja klar«, sagte Kate, ohne den winzigsten Hauch von Zweifel. Sie war zu beschäftigt damit, dem Mann im Radio zuzuhören.

Hal machte sich noch ein Erdnussbutter-und-Marmite-Sandwich und ging dann nach oben. »Und hunderttausend Tode will ich sterben, Eh ich von diesem Schwur das kleinste breche«, zitierte er mit vollem Mund. »Äh … dritter Akt, zweite Szene, der Prinz.«

DER LABRADOR-PAKT:

BEOBACHTE ALLES

Wenn eine Familie auseinanderzubrechen droht, sind die Anzeichen überall zu erkennen.

Halte ständig Ausschau nach Veränderungen in Geruch oder Verhalten, und wenn solche Veränderungen eintreten, erschnüffle eine Erklärung dafür. Das ist gleichermaßen wichtig, wenn sich dein Herrchen oder Frauchen außerhalb des Familienheimes befindet.

Man muss die Menschen in jedem Augenblick überwachen, wenn der Erfolg unserer Mission gesichert werden soll.

Sei stets beobachtend, lauschend und vor allem schnüffelnd auf der Hut vor Schwierigkeiten.

SCHNIPP, SCHNAPP

Ich hatte nicht immer so ein ausgeprägtes Pflichtbewusstsein. Zu Beginn hatte ich einen schweren Job, in meinen frühen Jahren. Da versuchte ich nämlich, meine Instinkte unter Kontrolle zu bringen. Ich ließ mich von meinen Lenden leiten, nicht von meinen Prinzipien. Ich verliebte mich ständig – und zumeist einseitig – in ältere Hündinnen. Groß. Langbeinig. Dieser erdhafte Duft. Ich war einfach nicht mehr Herr meiner selbst.

Aber ich verliebte mich nicht nur in andere Hunde, sondern auch in Einrichtungsgegenstände. Innerhalb weniger Minuten nach meiner Ankunft im Heim der Hunters verliebte ich mich in das Mobiliar. Ungelogen. Vor allem in die Kissen.

»*Müssen* Labradore so was machen?«, erkundigten sich Hausgäste mit sichtlicher Verachtung, wenn sie ins Wohnzimmer kamen. Ich ließ mich nicht stören. Während ihrer peinlich berührten Blicke und anzüglichen Witze machte ich einfach weiter.

Man gelangte zu dem Schluss, dass dieses Verhalten nicht natürlich war.

Hoden.

Darauf lief es hinaus.

Beseitigt man die Hoden, beseitigt man das Problem. Schnipp, schnapp. Verschwunden.

Also vereinbarte man für mich einen Termin bei dem

netten Herrn Tierarzt. Man sagte mir, es sei zu meinem Besten.

Genau das sagte Adam, als er mich in der Tierarztpraxis zurückließ.

»Es ist zu deinem Besten, mein kleiner Prince. Du wirst schon sehen. Du wachst als völlig neuer Mann auf.«

Worte können meine Empörung nicht beschreiben. Soweit es mich betraf, war dies das Ende meines Lebens oder zumindest meiner Lust am Leben. Ich war mir sicher, dass es auch das Ende der Liebe bedeutete. Adam beraubte mich meiner Chance auf künftiges Glück. Er zwang mich zum finalen Kompromiss. Aber der Zorn verrauchte, zusammen mit der Lust, und ich wachte in einer neuen Welt der Neutralität auf.

Ich wurde nicht länger abgelenkt.

Durch mein Opfer war plötzlich alles klar geworden.

SCHLÜPFRIG

»Also gut, ziehen Sie sich aus.«

Emily rieb sich die Hände und überzog ihre Finger dabei mit einer Substanz, die merkwürdiger roch als alles, was ich je zuvor erschnüffelt hatte.

»Ganz?«, fragte Adam panisch.

Sie lachte mit übertriebener Heiterkeit. »Na ja, nicht ganz. Sie können die Hose anlassen ... wenn Sie wollen.« Sie lachte erneut, noch lauter.

»Wahnsinnswedler, das ist doch echt öde, alter Junge. Komm schon, ich führe dich herum. Wir können eine Menge wilder Dinge anstellen.«

Obwohl ich versucht war, Falstaffs Angebot anzunehmen, um mehr über Emilys klotziges, neues Haus und seine Geheimnisse herauszufinden, wusste ich doch, dass ich hier bleiben musste, um jedes Detail der ziemlich bizarren Szene in mich aufzunehmen, die sich vor unseren Nasen abspielte.

»Warten Sie«, befahl Emily. »Musik.« Adam drehte den Kopf und beobachtete sie.

»Ozeanien – Musik für einen Unterwasserzustand des Geistes«, erläuterte Emily und rief ein unheilvolles Wimmern des Wiedererkennens in Falstaff hervor.

»Ist gut, Wahnsinnswedler, du getreuer alter Labrador. Tu, was du nicht lassen kannst, alter Junge.« Ich sah, wie er in das angrenzende Zimmer trottete und dabei missbilligend den Kopf schüttelte.

Also schön. *Beobachte, Prince, beobachte.*

Adam lag bereits auf dem Massagetisch und trug nichts weiter als seine Boxershorts. Seine *allerneuesten* Boxershorts. Die Sitzung hatte schon angefangen. Emily, die die Ärmel ihres rosafarbenen Cardigans hochgekrempelt hatte, massierte das unnatürlich riechende Öl in seinen Körper und rollte dabei Hautwülste über seinen Rücken.

Die Luft wurde schwerer. Nicht dufthaufenschwer, aber heftig genug, um den ganzen Raum anzufüllen und jeden Gegenstand darin zum Pulsieren zu bringen – das Stereogerät, den Flachbildschirm an der Wand und andere fremdartige technische Geräte in Grau, die in der Ecke standen.

Es war mir daher unmöglich, den Geruch potenzieller Schwierigkeiten zu erschnüffeln. Und zudem musste meine Beobachtungsgabe noch mit dem deprimierenden Gesang von Walen zurechtkommen, die ihre Todeslieder röhrten.

»Was für ein Öl benutzen Sie?«, erkundigte sich Adam.

»Ich verwende eine Mischung aus Lavendel und Patschuli. Um diesem Konflikt beizukommen, den Sie in Ihrer Aura tragen. Das Lavendel wirkt beruhigend, es ist bei Stress wirklich sehr gut geeignet. Und das Patschuli kräftigt – es stärkt Sie, wissen Sie, Ihren ganzen Geist.«

»Aja.«

Sie massierte mit langen, nach unten gerichteten Bewegungen noch mehr Öl in seinen Rücken.

»Wissen Sie, Adam, Sie haben einen wirklich guten Körper. Trainieren Sie?«

Ob ihn nun die Frage sprachlos machte oder ob er durch den Duft umnebelt war, Adam schwieg jedenfalls sehr lange, bevor er antwortete. »Äh, nein. Nein … eigentlich nicht. Aber ich jogge hin und wieder. Gehen Sie ins Fitnessstudio?«

»Ja. Oben befindet sich ein Kraftraum.«

»Oben, mein Gott, dieses Haus ist *riesig*. Sie müssen sich hier drin ganz schön einsam fühlen, so allein.«

Emily schwieg. Ihre Mundwinkel verzogen sich, dann sagte sie: »Ich lebe hier nicht allein.«

Adams Kopf schoss nach oben. Einen Augenblick lang hatte es den Anschein, als würde er gleich vom Tisch springen – als ob er beim netten Herrn Tierarzt wäre –, doch Emilys Rückenmassage hielt ihn fest. »Aber ich dachte …«

»Sie dachten, dass ich allein lebe? O *nein*. Das könnte ich nie. Nein, nein. Ach, ich würde durchdrehen. Wirklich und wahrhaftig *durchdrehen*. Nein. Und dann würde ich auch nicht hier wohnen. Außer ich wäre die reichste Aromatherapeutin von der ganzen Welt!«

»Äh, ja natürlich. Also, äh, mit wem wohnen Sie hier?«

»Er heißt Simon.«

»Aber wer ist er? Sind Sie verheiratet?« Adam unternahm einen weiteren halbherzigen Versuch, sich vom Tisch zu stehlen, aber auch dieser Versuch wurde vereitelt.

Vielleicht hätte ich ihm helfen sollen.

»Ja, sind wir. Aber das ist doch in Ordnung, oder?«

»Aber … wo … wo ist er?«

»Wir tun ja nichts Falsches, oder? Ich bitte alle meine Klienten, sich auszuziehen. Das ist ein notwendiger Bestandteil der Therapiesitzung, besonders in so schweren Fällen wie Ihrem.«

»Aber Emily, ich will ja nicht paranoid oder undankbar klingen, aber es ist neun Uhr abends. Ich bin ein halb nackter Fremder, der eingeölt auf einem Tisch mitten in Ihrem Wohnzimmer liegt. Das würde doch nicht gut aussehen, wenn er jetzt nach Hause käme und uns so vorfände.«

Emily lachte. »Sie sind lustig. Wirklich sehr, sehr lustig.« Ihre Hände lagen mittlerweile auf seinen Beinen und bahnten sich ihren schlüpfrigen Weg in Richtung Boxershorts.

»Bin ich das? Hören Sie, wo ist er, wo ist Simon jetzt gerade?«

»In Oslo.« Sie sagte das auf ganz merkwürdige Weise, als ob ihre Antwort gleichzeitig eine Frage wäre. Sie lachte immer noch. »Er ist auf einer PR-Tagung oder etwas in der Art.«

»Dann arbeitet er also im PR-Bereich?«

»Nein, eigentlich nicht. Tja, wissen Sie, ich glaube es zumindest nicht. Er ist so eine Art Berater und fährt ständig irgendwohin. Wissen Sie, darum langweile ich mich hin und wieder. Und wenn ich hier so ganz allein bin …«

»Hören Sie, ich kann mir schon denken, wie langweilig Ihnen sein muss, aber wissen Sie was? Meine, äh, Aura fühlt sich … sehr viel besser an, ganz ehrlich, und darum sollte ich jetzt wieder nach Hause, denn Kate, meine Frau, wird sich schon Sorgen machen.«

Als er diese Worte sprach, hüpfte mein Herz vor freudigem Stolz. Ich hatte mein Herrchen gut abgerichtet. Pflicht über alles. Diese ganze Aromatherapiesache war doch nichts als Humbug. Und überhaupt war gar nichts Schlimmes geschehen, nicht?

Ich stand auf und wedelte mit dem Schwanz.

Wir waren in Sicherheit. Wir würden nach Hause gehen. Aber mein Glück war nur von kurzer Dauer.

»Soso, Wahnsinnswedler. Soso.« Falstaff war zurückgekehrt, und sein Schnaufen klang unverschämter denn je.

»Was ist?«

»Mein Herrchen«, sagte er und schnüffelte an meinem Bauch. »Er kommt gerade nach Hause.«

TEUFEL

Nein.

Das durfte doch nicht wahr sein.

Aber dann hörte ich es auch. Ein Auto, das über die Kiesauffahrt fuhr. Ich fing an zu bellen.

»Prince«, sagte Adam, »sei still.« Aber ich machte weiter – bell, bell, bell – in der vergeblichen Hoffnung, er könne meine Warnung übersetzen.

Der Motor verstummte. Schritte.

Knirsch, knirsch.

Noch ein Geräusch. Metall. Schlüssel. Ich hörte auf zu bellen.

»Oje«, sagte Emily. »Er muss einen früheren Flug genommen haben.« In ihrer Stimme lag kein Anzeichen von Panik, außer ein breites Lächeln und ein Klatschen der Hände wäre ihre übliche Reaktion auf eine Krisensituation.

Adam setzte sich mit einer solchen Geschwindigkeit auf, dass ich schon dachte, er würde nach hinten kippen. Ich behielt recht. Er kippte.

»Aua«, sagte er, als er auf seinem Ellbogen landete. »Wo ist meine Hose?«

Seine Hose!

Sie lag direkt vor meiner Nase. Ich nahm den Schritt in die Schnauze und schoss quer durch den Raum, ohne auch nur eine Sekunde an die Geheimhaltung der Mission zu denken.

Ich war zu langsam.

»Hihi, Wahnsinnswedler, das wird interessant. Und wir haben Plätze in der ersten Reihe.«

Ich schaute, Adams Hose im Maul, auf und sah … Tja, was sah ich?

Ich sah ihn, Simon. Und was fiel mir als Erstes auf?

Seine Größe. Ja, seine Größe. Er war der größte Mensch, den ich jemals gesehen hatte. Sein Kopf, sonnengebräunt und selbstsicher, schien so weit vom Rest von uns entfernt, dass ich mich im ersten Moment fragte, ob wir ihn hören würden, wenn er etwas sagte.

Und dann war da sein Geruch, der natürlich nicht *sein* Geruch war. Falstaff ließ mich wissen, dass er einem Japaner namens Issey Miyake gehörte. Zusammen mit den schweren, pulsierenden Aromatherapiegerüchen fühlte sich der Duft fast toxisch an und brannte mir in den Nasenlöchern.

Als Nächstes bemerkte ich seine Kleidung. Er trug einen Anzug, aber nicht die Art von Anzug, die Adam so gern trug. Es gab keine Knitterfalten. Keine Löcher. Und verwirrenderweise keine Hundehaare.

Er schien eine Ewigkeit einfach nur so dazustehen und die Situation zu erschnüffeln. Dann richtete sich sein Blick fest auf Adam, der tölpelhaft auf Hundehöhe kniete.

Ich ließ die Hose fallen und kehrte zu Falstaff zurück.

»Was geht hier vor sich?«

»Keine Ahnung, Wahnsinnswedler«, schnaufte er und liebte jede Sekunde davon. »Keine Ahnung.«

Ich sah wieder auf, um nichts zu verpassen, was sich in Simons unmöglich hoch gelegenem Gesicht abspielte. Ich weiß nicht, was ich erwartet hatte. Wut? Schock? Qual?

Aber nein.

Etwas anderes brannte sich in seine Gesichtszüge. Etwas viel Beunruhigenderes.

Wiedererkennen.

»Mein Gott, Adam Hunter. *Mann,* wie geht es dir?«

Mir fiel wieder ein, was Henry an diesem Morgen zu mir gesagt hatte. Der Labrador hat immer die Kontrolle. Aber in diesem Augenblick, als ich mich abstrampelte, um auf dem glatten, auf Hochglanz polierten Boden nicht den Halt zu verlieren, fühlte es sich nicht so an. Voraussage ist Schutz. Aber was hatte ich schon groß vorausgesagt? Sogar mein Geruchssinn, für gewöhnlich die verlässlichste Waffe eines Labradors, hatte nichts genutzt. Er war in die Knie gezwungen worden von Aromatherapieölen und Issey Miyake und hatte nichts wahrgenommen.

Falstaff war auch keine Hilfe. Bei einem Springer – oder einem halben Springer – ließ sich nie genau erkennen, wem gegenüber er loyal war. Wenn er überhaupt loyal war.

Adam sah völlig konfus aus und schwieg.

»Wow, ihr kennt euch?«, fragte Emily, ihre Augen so groß wie eine Frisbeescheibe.

»Kennen? Wir waren praktisch Brüder.«

Adam brachte es irgendwie fertig, etwas zu sagen. »Simon, mein Gott. Du.« An diesem Punkt geschah etwas zwischen ihnen. Etwas Unausgesprochenes. Ich stand zwischen den beiden, darum konnte ich es fühlen. Eine merkwürdige, feindselige Energie.

»Ich war … ich hatte eine Aromatherapiesitzung.«

»Das sehe ich. Hat es dir gefallen?«

»Ja, ja, sehr entspannend.«

Emily legte den Kopf schräg und sah ihren Ehemann an.

»Seid ihr beiden zusammen zur Schule gegangen?«

Simon antwortete nicht sofort. Sein Blick fixierte Adam, als er schließlich sprach. »In einem anderen Leben.«

»Wow, echt?« Emilys Augen beherrschten ihr Gesicht.

Simon verlagerte seine Aufmerksamkeit vorübergehend auf seine Frau. »Das war bildlich gemeint.«

»Ach so. Tut mir leid.«

Simon lachte gefährlich. Adam lachte auch – vermutlich aus Angst. Er wollte gehen, aber ihm war wahrscheinlich klar, dass ihn das nur noch verdächtiger hätte aussehen lassen.

Simon führte seine Erklärung aus. »Dieselbe Schule, dieselbe Klasse, sogar derselbe verdammte Haarschnitt. Auch derselbe Geschmack in Sachen Mädchen, wenn ich mich recht erinnere.«

Adam lachte immer noch, während er sich auf die Suche nach seinen Kleidern machte. »Ja, genau«, sagte er. »Derselbe Haarschnitt.«

»Und dann trennten sich unsere Wege«, fuhr Simon fort und sah zu, wie sich Adam in seine Hose kämpfte. »Nach der Schule blieb Adam im Schulwesen, und ich verkaufte meine Seele. Habe aber einen guten Preis dafür erzielt! Tja, Adam, als ich dich das letzte Mal sah, hast du in Rosewood unterrichtet. Bist du immer noch dort?«

»Äh, ja, bin ich«, erwiderte Adam und zog den Reißverschluss zu.

»Das muss *verdammt* merkwürdig sein, dieselben alten Flure entlangzulaufen. Hat sich viel verändert?«

Adam knöpfte mittlerweile sein Hemd zu. »Äh, die Kinder vor allem. Diejenigen, die überhaupt noch zum Unterricht kommen. Viele Probleme. Drogen. Autos. Sex.«

Simon lachte. »Klingt fantastisch. Jedenfalls besser, als heimzugehen und im Fernsehen *Blue Peter* anzuschauen.« Er drehte sich zu mir und sagte: »Ist nicht persönlich gemeint«, aber ich verstand nicht, was er damit meinte.

Voll angekleidet schien Adams Selbstvertrauen teilweise wiederhergestellt.

»Tja, die Schule liegt heute in einem heruntergekommenen Viertel. Hauptsächlich Alleinerziehende, hohe Arbeitslosigkeit, du weißt schon.«

Emily wirkte verwirrt. »Wann habt ihr beiden euch denn das letzte Mal gesehen?«

»Mein Gott, wann war das doch gleich?« Adam sah Simon an.

»Vor dreizehn Jahren«, erwiderte Simon, ohne zu zögern.

»Kurz bevor ich nach London zog.«

»Zu schade, nicht? Dass wir zwei nicht in Kontakt geblieben sind. Du warst schließlich unser Trauzeuge.«

Emilys Mund klappte auf. »Trauzeuge. Wenn Sie sein Trauzeuge waren, warum haben Sie mir das nicht gesagt?«

Ich wollte Falstaff eine ähnliche Frage stellen, musste jedoch feststellen, dass er derzeit damit beschäftigt war, sich sexuelles Vergnügen zu verschaffen, indem er seinen Bauch an einem Kissen rieb.

»Wir waren mal ein Liebespaar«, sagte Simon, ohne das Gesicht zu verziehen.

Emily wurde ganz starr. »Ein Liebespaar?« Simon formte tonlos das Wort »Scherz«.

»O ja. Tut mir leid«, sagte Emily.

Ich entsann mich, was Henry einmal zu mir gesagt hatte. »Humor ist für die Menschen ein Verteidigungsmechanismus und weist in der Regel darauf hin, dass sie etwas zu verbergen haben.«

Ich fragte mich gerade, was Simon zu verbergen hatte, als er sich setzte und sich bei Adam erkundigte: »Wie geht es Kate?«

SCHLAGANFALL

Als wir nach Hause kamen, stand die Tür bereits offen, mit einer besorgt aussehenden Kate davor. Anfangs sagte sie nichts, stürmte nur zurück ins Haus. Hal lernte in seinem Zimmer, und Charlotte lag bereits im Bett.

»Wo bist du gewesen? Ich war vor Sorge völlig aus dem Häuschen.«

Adam vermied jeglichen Blickkontakt und hängte die Leine mit mehr Sorgfalt als üblich an ihren Haken. »Das habe ich dir doch gesagt. Ich musste …«

»Tja, das hätte nicht mehr als fünf Minuten gedauert, Adam. Was ist mit dir momentan nur los?«

»Bitte, Kate. Jetzt nicht. Ich habe keine Kraft mehr für einen Streit. Ich bin total erledigt, ehrlich.«

»*Du* bist erledigt? Tja, was glaubst du wohl, was ich bin? Ich musste Hal beruhigen, der sich über seine heutige Prüfung den Kopf zerbrach, dann musste ich ihn und Charlotte trennen, die sich den ganzen Abend wie verrückt gestritten haben, meine Mutter hat sich das Herz aus dem Leib geheult, und ich musste meinen Ehemann beinahe auf die Liste der vermissten Personen setzen lassen, nachdem er mit dem Hund den längsten Spaziergang in der Geschichte des Gassigehens unternommen hat. Und das Haus, das Haus war so … unaufgeräumt.«

»Es … tut mir leid.«

Ich wedelte diplomatisch mit dem Schwanz, um die

Lage zu entspannen. Eine Sekunde lang schien es, als hätte ich damit Erfolg. Kates Gesicht wurde weicher, und Adam biss sich entschuldigend auf die Oberlippe. Aber dann geschah dies:

»Was ist das für ein Geruch?« Kate beugte sich vor und rümpfte die Nase.

»Keine Ahnung, ich rieche nichts.« Adam zuckte zurück.

»Das bist du. Lavendel oder so.«

»Wahrscheinlich dieses neue Duschgel.«

»Nein, das ist es nicht. Das ist etwas anderes.«

»Also, es tut mir leid, mein Liebling, aber ich rieche absolut gar nichts. Vielleicht stimmt etwas mit deiner Nase nicht. Oder du stehst kurz vor einem Schlaganfall.«

Kate runzelte die Stirn, verschränkte die Arme und starrte Adam an. »Was geht hier vor sich, Adam?«

Ich musste etwas tun, das war mir klar. Und natürlich tat ich es. Ich war immer noch nicht ganz schlau geworden aus dem, was genau mit Emily und Simon und Falstaff in dem neuen Haus passiert war, aber ich spürte, dass im Laufe eines einzigen Abends die Harmonie der Familie in große Gefahr geraten war.

Wenn eine Frau ihrem Ehemann misstraut, gleitet die Lage leicht ins Chaos ab. Henry hatte mir das während einer meiner frühesten Lektionen beigebracht.

Ich beschloss, Kates Aufmerksamkeit abzulenken, indem ich mich aufrichtete und mich mit den Vorderpfoten an ihrem Bauch abstützte. Die Strategie ging nach hinten los. Ich wurde am Halsband in die Besenkammer geführt, wo man mich einsperrte. Adam blieb in der Küche allein zurück.

Ich hätte vermutlich bellen können, aber das hätte die Lage nur verschlimmert. Besser war es, wenn ich mein Ohr gegen die Tür presste und aufmerksam auf jedes Wort lauschte. Lapsang, die laut in ihrem Körbchen schnurrte, sah mich aus einem Auge müde an.

»Was machst du denn hier?«, fragte sie mich.

»Ich versuche zu horchen. Das ist wichtig, sei bitte still.«

»Prince, mein Schätzchen. Ich habe dir schon einmal gesagt, dass du dich nicht zu sehr auf sie einlassen darfst.«

»Hör mal, Lapsang, das verstehst du nicht.«

»Deine Spezies tut mir echt leid, wirklich.« Damit schloss sie die Augen und schlief wieder ein.

Adam hatte etwas gesagt. Aber was? Diese dumme, selbstsüchtige Katze! Kates Antwort bekam ich zur Hälfte mit.

»… in letzter Zeit, finde ich. Da musst du mir doch recht geben.«

»Ist ja gut, ich erzähle es dir. Ich habe im Park jemanden getroffen, der gerade in dieses große, neue Haus gezogen ist, von dem ich immer erzähle. Jedenfalls ist sie …«

»Sie?«

»Ja … ich glaube, sie heißt Emily. Jedenfalls, rate mal, mit wem sie verheiratet ist? Rate, wer hierher zurückgekehrt ist?«

»Du hast also die ganze Zeit mit einer verheirateten Frau im Park geplaudert? Das erklärt aber nicht, warum du so riechst.«

»Jetzt rate doch mal.«

»Hör zu, ich will hier nicht die ganze Nacht deine dämlichen Spielchen …«

»Simon Hotspur.«

»Simon …«

Es trat Stille ein. Nein, es war mehr als Stille. Es war eine Gesprächspause. Unendlich lange vernahm ich nichts weiter als Lapsangs pneumatisches Schnurren. Als Kate schließlich etwas sagte, hörte sich ihre Stimme vollkommen anders an. Sie war nicht mehr wütend. Sie klang wie benommen, und jedes einzelne Wort zog sich endlos hin.

»Simon. Hotspur. Ist. Wieder. Da?«

»Ja – und er ist großspuriger und selbstgefälliger denn je. Geht es dir gut?«

»Ja, absolut. Prima. Ich hatte vorhin Kopfschmerzen, und die kommen jetzt zurück. Was … was macht er hier?«

»Er arbeitet als selbstständiger Managementberater. Ziemlich erfolgreich. Zu guter Letzt hat er also doch seine Seele verkauft.«

»Er hat … äh … eine Frau?«

»Ja, Emily. Etwas schlicht gestrickt und nur halb so alt wie er. Sie ist Aromatherapeutin. Sie hat mir eine Probe gegeben.« *Die Wahrheit. Guter Junge, Adam.* »Und weißt du, was? Von innen ist das Haus gar nicht so schlecht. Vielleicht ein wenig steril und zu viele Männerspielzeuge für meinen Geschmack, aber seine Frau hat dem Ganzen etwas Wärme verliehen.«

»Aha. Äh, verstehe.«

»Jedenfalls kommen sie zur Grillparty.«

Die Grillparty, die die Hunters jedes Jahr in ihrem Vorgarten veranstalteten, war schon in zwei Tagen – am Sonntag.

Panikgeruch drang unter der Tür hindurch.

»Ja, er meinte, es wäre schön, wieder Kontakt aufzunehmen. Er möchte auch dich sehen. Er lässt dich grüßen.«

Eine weitere Gesprächspause.

»Ach, gut. Aber …«

»Ja, ich weiß, was du sagen willst. Und du hast recht. Es war schrecklich, wie er Sarah behandelt hat. Und nie wieder von ihm zu hören, obwohl er doch der Pate von Hal ist. Und ja, ich habe auch die Gaunerei auf meiner Junggesellenabschiedsparty nicht vergessen. Aber er hat es nicht mit böser Absicht gemacht, weißt du. Er hat dich immer gemocht. Er war eben nur einer von den Jungs und wollte nicht, dass eine Frau sich seinen Kumpel angelt. Es hätte aber nicht funktioniert, er hätte es mir nie ausreden können. Jedenfalls scheint er mittlerweile nichts mehr gegen die Ehe zu haben. Emily ist schon seine dritte Frau.«

»Die dritte?«

»Ja. Er war mit einer Anwältin oder so in London verheiratet … doch jetzt ist er überzeugt, dass es hält. Aber ehrlich, du solltest die beiden zusammen sehen. Wie Tag und Nacht. Mr. Aalglatt und Mrs. Hühnerhirn …«

Sie unterhielten sich noch eine Weile, und obwohl Kate immer noch benommen klang, fühlte ich mich enorm erleichtert. Alles war zur Sprache gekommen. Na gut, nicht *alles,* aber so gut wie. Ich weiß, heute klingt es töricht, aber damals glaubte ich das wirklich. Die Familie ruhte sicher in ihren Betten.

Ich schlenderte zu meinem Korb und lächelte dabei in mich hinein.

»Was macht dich denn so glücklich?« Lapsang sah mich an, diesmal mit beiden Augen.

»Es läuft alles wunderbar, das ist alles.«

Sie betrachtete mich mit einem Hauch von Mitgefühl, wie ich glaubte. »Sei ja vorsichtig.«

Ich seufzte. »Hör mal, Lapsang, ich weiß dein Interesse zu schätzen, ehrlich. Die Sache ist nur die – und ich will dich damit wirklich nicht beleidigen –, aber du bist eine Katze. Katzen hatten noch nie eine Ahnung von Loyalität oder Pflichtgefühl, oder?«

»Nein, Schätzchen, aber wir kennen den Schmerz. Wir verstehen Familien. Wir verstehen, dass man verletzt wird, wenn man zu lange bleibt.« Damit stand sie auf, gähnte und marschierte mit hoch erhobenem Schwanz majestätisch über die Schranktheke. Dann sprang sie hinunter und landete weich auf ihren Pfoten.

»Gute Nacht, Prince«, sagte sie und stieß die Katzentür auf. »Sei ja vorsichtig.«

Ich sah zu, wie ihr brauner Schwanz über den oberen Rand der Katzentür strich, dann verschwand sie aus meinem Gesichtsfeld. »Gute Nacht, Lapsang.«

DER LABRADOR-PAKT:

HALTE DIE MISSION STETS GEHEIM

Die Menschen dürfen niemals erfahren, dass wir die Kontrolle haben. Zu ihrem eigenen Schutz muss ihnen unsere Mission gänzlich unbekannt bleiben. Wenn wir bloßgestellt oder die Motive hinter unserem Tun zu offensichtlich werden, verlieren wir unsere Macht. Wir müssen unsere menschlichen Herrchen beeinflussen und sie gleichzeitig glauben lassen, dass die Komplexität ihrer Welt über unser Verständnis hinausgeht.

LINEAL

Am nächsten Morgen stand Hal in seinem Zimmer, seine Hose baumelte in Knöchelhöhe, und er versuchte, mit einem hellblauen Lineal die Länge seines Penis zu messen.

»Nein, das kann nicht stimmen.« Er drehte sich um, damit er sein Profil von der Seite im Spiegel sehen konnte, und kastrierte sich beinahe, als er das Lineal noch weiter nach oben schob. Ein mutloser Seufzer. Er sah zu seiner Wand voller Brüste auf und rieb etwas kräftiger.

»Komm schon, komm schon.« Aber es half nichts.

Das ganze Ziehen und Zerren und Schieben machte einfach keinen Unterschied.

Er ging zu seinem Bett, Hose und Unterhose immer noch auf Knöchelhöhe. Dann ließ er sich auf das Bett fallen und blickte finster auf seinen schrumpfenden Penis. Anschließend auf den Stapel Schulbücher auf seinem Schreibtisch.

Armer, armer Hal.

Ich stand auf und wackelte mit dem Schwanz, um ihn aufzuheitern. Es zeitigte keinerlei sichtbare Wirkung. Ich legte den Kopf schräg. Sein Gesicht verzog sich zu einem Lächeln, aber dann merkte das Lächeln, dass es am falschen Ort gelandet war, und verzog sich wieder. Hal sah nach unten und seufzte erneut. Diesmal war es ein langer Seufzer, der seine Mundwinkel nach unten zog. Der Seufzer dauerte sogar so lange, dass ich zu dem Schluss kam, womöglich drehe es sich gar nicht um seine Penislänge.

Womöglich.

Womöglich auch nicht.

Ich machte mir wirklich Sorgen um ihn. Ich sah in seine Augen und entdeckte Schwierigkeiten. Er war noch zu zerbrechlich, zu sehr Welpe.

»Was starrst du denn so?«, fragte er mich spöttisch.

Ich sagte es ihm, auf meine Weise. Dass ich seine Zukunft sah und dass er sie kontrollieren könne, dass er alles in Ordnung bringen könne. Aber wie üblich hörte er mir nicht zu.

»Prince«, sagte er, »Prince, mein Junge.« Er lehnte sich gegen die Wand, hob das Rollo an und sah aus dem Fenster. Es fing an zu regnen.

EHE

Später klingelte es an der Haustür.

Adam war bei einer Sitzung des Schulleiters, Hal und Charlotte und Grandma Margaret waren oben, in ihren getrennten Welten. Und Kate kniete auf allen vieren und versuchte, verirrte Labradorhaare aus dem Teppich zu zupfen.

»Du bist wirklich ein schmutziger Hund«, hatte sie mir mit vorgetäuschtem Ernst vorgehalten, »wirklich schmutzig.«

Sie richtete sich stöhnend in eine menschliche Position auf, ging zur Haustür und öffnete sie. Letzteres dauerte eine Weile, weil Hal am vorausgegangenen Wochenende den Türknauf abgerissen und niemand ihn wieder ordentlich angeschraubt hatte. Das Haus, wie Adam aus diesem Anlass gebrüllt hatte, zerfiel in seine Einzelteile.

Als die Tür schließlich aufging, hörte ich als Erstes, wie Kate nach Luft schnappte.

Als Zweites hörte ich: »Juhei, Wahnsinnswedler. Was für eine Schnüffelhochburg!« Falstaff vergrub seine Nase in dem süß duftenden Busch im Vorgarten.

Ich sah nach oben und entdeckte Simons lächelndes Gesicht, direkt vor der Sonne.

»Es ist lange her, Kate«, sagte er und hielt ihr einen Blumenstrauß entgegen.

»O mein Gott, Simon.« Bevor sie die Blumen entgegennehmen konnte, musste sie erst die Hundehaare und den

Türknauf loswerden – beides landete auf der Kommode im Flur.

»Was geht hier ab?«, fragte ich Falstaff.

Er sah auf, hob sein Bein und pinkelte ziellos auf den schmalen Gartenweg. »Da weiß ich auch nicht mehr als du, Wahnsinnswedler.«

Simons Blick wanderte gemächlich über Kate. »Du bist wirklich eine schöne Frau, Kate. Immer noch so schön, wie ich dich in Erinnerung hatte.«

»Ich, äh, habe gehört, dass du gerade in das Haus am Park eingezogen bist.« Kate ignorierte das Kompliment.

»Ja. Ich musste klein beigeben – London hat mich umgebracht. Ist schon komisch, oder? Wie sich das Leben in Zyklen bewegt, auch wenn man erwartet, es würde linear verlaufen?« Er beugte sich über mich und tätschelte mir den Kopf.

»Wir sind alle wie du, Kleiner – wir jagen unserem eigenen Schwanz hinterher.«

»Du gestehst eine Niederlage ein?«

»Ich weiß, kaum zu glauben.«

»Ich habe auch gehört, dass du verheiratet bist«, sagte sie. Ihr Versuch, nonchalant zu klingen, wurde von ihrer kieksenden Stimme vereitelt.

»Ach, Emily. Adam hat dir von ihr erzählt?« Er klang überrascht.

»Ja, natürlich.«

»Nun, es stimmt. Wir sind verheiratet, aber im weitesten Sinn des Wortes.«

»Ich wusste gar nicht, dass es so einen gibt.«

»Entschuldige? Dass es wen gibt?«

»Einen weiten Sinn des Wortes. Was die Ehe angeht.«

Simon lächelte sie weltklug an. »Ach, Kate, ich bin *sicher*, dass du es wusstest.«

Ich sah zwischen seinen Beinen hindurch zu Falstaff, der sich auf der Suche nach kräftigeren Gerüchen mittlerweile in die Erde grub. Simon zerrte an seiner Leine und brachte ihn bei Fuß.

»Es ist schon ein Kreuz, Wahnsinnswedler, heutzutage kommt man mit gar nichts mehr durch.«

Aber ich wollte nicht in eines seiner völlig sinnlosen Gespräche verwickelt werden. Nicht heute. Ich war zu sehr damit beschäftigt, auf sein Herrchen und mein Frauchen zu achten. Ich versuchte, nach Hinweisen zu schnüffeln. Versuchte, einen Sinn hinter allem zu erkennen. Ich wusste nicht, was ich davon halten sollte. Die Luft war kompliziert. Zu viele Gerüche. Zu viele widersprüchliche Informationen.

»Möchtest du etwas Bestimmtes?«, fragte Kate.

»Ach Kate, du Biest. Führe mich nicht in Versuchung.« Sein Zwinkern blieb unerwidert. »Also gut, nein. Ich wollte dich nur wiedersehen, dir Hallo sagen. Und dich fragen, ob wir zur Grillparty etwas mitbringen sollen.«

Kate dachte kurz nach. »Was die Grillparty angeht ...« Aber bevor sie den Satz beenden konnte, sah sie, wie Adams Wagen in die Straße einbog.

Simon lächelte und drehte sich um. Das Lächeln verblüffte Kate, die den Blumenstrauß rasch neben die Hundehaare und den Türknauf auf die Kommode legte.

Während Falstaff an Kates unbeschuhten Füßen schnüffelte, sah der Rest von uns zu, wie Adam seine alte Karre beim Einparken mehrmals vor- und zurücksetzte.

»Simon«, sagte Adam, der beim Aussteigen seine Schlüssel fallen ließ. »Was können wir für dich tun?«

»He, Adam. Was für eine Krawatte!«

»Gefällt sie dir?«

»Ja. Sie ist wirklich … *schräg*.« Während er das sagte, zwinkerte er wieder Kate zu. Aber dieses Zwinkern war anders, komplexer. Ein Zwinkern, das die Erinnerung an einen gemeinsamen Scherz zu enthalten schien. Ein grausamer Scherz und, aus ihrem Duft zu schließen, ein Scherz, den Kate nicht länger für lustig hielt.

»Wie ist es gelaufen?«, fragte Kate.

»Ich habe keine Ahnung, von wem eigentlich der Vorschlag stammte, der Samstag wäre ein perfekter Tag für eine Sitzung mit dem Schulleiter! Es war ziemlich deprimierend.« Adam umrundete Falstaffs dampfende Pinkelpfütze. »Wir sind die Kontrollen durchgegangen, für das Schulpersonal.«

»Kontrollen?« Simon zog neugierig eine Augenbraue hoch.

»Ja. Angesichts der Entführungsfälle der letzten Zeit sollen die Schulen jetzt mehr unternehmen, um die Kinder zu schützen. Sie verpflichten uns sogar schon an den Wochenenden.«

»Ja genau, das habe ich in den Nachrichten gesehen. Schrecklich.« Er zog Falstaff von Kates Füßen weg. »Man kann sich doch nichts Schlimmeres vorstellen, als das eigene Kind zu verlieren, nicht?«

»Simon ist nur vorbeigekommen, um zu fragen, ob er zu der morgigen Grillparty etwas mitbringen soll«, warf Kate ein, um das Thema zu wechseln.

»Ach ja«, sagte Adam. »Brauchen wir noch Salate?« Kate schüttelte den Kopf.

Falstaff sah mich an und seufzte. »Ich weiß nicht, wie ich

das noch länger durchhalten soll, Wahnsinnswedler. Ich weiß es wirklich nicht.«

»Was durchhalten?«

Doch bevor er antworten konnte, zog Simon an seiner Leine und sagte: »Ich muss weiter. Bis morgen dann.« An der Pforte blieb er stehen und legte seinen Arm auf die Zaunpfähle. »Wir freuen uns schon.«

Mit einem letzten, schicksalhaften Zwinkern machte er sich auf den Weg und zog Falstaff hinter sich her. Ich sah erst zu Adam, dann zu Kate. Alle Farbe war aus ihren Gesichtern gewichen. Dafür hatten sie an Geruch gewonnen.

Dann noch ein Gedanke, der unmittelbar Folgen zeitigte. Die Blumen.

Ich hatte sie ganz vergessen.

»Hat Simon die hier mitgebracht?«

»Äh, ja.« Kate errötete. »Ja, hat er.«

Adam wollte noch weiter in sie dringen, darum lenkte ich ihn ab, indem ich mich aufrichtete und meine Vorderpfoten gegen seine Brust presste.

»Nein, mein Junge, sitz. Los schon, Prince, sitz.«

Kate nahm den Strauß in die Hand. »Ich entsorge sie besser. Mein Heuschnupfen meldet sich zurück.«

Sie ging durch die Küche, öffnete die Hintertür und stopfte die Blumen in den Mülleimer. Ich beobachtete sie durch die Terrassentür. Unbarmherzig schloss sie den Deckel des Mülleimers. Als ob da noch etwas sei, das sie wegwerfen wollte, aber nicht konnte. Etwas, das einfach nicht verschwinden wollte.

VERSICKERND

Wenn ich heute zurückblicke, vermag ich mich kaum zu erinnern, was ich damals fühlte. Bis zu diesem Punkt war die Situation einfach gewesen. Ich musste nur Adam und Emily im Auge behalten und dafür sorgen, dass die Dinge nicht aus dem Ruder liefen. Aber nun wurde mir klar, dass es da noch ein Randproblem gab, ein vorgetäuschter Stöckchenwurf.

Trotz alledem, wie hätte ich voraussagen können, dass Kate sich als Gefahrenquelle erweisen würde?

Wissen Sie, Kate war stets mehr als alle anderen auf meiner Seite gewesen. Kate hatte die Familie immer zusammengehalten, ungeachtet der Umstände. Sie sah die Familie, ebenso wie ich, als das, was sie war. Hinter all den oberflächlichen Spannungen und Alltagsdramen gab es natürlich eine ungeheure, positive Kraft. Eine Kraft, die Ordnung in eine Welt des Chaos brachte, Liebe in eine Welt aus Hass. Eine Kraft, die mit leisem Flüstern während jeder Mahlzeit und jedem Gutenachtkuss sagte: *Wenn wir zusammenhalten, wird alles gut. Wir werden niemals allein sein. Wir werden einander haben. Für immer.* Mir schien, als wäre Kate stets in der Lage gewesen, diese Stimme zu hören. Sie nickte immer ganz leicht, wenn sie sah, wie die Kinder einschliefen. Ein Nicken, das mir sagte, dass sie verstand. Und obwohl alle sich über ihre ständigen Bemühungen, das Haus ordentlich zu halten, lustig machten, begriff ich, dass es nur die logische Erweiterung ihrer Sehnsucht war, die Ordnung der Familie aufrechtzuerhalten.

Nachdem Simon vorbeigekommen war, fühlte ich mich zum ersten Mal, seit ich ins Haus der Hunters gekommen war, wirklich isoliert. Mir wurde klar, dass die Sicherheit der Familie nun allein von meinem eigenen Vorgehen abhing.

Als Adam später im Erdgeschoss arbeitete und Grandma Margaret, Hal und Charlotte im Bett lagen, besuchte ich Kate, um zu sehen, ob sich mein Verdacht erhärten würde. Sie saß auf dem Rand ihres Bettes und sah sich mit abrupten Kopfbewegungen im Zimmer um, als ob jeder Gegenstand, auf den ihr Blick fiel, sie abschrecken würde.

Ich kuschelte meinen Kopf in ihren Schoß und bot ihr Trost an. Es funktionierte nicht.

»Komm schon, Kate«, flehte sie sich selbst an. »Reiß dich zusammen.«

Ihr Atem wurde einen Moment langsamer, dann gab er dem Druck wieder nach. Ein Geruch erfüllte den Raum, ein trauriger, wenn auch kaum wahrnehmbarer Duft. Ich konnte förmlich hören, wie Kates Kopf zerfloss, und spürte ihre Zuckungen, während sich Tränenschlieren über ihr Gesicht zogen.

Sie streichelte mich, eine einzige fließende Bewegung. Ihre Hand strich über mein Gesicht und den Hals und hielt inne, als sie an meine Schulter gelangte.

»Ach, Prince, was soll ich nur tun?« Ihre Stimme war leise, ein hilfloses Flüstern. So leise, dass ich nicht ganz sicher war, ob sie tatsächlich gesprochen hatte oder ob ich nur die Gedanken in ihrem Kopf vernommen hatte. Wie auch immer, die Frage war nicht echt. Sie erwartete nicht wirklich eine Antwort von mir, keine Rundumlösung für dieses ganze Chaos. Ich hatte stets dafür gesorgt, dass meine Verpflichtung gegenüber dem Pakt ein Geheimnis blieb. Aber in diesem Augenblick, als ich auf das alte Hochzeitsfoto auf dem Kaminsims schaute, fragte ich mich, warum das so sein musste. Wäre es nicht einfacher, Kate wissen zu lassen, dass ich auf ihrer Seite war? Hätte ich dann nicht mehr Macht, um die Familie zu schützen? Wäre sie nicht glücklicher? Wären sie nicht *alle* glücklicher?

Aber nein, das durfte ich nicht.

Ich wusste, was ich tat, und wartete den rechten Augenblick ab.

Diese Interimsphase war jedoch schmerzvoll. Es tat wirklich weh.

Und dann erkannte ich den Geruch. Den kaum wahrnehmbaren Duft. Er kam von Kate und wurde immer stärker.

Es war der Geruch einer Liebe, die versickert.

SICHER

Ich starrte Henry lange an, als ob die Lösung auf seinem großen, ernsthaften Gesicht eingraviert wäre. All die Zeit, die ich ihn kannte, war er immer in der Lage gewesen, die richtigen Worte zu finden. Aber an jenem Morgen schien er um die passende Formulierung zu kämpfen.

»Eine solche … Situation … kommt sehr selten vor«, erklärte er feierlich. »Ich darf dir aufrichtig versichern, dass sie mir noch nie zuvor begegnet ist.« Er schnüffelte an meiner Wange, um zusätzliche Informationen zu erlangen. »Ich denke, du solltest in deinem weiteren Vorgehen überaus vorsichtig sein.«

»Aber ich weiß nicht, wie ich Simon aufhalten soll. Es scheint keinen Ausweg zu geben.« Ich hob mein Bein bei der nächstbesten Pflanze, war aber zu nervös, um zu urinieren.

»Es … gibt … immer einen Ausweg. Immer. Du musst den Pakt durchgehen und eine friedliche Lösung für dieses Problem finden. Der Pakt kann sehr frei ausgelegt werden, das stimmt schon, aber du wirst sehen, dass in ihm immer die Antwort zu finden ist.«

»Aber, Henry, was würdest du in einer solchen Situation tun? Wie würdest du vorgehen?« Ich wusste, diese Frage war respektlos, ein wenig zu direkt, nicht konform zur Labradoretikette, aber so wie ich das sah, hatte ich keine Alternative.

Henry schwieg und wandte den Blick ab. Ich folgte seinem Blick zur Parkbank: Sein Herrchen und mein Herrchen ließen die Köpfe hängen. Ich fragte mich, was hinter Henrys traurigen, milchigen Augen vor sich ging.

»Ich ...« Kaum hatte er angefangen, verstummte er auch schon wieder. Er hatte einen vertrauten Duft in der Luft erschnuppert.

»Störe ich euch etwa, Jungs?« Es war Joyce, die so mager und laubbekränzt aussah wie immer.

»Nein, überhaupt nicht«, behauptete Henry. Joyce war zwar eine gute Freundin, aber wir hatten ihr nie von meiner Mission erzählt.

»Ihr habt nicht zufällig das riesengroße Monster Lear gesehen, oder?«

»Nein, Joyce, haben wir nicht.« Henry schnüffelte intensiv an ihr.

»Ich versteinere vor Angst bei seinem Anblick, echt wahr.«

»Keine Sorge, wir sind's nur«, sagte Henry. »Du bist immer sicher, wenn wir in der Nähe sind.«

»Natürlich, Jungs, das weiß ich doch. Schließlich seid ihr Labradore.«

»Das stimmt, Joyce«, tröstete Henry. »Das stimmt. Bei uns bist du sicher.«

GANZ LIEB

Für das menschliche Auge hätten die Gäste, die auf dem Rasen standen, wie Gäste ausgesehen, die auf dem Rasen standen. Wenn derselbe menschliche Beobachter den Unterhaltungen zugehört hätte, dann wäre er zu dem Schluss gelangt, dass die Hauptsorgen der Gäste Immobilienpreise, Ferienziele, weit entfernte Kriege, Prominentenskandale und Radioprogramme wären.

Doch für einen Hund war all das nebensächlich. Der Duft erzählte eine andere Geschichte. Der Duft erzählte mir, dass Sex in der Luft lag, in all seinen Wohlgerüchen. Und die atmete ich ein, während ich durch den Garten lief. Die Moleküle unausgesprochenen Verlangens.

Das war normal. Diese Gerüche waren immer hier, jedes Mal wenn Kate und Adam eine große Gästeschar eingeladen hatten. Und ich wusste, sie bedeuteten nicht notwendigerweise Gefahr. Meistens wurde dieses Verlangen nämlich nicht ausgelebt. Manchmal war es so tief vergraben, dass die Leute es gar nicht bemerkten. Die Paare hatten sich erfolgreich davon überzeugt, dass sie miteinander vollkommen glücklich waren und sich nichts zwischen sie stellen konnte. Aber es ließ sich nicht leugnen, dass sich der Duft änderte, wenn sie ihre Partner stehen ließen und auf andere Gäste zugingen.

Ich wusste jedoch, dass die meisten Paare keine Bedrohung für meine Familie waren, und konzentrierte meine

Aufmerksamkeit daher auf Simon und Emily, die eben erst eingetroffen waren.

Ich sah zu, wie Simon seinen Pappteller mit Grillfleisch nahm und durch den Garten schlenderte, wobei er kleinen Gästegrüppchen auswich, bis er zu Charlotte kam. Sie saß auf einem Stuhl am anderen Ende des Rasens und starrte auf ihren Teller mit fleischlosem Salat. Grandma Margaret saß neben ihr, trug ihr bestes Kleid und ein verwirrtes Lächeln und sagte nichts.

Charlotte entdeckte Simons Schatten und schaute auf. Er sagte etwas. Charlotte lächelte höflich.

Er sagte noch etwas. Charlotte lächelte erneut, diesmal natürlicher.

Kate beobachtete die beiden ebenfalls – sie unterhielt sich mit einigen Gästen, die ich nicht erkannte, warf den beiden jedoch hin und wieder besorgte Blicke zu. Ihr Teller senkte sich unbemerkt immer mehr zur Seite. Fleisch fiel herab. Sie hob es auf und brachte es zu dem Tisch, unter dem ich lag, gleich neben dem Grill. Beobachtend.

Kate trank ihren Wein aus und gesellte sich zu Simon und Charlotte. Ihre Angst blieb, hing in der Luft.

Sie brauchten Schutz. Kate. Charlotte. Sie brauchten mich. Also navigierte auch ich quer zwischen den Beinen und hängenden Arme hindurch.

»Ach, ist er nicht niedlich?«

»Was für ein entzückender Hund.«

»Sieht aus, als ob er sich auf einer Mission befindet.«

Ich wurde gestreichelt. Ich wurde angelacht. Ich bekam Fleischstückchen. Aber den Umgang mit derlei Hindernissen war ich gewohnt – ein freundliches Schnaufen reichte für gewöhnlich aus, um mich vorbeidrücken zu können.

Als ich am Ziel war, erwies sich die Kombination aus Gerüchen als verwirrend. Besonders Kate ließ sich schwer übersetzen. Die Moleküle des Verlangens waren zweifelsfrei vorhanden, jedoch überlagert von dem beißenden Geruch der Angst. Nun, da sie neben ihm stand, war da auch noch etwas anderes. Etwas, das wie Bedauern roch, obwohl ich mir nicht hundertprozentig sicher sein konnte.

Diese komplexe Kombination war am intensivsten, als Simon seinen Arm um Kates Schulter legte und zu Charlotte sagte: »Ich sehe, du hast das gute Aussehen deiner Mutter geerbt.« Er schaute über seine Schulter in die andere Ecke des Gartens, wo sich Adam mit einigen Gästen unterhielt. »Das muss eine unglaubliche Erleichterung sein.«

Charlotte lächelte. Sie hielt das für komisch. Nicht an sich, sondern die Art, wie es vorgetragen wurde. Ich merkte, dass Simon das war, was die Menschen einen »Charmeur« nannten.

»Und, Kate?«, fragte Simon und zog seinen Arm zurück. »Bist du je zurückgekehrt?«

»Zurückgekehrt?« Kate wirkte verwirrt.

»In den Lehrberuf. Nachdem ... du weißt schon ...«

»Ach so, das Unterrichten. Ich, äh, na ja, ich unterrichte nicht mehr. Ich arbeite in der Stadt in einem Geschenkartikelladen, drei Tage die Woche. Nach Charlottes Geburt hatte ich weder die Zeit noch die Energie.«

»Gib ruhig mir die Schuld«, maulte Charlotte.

»Na ja, nein. Es lag nicht nur daran. Ich habe noch eine Weile mit dem Unterrichten weitergemacht, als Aushilfslehrerin. Aber letztendlich habe ich aufgegeben.«

»Herrje«, meinte Simon, »was für eine Schande.« Irgendetwas geschah zwischen ihnen. Eine Art Austausch, es lag in der Luft. Ich schnüffelte panisch, versuchte, den Sinn dahinter zu erkennen, aber der Geruch war zu kompliziert und vermischt mit den tausend Gerüchen von Grandma Margaret.

»Wie auch immer, Charlotte, ich würde mich freuen, wenn du mal vorbeischaust und die Dame kennenlernst, mit der ich arbeite. Du weißt schon, von der ich dir erzählt habe. Die Frau, die früher Jonathan Ross kannte, den Schauspieler.«

Charlotte verdrehte die Augen und stand auf.

»Bis später«, sagte Simon und lächelte, während Kate und Charlotte davongingen. Kate sah sich noch einmal um und warf ihm einen besorgten Blick zu, dann verschwand sie zwischen den Gästen.

Adam befand sich im Haus, in der Küche, und sortierte die Drinks. Er bemerkte mich nicht, als ich durch die Terrassentür hereinkam, nicht einmal dann, als ich nieste. Er fuhr mit ausdruckslosem Gesicht und steifen Bewegungen einfach fort, Eiswürfel auf Gläser zu verteilen. Ich versuchte zu erschnüffeln, was er dachte, aber es war schwer zu entziffern, angesichts der vielen Düfte, die in der Luft lagen. Ich konnte zwar die Moleküle des Verlangens erschnüffeln, aber darüber hinaus roch ich nur noch das schwarze und rauchige Aroma von verbranntem Tierfleisch, das aus dem Garten hereinwehte.

»Orangensaft«, sagte er sinnloserweise zu sich selbst, während er den Orangensaft eingoss. »Cola. Weißwein.«

Er war nicht er selbst.

»Brauchen Sie Hilfe?«

Emilys Frage ließ ihn zusammenschrecken. »Es tut mir leid, ich habe Sie gar nicht kommen hören. Nein danke, ich komme zurecht. Alles im grünen Bereich.« Er brachte es fertig, ihr direkt in die Augen zu schauen, ohne etwas zu verraten. Selbst seine Augen schienen absolut neutral.

»Ich würde Ihnen aber gern helfen«, erklärte sie und trat näher. »Wenn ich ganz lieb Bitte sage?« Im Gegensatz zu ihm verriet Emilys Gesicht alles. Ihr Lächeln und die Art, wie sie ihre Augen aufriss und ihn intensiv und direkt anschaute, machten es Adam noch schwerer, seine versuchte Gleichgültigkeit aufrechtzuerhalten.

»Na gut, Sie können mir helfen, die Gläser hinauszutragen.« Er reichte ihr zwei Gläser mit Orangensaft. Sie hielt inne, als ob er ihre Frage missverstanden hätte, dann eilte sie nach draußen. Adam folgte ihr, hielt zittrig drei Weingläser in den Händen und den Blick auf Emilys Rücken gerichtet, die vor ihm ging.

LERNEN

Obwohl die Moleküle des Verlangens immer noch durch die Luft schwebten, brachen die ersten Gäste allmählich auf. Charlotte war so lange wie möglich so höflich wie möglich gewesen und verzog sich auf ihr Zimmer. Grandma Margaret wollte früh ins Bett. Hal kehrte von einem Besuch bei seinem besten Freund Jamie zurück und half den Leuten, ihre Mäntel und Taschen zu suchen.

»Na Hal, geht es bald in die Uni?«, sagte einer der Gäste.

»Ja. Ich glaube, nach Leeds.«

»Leeds, wie?«

»Ist das Ihr Mantel?«

»Genau der.«

»Du gehst nach Leeds, hast du gesagt?«, fragte ein anderer.

»Ich hoffe es«, erwiderte Hal.

»Unsere Tochter ist dort im zweiten Jahr. Studiert Psychologie. Sie amüsiert sich großartig. Sie sagt, das Nachtleben sei erstaunlich.«

»Ja, ich freue mich schon darauf. Ist das Ihr Mantel?«

»Nein. Der da drüben.«

»Hier bitte.«

»Ach, Hal«, sagte ein dritter Gast, eine Frau. »Ich habe dich kaum wiedererkannt. Wann haben wir uns das letzte Mal gesehen?«

»Das muss schon eine Weile her sein.«

»Vier Jahre, nicht wahr? Du musst ungefähr vierzehn gewesen sein.«

»Stimmt.«

»Und sieh dich heute an! Ein richtiger Mann! Drauf und dran, das Nest zu verlassen!«

»Ist das Ihr Mantel?«

»O ja, der rosafarbene. Vielen Dank.«

Als ein Großteil der Gäste gegangen war, zog sich Hal in sein Zimmer zurück, um Musik zu hören und den Prüfungsstoff zu wiederholen. Ich blieb unten, weil ich wusste, dass meine Arbeit noch nicht getan war. Und der Grund, warum sie noch nicht getan war, war der, dass Simon und Emily die letzten beiden verbliebenen Gäste waren. Aus irgendeinem Grund schien Kate Adam die Schuld zu geben, dass die beiden nicht gehen wollten, und durchbohrte ihn mit wütenden Augenpfeilen, wenn niemand hinsah.

Es wurde kälter, darum hatten sie sich ins Haus zurückgezogen.

»Sollen wir ins Wohnzimmer gehen?«, fragte Adam.

Kate sagte nichts. Jedenfalls nicht mit Worten. Aber sie folgte seiner Anregung. Simon und Emily folgten ihr. Ich heftete mich an ihre Fersen, weil ich so viel wie möglich beobachten wollte. Ich erkannte, dass der künftige Schutz der Familie möglicherweise von jeder noch so kleinen Information abhing, die ich von den merkwürdigen Duftsignalen zwischen diesen vier Menschen aufschnappen konnte.

Sie schnüffelten, als sie in das Zimmer traten, wie es Menschen immer tun. Ich glaube, sie wissen gar nicht, dass sie das tun, weil sie nur selten auf die Gerüche reagieren, aber es kann kein Zweifel daran bestehen, dass ihre Nasenflügel bebten, als sie durch die Tür traten.

»Wow!«, rief Emily. »Sie haben eine Katze!«

Lapsang rekelte sich auf dem Sofa und öffnete ein halb interessiertes Auge. »Ausgerechnet, wenn man Ruhe und Frieden gefunden hat«, grummelte sie.

»Wie heißt sie?«

»Lapsang«, sagte Kate. »Die Frau, von der wir sie gekauft haben, hat den ganzen Wurf nach Teesorten benannt. Lapsang hat einen Bruder namens Earl Grey und eine Schwester namens Darjeeling.«

»Wow«, sagte Emily, die bereits neben Lapsang auf dem Sofa saß und ihren Rücken streichelte. »Ich liebe Katzen! Ich hatte immer eine besondere Verbindung zu Katzen. Eine Infinität.«

»Affinität«, korrigierte Simon.

»Genau, eine Infinität. Die Katzen und ich, wir verstehen uns immer prächtig. Ich glaube, das liegt daran, dass ich in einem früheren Leben eine Katze war.«

»Ist die echt?«, fragte Lapsang, zutiefst verunsichert.

»Ja«, bestätigte ich feierlich. »Ich fürchte, das ist sie.«

Ich prüfte, ob Simon peinlich berührt roch, aber da war nichts zu riechen. Er lächelte nur liebevoll und sah Adam an.

»Sie ist großartig, nicht wahr?« Es war schwer zu sagen, ob er Lapsang oder seine Frau meinte.

Adam lächelte nervös. »Möchte jemand, äh, noch einen Drink?«

Da alle noch ein volles Glas in der Hand hielten, wurde diese Frage ignoriert.

»Zu Hause bei den Hunters.« Simon trat vor das Familienporträt an der Wand. Dasjenige mit mir in der Bildmitte.

Adam stellte sich neben ihn. »O ja, es ist ziemlich gut, nicht? Wir haben es vor ein paar Monaten machen lassen.

Ein Mann, den ich von der Arbeit kenne, hat es gemalt. Er ist eigentlich Kunstlehrer und arbeitet manchmal nebenher schwarz. Er hatte ein Foto von uns als Vorlage.«

»Große Ähnlichkeit«, sagte Simon, nur zu Kate.

Kate antwortete nicht. Stattdessen setzte sie sich zu Emily auf das Sofa.

»Sie sind Aromatherapeutin, wie ich hörte.«

»Ja.« Emily streichelte immer noch Lapsang. »Das stimmt.«

Zu meiner Überraschung schien Emily kein Interesse an Kate zu haben. Jedenfalls wollte sie nicht mit ihr reden. Aus irgendeinem Grund roch Kate so, als ob sie das vollkommen akzeptierte. Es machte ihr überhaupt nichts aus.

»Das muss interessant sein.«

»Ist es auch.«

Ich überließ Lapsang die Aufsicht und ging zurück zu den beiden Männern, die immer noch vor dem Familienporträt standen.

»Ich komme überallhin«, erzählte Simon gerade. »Ganz Europa, Australien, die Staaten, Kanada, Dänemark. Sogar ins gottverdammte Afrika. Und überall, wo ich hinkomme, ist es dasselbe. Immer ein und dasselbe Spiel.«

»Aber es gefällt dir?«

»Verdammt, ja! Natürlich gefällt es mir. Verdammt leicht verdientes Geld, das kann ich dir sagen. Ich tauche da einfach auf, mache ein paar Übungen in kreativem Denken, werfe noch ein paar bedeutungslose Worte über das Denken außerhalb vorgegebener Kategorien ein, und das war's dann schon. Aufgabe erledigt.«

»Übungen in kreativem Denken?«

»Genau. Du weißt schon, lassen Sie sich zehn verschiedene Gebrauchsmöglichkeiten für einen Stuhl einfallen, abgesehen davon, auf ihm zu sitzen. Solches Zeugs.«

Adam sah zu dem leeren Korbstuhl in der Ecke des Raumes und runzelte verblüfft die Stirn.

»Das ist alles ein Haufen Unsinn, aber es ist der richtige Unsinn, so sieht es aus. Big Business, darauf haben sie es abgesehen. Wenn man vernünftig daherreden und den Leuten sagen würde, wie es wirklich ist, wenn man einfach hereinspazieren und ihnen verklickern würde, dass sie auf einer Zeitbombe sitzen, tja, dann hätte man null Chance.«

»Klar.«

»Ich tue also Folgendes: Ich rattere herunter, was sie hören wollen, und gebe ihnen einen Rahmen an die Hand, in dessen Grenzen sie genau das tun können, was sie immer schon getan haben, nur dass sie es jetzt anders benennen. Imaginationsdenken. Grenzenloses Denken. Vierdimensionales Gedächtnistraining. Das geht ihnen runter wie Öl.«

»Aber bestimmt *glaubst* du doch an das, was du ihnen beibringst?«

Simon sah Adam neugierig an wie ein Hund, der einer neuen Züchtung begegnet. »Ob ich daran glaube? Komm schon, Adam, wann habe ich je an etwas geglaubt? Abgesehen von mir selbst. Scheiße, natürlich nicht. Ich glaube kein einziges Wort davon. Aber, he, ich habe kein Gewissen. Du bist der Mann mit Herz und Verstand – ich mache es nur wegen des Geldes. Ganz ehrlich.«

Adams Gesicht lächelte, aber sein Geruch war traurig. Er sah quer durch den Raum, fing Emilys Blick auf, wandte sich ab. »Und wie seid ihr zwei euch begegnet? Du und Emily?«

»Ach, das ist eine lange Geschichte. Die Kurzversion

lautet, dass ich bei dieser Konferenz auf sie zugegangen bin. Irgendwas im Queen-Elizabeth-Zentrum. Sie war verführerisch, verteilte Flyer für diverse Seminare. Das war, bevor sie an diesen ganzen Käse von wegen Aromatherapie-Numerologie-Kristallkugeln glaubte. Sie sah wirklich umwerfend aus. Jedenfalls ging ich zu ihr und dankte ihr, dass sie für mein Seminar Werbung machte. Wir kamen ins Gespräch, und nach der Konferenz ist sie in meinem Hotelzimmer gelandet. Und das war's.«

»Das war's?«

»Wir sind die zehn Verwendungsmöglichkeiten für einen Stuhl durchgegangen.«

Adam sah (und roch) immer noch verständnislos. Also wurde Simon deutlicher. »Wir haben *gevögelt*. Und danach haben wir es noch mal miteinander getrieben.«

Adam war entsetzt und peinlich berührt. Er tätschelte meinen Kopf in dem verzweifelten Versuch, die vertraute Normalität wiederherzustellen. Er sah zu Kate, aber sie war zu weit weg, um es gehört zu haben.

»Oh, tut mir leid«, sagte Simon, »ich sollte das umformulieren. Wir verliebten uns und beschlossen, zusammenzuziehen. Das mit dem Sex war nur, na ja, eine Nebensache.« Mit der Zunge beulte er seine Wange aus.

»Sie scheint wirklich, äh, sehr interessant zu sein.«

»Ach ja?«, fragte Simon und legte bewusst eine Pause ein.

»Ja, du hast recht. Sie ist sehr interessant. Ihr wacher Verstand führt mich jeden Tag, den Gott werden lässt, an neue Orte.« Er lachte. Zögernd fiel Adam mit ein.

»Komm schon, ihr müsst doch irgendetwas gemeinsam haben?«

Simon sah zur Zimmerdecke auf. »Nein. Überhaupt nichts. Nur den Sex.«

»Ehrlich? Das ist alles?«

»He, Ad, mach das nicht klein. Daraus werden Legenden geschmiedet.«

Sie lachten beide und nippten an ihren Drinks. Aber mir fiel auf, dass Adam immer noch nach Unbehagen roch. »Ad? Mein Gott, so wurde ich seit der Schule nicht mehr genannt.«

»Jetzt bist du dran. Wie läuft es zwischen dir und Kate? Ist alles so erbärmlich wundervoll, wie es dieses Gemälde glauben lässt?«

»Es läuft gut«, sagte Adam, fast zu schnell, um überzeugend zu klingen. »Wir haben natürlich auch unsere Tiefpunkte, aber welche Familie mit zwei Teenagern hätte die nicht? Prince hält uns alle bei der Stange, nicht wahr, mein Junge?«

Beim Klang meines Namens wedelte ich mit dem Schwanz, als ob es das erste Wort der Unterhaltung sei, das ich verstanden hätte. Natürlich wusste ich, dass er nur einen Scherz machte. Ich wusste, er hatte keine Ahnung, dass das in der Tat meine Rolle war. Sie bei der Stange zu halten.

»Du kannst wirklich von Glück reden«, meinte Simon. Adam sagte eine Weile gar nichts, während die traurigen Gerüche weiter durch seine Hosenbeine sickerten.

»Und was ist mit dir? Hast du irgendwelche … *Pläne?*«, erkundigte sich Adam schließlich.

»Mit Emily? Du meinst Kinder?« Adam nickte.

Simon lachte. »Nein, keine Pläne. Ich glaube ohnehin nicht, dass es funktionieren würde, wenn ich ganz ehrlich bin. Ich bin nicht wie du, Ad. Ich bin einfach nicht der treue, hingebungsvolle Typ. Ich glaube, man ist entweder für das Familienleben geschaffen – oder eben nicht. Und ich bin es nicht.«

»Das habe ich auch mal gedacht.«

»Dann glaubst du also, dass ich mich ändern könnte?«

»Ich glaube, jeder Mensch kann sich ändern.«

»Vielleicht könntest du es mir beibringen. Vielleicht kannst du mein Mentor werden und mir sagen, wie man ein erfolgreicher Familienmann wird. Du scheinst diese Kunst perfekt zu meistern.«

Ich hatte keinen blassen Schimmer, was Simon plante, aber mir war klar, dass er Adam eindeutig auf die Probe stellte. Natürlich weiß ich heute genau, welche Absicht Simon verfolgte. Er versuchte, eine Schwachstelle zu finden, herauszufinden, aus welcher Richtung er später seinen Angriff starten sollte.

»Tja, ich weiß nicht recht. So sehe ich mich eigentlich nicht«, sagte Adam. Sein Blick ruhte immer noch auf dem Porträt vor ihm. »Ich glaube, ich lerne selbst noch.«

LÖCHER

Früher grub ich Löcher. Als ich jünger war. Ständig war ich am Löchergraben.

Ich versuchte, den Park zu ergründen, seine Geheimnisse offenzulegen. Graben, graben, graben. Ich hätte den ganzen Tag graben können, wenn Adam das zugelassen hätte. Ich hätte gegraben, bis ich auf den Grund gestoßen wäre, bis ich gefunden hätte, was sich da unten wirklich verbarg, aber Adam rief mich immer viel zu früh zu sich.

Graben, graben, graben.

Damals durfte ich nur an bestimmte Plätze. Niemals in Blumenbeete. Aber das machte mir nichts aus, denn in Blumenbeeten findet man sowieso nie etwas. Ich hielt mich bevorzugt an die hintere Mauer, wo es mehr zu entdecken gab. Wo sich die Dinge fanden, die einem alles über die Menschen erzählten. Die Menschen, die nachts in den Park kamen, um zu trinken und zu rauchen und zu vögeln und zu essen und sich Drogen einzuwerfen und zu kotzen.

Graben, graben, graben.

Besonders gefiel mir die weiche, schwarze Erde, denn sie bedeutete, dass man immer weitergraben konnte, vorbei an den Dingen, die die Menschen zurückließen. Vorbei an all den Dingen, die weggeworfen wurden. Wenn es weiche, schwarze Erde gab, konnte man so lange graben, bis man an die Gerüche kam, die man über der Erde niemals fand. Zeitreisengerüche. Gerüche, die einem verstehen halfen, warum wir sterben und warum wir leben. Die Gerüche, die uns sagten, dass es womöglich schon zu spät war. Die Gerüche, die nur Hunde wahrzunehmen schienen.

Aber Adam, der gern nach oben schaute, der sogar jetzt noch gern versucht, Antworten am Himmel zu finden, ließ mich nie allzu tief graben. Er wollte mich über der Erde, wo er mich sehen konnte.

Ich hing gern diesem Tagtraum nach, dass ich eines Tages, wenn er gerade nicht hinsah, immer weitergraben würde, bis ich alles verstand. Bis all die Gerüche einen Sinn ergaben. Denn wenn man tief genug eindringt, dachte ich, dann konnte man die Wahrheit riechen. Und dann hätte ich damit aufhören können. Ich hätte aufhören können, Löcher zu graben.

Aber das war damals. Das war vor alldem. Bevor Henry mir meine Pflicht erklärt und mir die Augen geöffnet hatte.

DER LABRADOR-PAKT:

SCHÜTZT DU EINE FAMILIE, SCHÜTZT DU ALLE FAMILIEN

Wenn jeder Hund geloben würde, die Sicherheit der menschlichen Familien zu schützen, wäre unser Einfluss bald überall ersichtlich. Obwohl sich die Zeiten geändert haben, können wir dennoch die umfassende Wirkung unserer Mission deutlich erkennen. Wenn auch nur eine menschliche Familie sicher und glücklich ist, dann bedeutet das Sicherheit und Glück weit über diese eine Familie hinaus. Und wenn auch nur eine Familie auseinanderfällt, dann werden auch andere Familien angreifbarer.

Wenn wir eine Familie schützen, schützen wir sie alle.

VERÄNDERUNGEN

Die Dinge liefen schief.

Wie schief, das wusste ich noch nicht, aber die Anzeichen wurden immer schlimmer. Adam veränderte sich. Seine Stimme, sein Verhalten, sein Duft – alles war anders.

Er wurde schneller wütend und achtete weniger auf seine Mitmenschen. Er joggte auch dreimal die Woche. Mit *Simon*. Das war am Tag der Grillparty vereinbart worden.

Augenscheinlich war Kate nicht glücklich über diese Vereinbarung. »Warum machst du das?«, fragte sie ihn.

»Was?«

Sie seufzte. »Joggen.«

»Um mich fit zu halten.«

»Bist du sicher, dass nicht etwas anderes dahintersteckt?«

»Was denn?«

»Konkurrenzdenken. Ein Wettbewerb mit Simon. Du weißt ja, wie es früher war.«

»Ach, Kate, sei bitte nicht albern. Das ist schon Jahre her. Natürlich hat das nichts mit Konkurrenzgebaren zu tun. Glaube mir, ich bin nicht eifersüchtig auf Simon. Was hat er schon, was mich reizen könnte?«

»Sag du es mir.«

»Ach, komm schon. Sein protziges Angeberauto? Dieses schreckliche Haus? Seine Doppelgarage? Seine Bücherregale, auf denen nur *Die Kunst der Menschenführung* zu finden ist? Stell dich nicht dümmer, als du bist. Seine ganze Existenz ist ein Vakuum, das er mit Geld aufzufüllen versucht.«

»Warum joggst du dann mit ihm, wenn du ihn gar nicht magst?«

»Das habe ich dir doch gesagt – um mich fit zu halten. Mein Gott, was ist nur mit dir los?«

»Ich wünschte nur …«

»Was? Was wünschst du dir?«

»Nichts«, sagte Kate und presste die Hand an den Kopf. »Nichts.«

Aber Kate war nicht die Einzige, die mit dem neuen Adam nicht glücklich war. Da war auch noch Charlotte. Es ärgerte sie plötzlich, dass sie wegen der Geschichten in den Nachrichten nicht allein aus dem Haus durfte.

»Das ist nicht fair. Alle anderen dürfen auch allein raus.«

»Es ist zu deinem Besten. Vielleicht *kümmern* sich die anderen Eltern eben nicht so sehr wie wir.«

Daraufhin pflegte Charlotte die Treppe hochzustampfen, ihre Zimmertür zuzuknallen und laute Musik zu spielen. Nacht für Nacht für Nacht.

Die Situation wurde noch schlimmer, als sie am Abend nach der Grillparty verkündete, dass sie jetzt einen Freund hätte.

»Einen Freund?«, fragte Kate lächelnd.

»Mum, ich bin dreizehn!«

»Wer ist es?«

»Nur ein Junge.«

Daraufhin wollte Adam wissen: »Welche Schule besucht er?«

Diese Frage ließ Charlotte zögern. Sie gab ein leises Geräusch von sich, das selbst für meine Ohren unverständlich war.

»Wie bitte?«

»Rosewood«, sagte sie schließlich.

»Woher kennt ihr euch, wenn er auf eine andere Schule geht?«, fragte Kate, immer noch lächelnd.

»Sarah kennt ihn.« Sarah war Charlottes beste Freundin, ebenfalls Vegetarierin und die Person, die Charlotte dazu inspiriert hatte, aus meinem Metallhalsband ein modisches Accessoire für sich zu machen.

Adam, der sich plötzlich bewusst wurde, dass Charlottes neuer Freund möglicherweise einer seiner Schüler war, wurde blass. »Wie heißt er?«

Charlotte antwortete nicht.

»Charlotte, wie heißt dein Freund?« Charlotte antwortete immer noch nicht.

»Unterrichte ich ihn?«

Charlotte, die sich augenscheinlich wünschte, nichts gesagt zu haben, blieb stumm.

»Charlotte, antworte deinem Vater«, sagte Kate mit zögerlicher Solidarität.

Charlotte stieß ein weiteres unverständliches Geräusch aus.

»Wie bitte? David? Hast du David gesagt?«

»Danny.«

»Danny? Daniel Smith?«

Charlotte schnitt eine Grimasse und schüttelte den Kopf.

»Danny ...« Adam betrachtete die Decke, als ob er dort nach Hinweisen suchte. Charlottes Besorgnis pökelte die

Luft, während sie auf den unvermeidlichen Moment der Erkenntnis wartete. »Mir fällt nur noch ein Danny ein. Danny Thomas, aber kein Mädchen bei Verstand würde sich in die Nähe dieses Unruhestifters wagen. Charlotte, bitte sag mir, dass es nicht Danny Thomas ist.«

Charlottes Besorgnis verwandelte sich in Zorn. Es katapultierte sie wie einen Sturmwind von ihrem Stuhl, quer durch den Raum und zur Tür hinaus. Ich wedelte mit dem Schwanz, aber zu spät. Immer zu spät.

Kate sah Adam an. »Wer ist Danny Thomas?« Doch kaum hatte sie die Frage gestellt, fiel ihr Blick auf den Teppich, wo einzelne Blätter der Trockenblumen dem Staubsauger entgangen waren.

»Ein absoluter Albtraum, das ist Danny Thomas. Er wurde vor zwei Wochen suspendiert, weil er den Feueralarm ausgelöst hatte, und ich muss ihm ständig Verwarnungen erteilen, weil er sein Skateboard mit in den Unterricht bringt.«

»Wütend zu werden bringt gar nichts. Das sagst du mir doch immer, oder? Komm schon, Adam, lass uns vernünftig sein. Wir müssen nur mit ihr reden und ihr unsere Befürchtungen mitteilen.« Sie klaubte die Blätter der Trockenblumen vom Teppich auf.

»Du scherzt wohl! Danny Thomas ist der letzte Mensch auf Erden, dem du deine Tochter als Freundin wünschst. Er ist ein gottverdammter Albtraum.«

»Ich weiß, das sagtest du bereits. Wir müssen dennoch vernünftig mit ihr reden.«

Adam lockerte seine Krawatte. »Vernünftig? Du willst vernünftig sein? Na gut, wie ist das?« Er streckte den Kopf aus der Tür, sah zu Charlottes Zimmer hoch und brüllte:

»Wenn du diesen Jungen jemals wiedersiehst, bekommst du zwei Monate Hausarrest!«

Charlotte knallte ihre Tür zu.

Kate schloss die Augen. »Gut gemacht, Adam. Das war wirklich äußerst hilfreich. Sehr … konstruktiv.«

»Dachte ich mir doch.«

VATERLANDSLIEBE

Ich sprach das Thema Danny Thomas mit Henry durch. »Wie geht es Charlotte?«, erkundigte er sich, nachdem er die Neuigkeit erfahren hatte.

»Ziemlich wütend«, sagte ich.

Es trat eine Pause ein. Henry schien abgelenkt. Er beobachtete sein Herrchen Mick aufmerksamer denn je.

»Alles in Ordnung, Henry?«

»Ja«, erwiderte er. »Tut mir leid. Was hast du gesagt?«

»Charlotte. Sie ist wütend auf Adam, weil er sie nicht aus dem Haus lässt. Er behauptet, das tue er nur zu ihrem Schutz. Aber ich bin mir nicht sicher, ob das wirklich sein einziger Beweggrund ist. Es gibt eine Menge Gefahrenzeichen, aber ich fürchte, ich kann sie nicht alle zuordnen.«

Henry blickte jetzt in die andere Richtung, zu dem Dufthaufen hin. »Du musst sorgsam über Charlotte wachen. Sie wird versuchen, sich mit diesem Jungen zu treffen, und du musst dein Bestes tun, um sie davon abzu…«

»Henry! Henry! Hierher, mein Junge!« Mick stand auf und rief Henry zur Bank. Das war höchst ungewöhnlich, da Mick für gewöhnlich bis zum letzten Augenblick mit Adam plaudern wollte.

»Ich muss los.«

»Aber …«

»Tut mir leid, Prince, ich muss los. Wir sehen uns morgen.«

Und so blieb ich allein bei den Blumenbeeten zurück und sah zu, wie Henry pflichtbewusst zu seinem Herrchen trottete. Ich betrachtete Mick und fragte mich erneut, warum mir Henry nie mehr über ihn erzählt hatte. Über diesen grauhaarigen, grau riechenden ehemaligen Polizisten mit seiner glühenden Vaterlandsliebe.

BUSCH

Nachdem Henry und Mick den Park verlassen hatten, hörte ich rechts von mir ein Geräusch. Ein Busch raschelte.

Und der Busch sprach zu mir: »Prince! Komm her!«

Es war Joyce. Mir war klar, dass sie sich vor den Augen von Adam nicht zeigen würde, darum ging ich zu ihr.

»Was ist los, Joyce?«

»Prince, ich muss dir etwas erzählen. Seltsame Dinge ereignen sich.«

»Ich weiß«, sagte ich. »Das hast du uns schon mal gesagt.«

»Nein, nein. Andere Dinge. Letzte Nacht ist hier im Park etwas geschehen. Etwas Schreckliches. Ich habe alles mit angesehen.«

»Was für Dinge, Joyce?«, fragte ich und schob meine Nase durch das Laub auf sie zu.

»Ach, Prince. Du musst vorsichtig sein.«

»Vorsichtig? Warum? Was ist gestern Nacht geschehen?« Sie sah mich aus furchtsamen Augen an. »Es war entsetzlich. Das Schlimmste, was ich jemals gesehen habe. Entsetzlich.«

Und dann hörte ich Adam, der in meine Richtung gejoggt kam. »Prince! Komm schon! Weg da!«

»Joyce, was hast du gesehen?«

Sie versuchte, ihren Atem unter Kontrolle zu bringen. »Es war Henry. Und sein Herrchen.«

»Henry? Henry? Joyce, was hast du …«

Beim Anblick von Adams Hand an meinem Halsband zog sie sich rückwärts in die Büsche zurück. »Joyce? Komm zurück.« Aber es war zu spät. Ich wurde bereits herausgezogen, Adam zerrte heftig am Halsband.

Was hatte sie damit gemeint? Welche Entsetzlichkeit hatte sie beobachtet? War Henry oder seinem Herrchen etwas Schlimmes zugestoßen? Und was hatten sie nachts im Park gemacht?

Als wir den Park verlassen hatten, klärte sich mein Verstand allmählich auf. Joyce hatte uns ihre Theorie einfach einmal zu oft erzählt. Durchaus möglich, dass sie Schnüffelholikerin geworden war. Sie sprach Unsinn, und ich bezweifelte, ob sie überhaupt etwas gesehen hatte. Vielleicht war es eine Halluzination gewesen. Vielleicht verlor sie nach all den Jahren, die sie sich im Gebüsch versteckte, langsam den Verstand.

Ja, das musste es sein. Da war gar nichts passiert. Überhaupt nichts.

HINWEISE

An diesem Abend gingen mir andere Dinge durch den Kopf. Meine unmittelbare Pflicht bestand darin, die Familie zu schützen, und das bedeutete, dass ich auf alles, was zu Hause geschah, eine wachsame Nase werfen musste.

Jeden zweiten Abend hatte ich Kate, wenn sie vom Laden kam, abgeschnüffelt, aber das war an sich nichts Ungewöhnliches. Ich beschnüffelte *alle,* die nach Hause kamen. Das war meine Aufgabe. So sammelte ich Informationen, fand heraus, wo sie gewesen waren, stellte sicher, dass alles wie immer blieb. Das war so ziemlich alles, wofür ich zu sorgen hatte: dass die Dinge gleich blieben. Schnüffeln. Prüfen. Ganz einfach.

Aber als ich an diesem Abend an Kate schnüffelte, wurde mir klar, dass die Dinge nicht gleich bleiben würden. Die Einfachheit hatte sich verabschiedet. Ich schnüffelte erneut. Der Duft war unverkennbar.

Sie roch nach *ihm*. Simon.

Sie roch nach Simon.

Sobald der Geruch mein Gehirn erreicht hatte, kollabierte etwas in mir. Warum hatte sie sich mit ihm getroffen? Warum? Und was bedeutete das für die Zukunft der Familie? An diesem Morgen waren Adam und Simon gejoggt, bevor Adam mit mir in den Park ging. Als er zurückgekommen war – schnaufend und nach vorn gebeugt –, hatte es keine Gefahrenhinweise gegeben. Zumindest keine, die ich bemerkt hätte. Was immer Simon auch geplant hatte, er hatte es vor Adam geheim gehalten.

Ich schnüffelte erneut, aber ein Irrtum war ausgeschlossen. Kates gesamte Kleidung war durchsetzt von Simon-Gerüchen. Natürlich bemerkte das außer mir keiner. Und sie erwähnte es auch nicht. Sie kam nicht herein und sagte: »Stellt euch vor, ich bin eben Simon über den Weg gelaufen«, dann wäre es ja in Ordnung gewesen. Also blieb ich den ganzen Abend an ihrer Seite und hielt nach weiteren Hinweisen Ausschau.

Eine Zeit lang geschah gar nichts. Ihre Körpersprache war etwas steif. Sie war während des Essens auch ziemlich schweigsam, aber das hätte durchaus auch an ihrer Müdigkeit liegen können.

Dann ging Adam mit mir in den Park. Als wir aus der Tür traten, war ich mir sicher, dass Kate besorgt wirkte. Die Art, wie sie beim Abtrocknen des Geschirrs den Blick hob, besagte: »Seid vorsichtig.« Als ob sie glaubte, dass schlimme Dinge geschehen könnten.

Aber der Park bot keine weiteren Indizien. Ich versuchte, zusätzliche Informationen aus Falstaff herauszukitzeln, aber er leugnete, etwas darüber zu wissen. Dann ging ich zur Parkbank, auf der Adam und Emily saßen, um herauszufinden, worüber sie sich unterhielten.

Sie sprachen über Sternenkonstellationen. Kosmische Energie. Magische Kräfte. Adam war wie immer verzaubert.

»Ich sehe Sie dann morgen.«

»Ja, bis morgen.«

NACKT

Später waren Kate und Adam in ihrem Schlafzimmer.

»Ist das dein Ernst?«, fragte Adam.

»Ja, absolut. Du hast selbst gesagt, dass es dir reicht.«

»Aber … aber warum?«

»Ach, ich weiß nicht. Es ist nur …«

»Nur was?«

»Ich weiß nicht. Ich kann es nicht erklären. Nicht richtig jedenfalls. Ich habe einfach das Gefühl, dass wir hier nicht länger *sicher* sind.«

»Machst du dir Sorgen wegen Charlotte?«

Kates Rücken versteifte sich. »Charlotte?«

»Du weißt schon, wegen dieser Angelegenheit mit Danny Thomas.«

Kate entspannte sich. »Ach was. Na ja, *natürlich*. Ein wenig. Aber das ist es nicht. Eigentlich nicht.«

»Kate, wir können unmöglich umziehen.«

»Warum nicht?«

»Willst du wirklich die Gründe dafür wissen? Also gut, das Haus. Die Hypothek. Meine Arbeit. Deine Arbeit. Die Ausbildung unserer Kinder. Deine Mutter. Die …«

Kate hob eine Hand. »Ist ja gut.«

»Ich dachte, du liebst dieses Haus?«

»Das tue ich ja auch, nur … Ich weiß nicht. Vielleicht bin ich auch einfach nur dumm.«

Da stand Adam auf und küsste Kate auf den Nacken.

»Du bist nicht dumm. Vielleicht hast du sogar recht. Wir müssen hier weg. Aber im Moment nur für ein Wochenende.« Er lächelte, und Kate lächelte auch, aber erst als er sie ansah.

Damit war es noch nicht zu Ende. Nachdem Kate sich ausgezogen hatte, schien sie etwas anderes zu bedrücken. Sie stand mitten im Raum, völlig nackt, während Adam auf dem Bett lag.

»Sag mir ganz ehrlich, wie du meinen Körper findest«, sagte sie. Adam hob den Kopf und begutachtete sie aus müden Augen.

»Du hast einen schönen Körper.«

»Ich habe den Körper einer alten Frau.«

Adam ließ den Kopf wieder sinken. »Den Körper einer schönen, alten Frau.«

»A-*dam*. Sieh mich an. Sieh mich richtig an.«

Dieses Mal stützte er sich auf den Ellbogen ab. »Du bist reizend.«

Sie zwickte sich in beide Oberschenkel und brachte sie zum Wabbeln. »*Das* soll reizend sein?«

»Ja«, sagte er, ohne direkt auf das bleiche, vibrierende Fleisch zu schauen. »Du bist überall reizend.«

»Ich habe Hängebrüste«, klagte sie und zog seine Aufmerksamkeit in höhere Gefilde.

»Sie sind reizend. Schöne Brüste.«

»Mein Hals sieht aus wie eine Straßenkarte.«

»Er ist schön.«

»Mein Hintern hängt und ist widerlich.«

»Er ist reizend.«

»Jetzt ist es also so weit – ich falle auseinander.«

»Du bist die schönste Frau der Welt.«

»Ich bin die hässlichste Kreatur auf Erden.«

Adam seufzte. »Warum bist du auf einmal so versessen auf dein Aussehen? Ich dachte, du denkst, das sei alles eitel und oberflächlich?«

»Ich bin nicht versessen. Ich bin nur, ach, ich weiß nicht. Langsam komme ich mir unsichtbar vor. Es wäre schön, zur Abwechslung mal wieder sichtbar zu sein.«

Adam stand auf. Und küsste erneut ihren Nacken.

»Komm ins Bett«, sagte er.

»Du musst den Hund noch nach unten bringen.«

»Er verkraftet das, er ist jetzt ein großer Hund.«

Sie gingen zu Bett. Sie küssten sich. Adam schloss die Augen. Kate schloss ebenfalls die Augen, aber ganz fest, wie ich es tue, wenn ich einen Schlag auf die Schnauze erwarte.

Adam legte sich auf sie.

»Nein«, sagte Kate. Adam küsste ihre Stirn.

»Nein.«

»Was ist los?«

»Ich kann nicht.«

Adam ließ sich auf seine Seite des Bettes fallen. Sein Tonfall wurde hart. »Ich weiß, dass du nicht kannst. Du kannst ja nie. Nicht in diesem Jahrzehnt.«

»Adam, bitte …«

»Wir werden nie wieder Sex haben, oder?« Er nahm sein Buch zur Hand.

»Adam …«

»Wir wollen keine Kinder mehr, warum sollten wir also noch Sex haben. Das denkst du doch, oder?«

»Du *weißt,* dass ich nicht so denke. Und bitte sprich nicht so.«

»Ich weiß nur eines: Seit Charlotte geboren wurde, hatten wir keinen Sex mehr. Seit dreizehn Jahren. Selbst bei Prince geht mehr ab als bei mir, und er hat nicht mal mehr Eier.«

»Du bist schrecklich. Ehrlich, du verwandelst dich in ein Monster.«

»Du kannst ebenso gut einen Termin für mich vereinbaren. Beim Tierarzt. Lass meine Eier auch absäbeln. Nein, ich sag dir was, warum bringst du es nicht gleich richtig zu Ende? Lass mich einschläfern. Damit tust du uns allen einen Gefallen.«

»Adam, hör auf. *Bitte.*« Sie fing an zu weinen. Ich lief zu ihr, um sie zu trösten. Die Simon-Düfte hafteten ihr immer noch an.

Adam legte sein Buch zur Seite. »Tut mir leid, Kate, tut mir wirklich leid.«

»Schon gut«, sagte sie und drehte ihm den Rücken zu. Adam schlug die Decke zurück und stieg aus dem Bett.

»Wo gehst du hin?«, fragte Kate.

»Ich bringe den Hund nach unten.«

PFÖTCHEN

Obwohl ich versucht hatte, die Worte von Joyce auszublenden, wanderten meine Gedanken doch zu ihnen zurück, während Henry mich in Stimmungserkennung schulte.

»Hast du bislang alles verstanden, Prince?«

»Äh, ja. Tut mir leid.«

»Du scheinst mir ein wenig geistesabwesend.« Er sah mich prüfend an und war eindeutig besorgt.

Ich seufzte. »Es geht um Joyce.«

»Joyce?« Henrys milchige Augen betrachteten mich neugierig.

»Sie sagte, es sei etwas geschehen. Dir und Mick. Im Park. Nachts.«

Henry setzte sich auf das Gras und verströmte schlagartig einen traurigen Duft. Dann sah er zu den Büschen hinüber, in denen Joyce oft zu finden war.

»Henry?« Er reagierte nicht, schloss nur die Augen und atmete den schwachen Duft von Pflanzen und Tieren ein, der im Wind trieb. »Henry?«

Er sah aus, als hätte er dort für immer sitzen können, ohne je wieder ein Wort zu sagen.

»Tut mir leid, ich hätte ihr gar nicht zuhören sollen«, sagte ich und versuchte verzweifelt, Henrys Gedanken aus der dunklen Höhle zu locken, in die sie abgetaucht waren. »Sie ist einfach paranoid. Wahrscheinlich hat sie sich das alles nur eingebildet. Es war dunkel, jede Menge Gerüche in der Luft, du weißt ja, wie das ist.«

»Kennst du die Geschichte von Joyce?«, fragte Henry schließlich. »Weißt du, warum sie eine Streunerin ist?«

»Nein«, sagte ich verwirrt, denn ich hielt das für eine merkwürdige Frage.

»Sie hat es mir vor Jahren einmal erzählt. Wahrscheinlich, bevor du auf die Welt gekommen bist.« Wieder sah er zu den Büschen, prüfte, ob Joyce uns auch nicht beobachtete. »Ihre Mutter lebte auf einer Farm, draußen auf dem Land. Aber der Farmer, bei dem sie lebte, war ein grausamer Mann, der keine weiteren Hunde wollte.«

Ich konnte die Bedeutung dieser Information immer noch nicht einsehen. »Ja, aber …«

»Als Joyce geboren wurde, wollte der Farmer den gesamten Wurf verkaufen. Er setzte eine Anzeige in die Zeitung, ob jemand Joyce und ihre Brüder haben wollte, aber Wochen vergingen, ohne dass sich jemand meldete. Da er sie nicht verkaufen konnte, steckte er sie in einen großen Sack. Das Nächste, an das sie sich erinnerte, waren Wassermassen, die von allen Seiten auf sie einströmten. Der Farmer hatte den Wurf Welpen zum Fluss getragen und wollte ihn ertränken.«

Jetzt hatte mich Henry am Haken. »Und was geschah dann?«

Henry schluckte. »Der Sack mit den Welpen wurde flussabwärts getrieben. Joyce und ihre Brüder versuchten zu entkommen, aber wegen des Knotens gab es nur eine winzige Öffnung, und die Welpen waren mittlerweile ja ziemlich groß. Nur Joyce und einer ihrer Brüder überlebten, die anderen drei starben. Bis heute gibt sich Joyce die Schuld an deren Tod. In ihrem Überlebenskampf, dem nassen Sack zu entfliehen, musste sie auf ihren Brüdern stehen.«

»Aber wie ist sie dann hier gelandet?«

»Als sie sich aus dem Fluss gekämpft hatten, entdeckten sie eine schmale Straße und folgten den Autos in Richtung Stadt. Unterwegs wären sie beinahe verhungert, aber schließlich schafften sie es und fanden diesen Park.«

»Was wurde aus ihrem Bruder?«

Henry kratzte sich am Ohr. »Sie lebten eine Zeit lang relativ glücklich, wanderten durch die Stadt, fraßen alles, was die Menschen auf dem Bürgersteig oder in den Mülleimern entsorgten. Aber als sie eines Nachts in den Park zurückkehrten, stießen sie auf Schwierigkeiten.«

»Schwierigkeiten?«

»Ein Rottweiler. Er lief direkt auf sie zu und versuchte … mit Joyce. Natürlich fand ihr Bruder das unschön und wollte es beenden, aber dadurch provozierte er eine Rauferei. Während er zu Boden gedrückt wurde, versuchte Joyce, die Aufmerksamkeit des Rottweilerherrchens auf sich zu lenken, aber der war auf der anderen Seite des Parks und hörte Musik.«

»O nein.«

»Der Bruder ist gestorben. Die Menschen fanden seine Leiche erst nach Tagen.«

»Arme Joyce«, sagte ich, aber einen Zusammenhang konnte ich immer noch nicht erkennen.

»Der Rottweiler und sein Herrchen sind danach nicht wieder zurückgekehrt. Als ich zum ersten Mal hierherkam, hatte Joyce im Alltagstrott langsam wieder ihren Seelenfrieden gefunden, auch wenn klar war, dass sie sich für ihren Verlust die Schuld gab.«

»Klar.«

»Doch jetzt ist das Herrchen des Rottweilers zurückgekehrt, mit einem neuen Hund.«

»Wer? Kenne ich …?«

»Lear.«

Mir fiel das unzusammenhängende Gerede von Joyce am Tag unserer ersten Begegnung mit dem neuen Rottweiler ein. Und plötzlich verstand ich, warum sie nach Panik gerochen hatte.

»Dann glaubst du also, dass es zu viel für sie war? Du denkst, dass sie ihren Verstand verliert?«

»Tja, äh, genau. Vermutlich ist es so.«

»Offenbar ist die Erinnerung zurückgekehrt, und jetzt hat sie Angst vor ihrem eigenen Schatten.«

Es entstand eine Pause. »Denkst du, dass wir mit ihr reden sollten?«

»Nein!« Henry klang drängend. »Nein, sie darf nicht erfahren, dass ich es dir erzählt habe. Hast du begriffen, Prince?«

»Ja, Henry.«

Und ich begriff es wirklich.

Joyce wurde wahnsinnig, weil sie sich selbst die Schuld dafür gab, all jene verloren zu haben, die ihr am nächsten waren. Mir würde das nicht passieren, das würde ich nicht zulassen.

Als Kate daher bei ihrer Heimkehr *wieder* nach Simon roch, folgte ich ihr auf der Jagd nach weiteren Hinweisen den ganzen Abend überallhin.

»Prince, was ist denn los?«, fragte sie mich. »Was willst du?« Ich wedelte mit dem Schwanz und tat so, als hätte ich ihre Frage nicht verstanden. Also ging sie zu der Schachtel mit den Hundekeksen und holte einen heraus. Sie hielt ihn mir vor die Nase.

»Gib Pfötchen.« Ich tat es, und sie gab mir den Keks. Es verwirrte sie, dass ich ihr weiterhin folgte, während sie das Haus putzte. Aber später, auf meinem Abendspaziergang, wurde mir klar, dass ich einen Fehler gemacht hatte. Ich hätte meine Aufmerksamkeit Adam widmen sollen.

JEMAND

Als wir in den Park kamen, saß Emily bereits auf der Bank und spielte nervös mit Falstaffs Leine. Falstaff selbst war nirgends zu sehen, wahrscheinlich war er in den Dufthaufen abgetaucht.

Adam setzte sich. Nicht zu weit weg, nicht zu nah.

Zuerst sagten sie nichts, und die Luft zwischen ihnen wurde dicker. Nach einer Weile gab Emily ein Geräusch von sich. Ein Weinen. Sie rieb sich die Augen, aber als ich schnüffelte, war keine Traurigkeit zu riechen.

»Ist alles … ist alles in Ordnung?«, fragte Adam.

Sie gab noch ein entsprechendes Geräusch von sich und meinte dann: »Es tut mir leid. Ich sollte nicht … ich bin so blöd.«

»Was ist los?« Er rutschte näher an sie heran, wollte sie berühren, sie trösten, zögerte dann aber. Sein Arm schwebte hinter ihrem Rücken in der Luft.

»Es ist Simon«, sagte sie und vergrub ihre Nase in Adams Hemd. Sein Arm schwebte immer noch in der Luft, ein letzter Versuch von Widerstand, dann legte er sich zögernd um Emilys Schultern.

»Simon?«

»Ich glaube … ich glaube, er trifft sich mit jemandem.«

»Mit einer anderen? Simon? Nein. Wie kommen Sie auf …«

»In London ist das auch schon passiert. Darum sind wir

ja umgezogen. Jemand, den er auf einem seiner Seminare kennenlernte. *Jess*-ic-a.« Sie sprach es genauso aus. *Jess*-ic-a. Als ob der Name selbst ihr Schmerzen verursachte.

»Das ist ja *furchtbar*.«

»Es war nichts Ernstes. Das hat er zumindest gesagt. Es hat ihm nichts *bedeutet*. Und es dauerte nur zwei Wochen. Aber ich wusste, dass etwas nicht stimmte. Ich spürte eine schlechte Energie, wissen Sie. Und dann erwischte ich sie zusammen. Ich habe sie mit eigenen Augen gesehen. Ich hatte meine Eltern besucht und kam früher nach Hause, und da …« Sie hielt inne und schloss die Augen. »Es war schrecklich. Und jetzt passiert es schon wieder.«

»Ach Emily, das tut mir so leid. Aber das ergibt doch keinen Sinn.«

»Was … was ergibt … keinen Sinn?«

»Dass jemand Ihnen so etwas antun sollte. Und ich bin absolut sicher, dass Simon eingesehen hat, wie falsch sein Verhalten war.«

»Aber ich spüre es. Irgendetwas stimmt nicht. Irgendetwas ist nicht … im Gleichgewicht … wissen Sie, mit seiner Aura. Er ist böse auf mich, weil ich nicht …«

»Nicht?«

»Ich kann ihm nicht geben, was er sich wünscht.«

»Das verstehe ich nicht. Was wünscht er sich denn?«

Sie stieß sich von Adam ab, und dabei warf Adam einen Blick auf ihren Busen. »Kinder. Er wünscht sich ein Baby, aber ich kann ihm keines schenken … Ich habe schon alle möglichen Tests hinter mir.«

Adam seufzte.

»Tja«, sagte er sanft. »Am besten wäre wohl, wenn Sie mit ihm reden. *Vernünftig* mit ihm reden.«

Vernünftig reden? War das nicht genau das, was Adam mit Charlotte hatte tun wollen, nach ihrem Streit über ihren neuen Freund?

»Haben Sie das ernst gemeint?«

»Was?«

»Was Sie vor einer Minute gesagt haben.«

»Was habe ich denn gesagt?«

»Dass Sie nicht verstehen, wie mir jemand so etwas antun kann.«

Es herrschte Stille. Ich versuchte, das Schweigen zu brechen, indem ich meinen Kopf zwischen die beiden zwängte. Es funktionierte nicht. Genauer gesagt hatte es den gegenteiligen Effekt.

»Ja, ich … das habe ich wohl.«

Was ging hier vor sich? Was geschah hier? Adam. Der Familienmann. Der treue Ehemann. Na schön, er hatte sich in letzter Zeit merkwürdig verhalten, und zweifelsohne hatte er eine Schwäche für Emily. Aber er würde doch bestimmt seine Instinkte kontrollieren können. Er war doch ein *Mensch*, um Hundes willen.

Sie rutschten noch näher zusammen. Es entstand eine gefährliche Spannung. Sie würden einander küssen. Das würden sie tatsächlich. Und andere Frauen zu küssen war schlecht für die Sicherheit der Familie. Das musste mir Henry nicht erst sagen.

Ich bellte.

Ich sprang auf die Bank und bellte, und dabei löste sich die Kussbedrohung in Luft auf.

Adam schob mich wieder von der Bank und sagte zu Emily: »Reden Sie mit ihm. Das ist immer das Beste. Ich bin sicher, das wird Ihre Zweifel zerstreuen.«

Als sie gingen, spürte ich etwas. *Jemand*. Der alles beobachtete. Instinktiv wusste ich, dass es jemand in dem neuen Haus war. Ein Mensch. Ich sah auf, und tatsächlich, es war Simon. Er stand am Fenster, leicht vorgebeugt spreizte er mit den Fingern das Rollo.

Er spiegelte sich in der Scheibe, man konnte ihn kaum sehen.

Ich sah genauer hin, versuchte, seine Gedanken zu lesen. Versuchte, Wut zu sehen oder Eifersucht oder Überraschung. Aber das gelang mir nicht. Dafür überraschte er mich. Denn ich sah etwas anderes.

Er lächelte.

DER LABRADOR-PAKT:

NIEMALS ANDERE VON IHRER MISSION ABHALTEN

Labradore müssen einander jederzeit gegenseitig unterstützen. Wenn wir bezüglich der Mission eines Kameraden um Rat gebeten werden, müssen wir so konstruktiv wie möglich sein. Auch wenn wir glauben, dass ein anderer Labrador den Kampf verliert, dürfen wir das niemals aussprechen.

Wir sind die letzte Rasse, die weiß, dass wir mit unserem Tun fest hinter unserem Herrchen beziehungsweise Frauchen stehen müssen, und daher sollten wir stark bleiben. Aus diesem Grund müssen wir zusammenhalten.

In einer Welt, die unsere Überzeugungen weder erkennt noch anerkennt, ist es wichtig, dass Labradorhunde sich gegenseitig ermutigen und unterstützen.

Lasst uns Kraft in der Einheit suchen, dann werden wir dem Guten Kampf allzeit treu bleiben.

NACHT

Mitten in der Nacht erwachte ich, weil die Katzentür aufging.

»Tut mir leid, Schätzchen«, miaute Lapsang leise. »Ich wollte dich nicht aufwecken.«

»Schon gut«, sagte ich zu ihr und ließ meinen Kopf wieder zu Boden sinken.

Nach einer Weile wurde mir klar, dass ich nicht mehr einschlafen konnte, darum sagte ich: »Lapsang, darf ich dich etwas fragen?«

»Ja klar. Schieß los.«

»Wenn du nachts draußen bist, gehst du dann manchmal in den Park?«

»In den Park?«

»Ja.«

»Nein, Süßer. Du machst wohl Witze. Das ist Hundegebiet. Ich komme dem Park nicht mal nahe. Warum fragst du?«

»Nur so«, sagte ich. »Es ist nichts.«

BLUT

Henry schnüffelte lange an mir, um meine Befindlichkeit zu taxieren, bevor er mich fragte: »Wo hat er gestanden?«

Ich wies mit der Schnauze zu dem größten Fenster im oberen Stock, dessen Rollo jetzt heruntergelassen war. »Dort oben.«

»Und hat er etwas gesehen?«

»Das muss er.«

»Aber sie haben sich nicht geküsst?«

»Nein. Ich habe sie davon abgehalten.«

»Du hast wohl getan, Prince. Hoffentlich ist der Moment der Gefahr nun vorüber.«

»Ja«, sagte ich. Eine Windböe zwang mich, zur Seite zu torkeln. »Hoffentlich.«

Henry schwieg und hob die Nase, um einen Duft einzufangen. »Prince, riechst du das?«

Ich schnüffelte ebenfalls, konnte aber nichts Ungewöhnliches feststellen. Nur der weit entfernte Geruch unserer beiden Herrchen, die auf der Bank saßen. Ich schaute hinüber und sah, wie Mick sich vorbeugte, wodurch er mir die Sicht auf Adam nahm. »Ich rieche nichts.«

»Da stimmt etwas nicht«, sagte Henry, noch ernsthafter als sonst. »Folge mir.«

Er trottete zu den Büschen, hielt dabei die Nase hoch in die Luft gereckt. Ich folgte ihm dicht auf den Fersen und roch es auch, nur einen Moment lang. Henry blieb stehen, sobald er das letzte Blumenbeet umrundet hatte. Sein Körper krümmte sich. Was immer er gesehen hatte, es hielt ihn davon ab, weiterzugehen.

»Was ist?«, fragte ich und trat neben ihn.

Aber da hatte ich den Geruch bereits übersetzt. Es war Blut. *Hunde*blut.

Henry drehte sich mir zu. »Siehst du? Dort zwischen den Büschen.«

Der Mangel an Bewegung machte die Fokussierung schwer. »Nein, ich sehe ni…« Aber dann sah ich es. *Sie*. Auf einem Bett aus nassem Laub liegend, mit aufgerissenen Augen, der Hals funkelnd schwarz, Pflanzenschäden überall um sie herum. »O Joyce, nein.«

Henry hatte sich wieder gefasst und trat zu einer genaueren Inspektion näher heran.

»Es hat ein Kampf stattgefunden«, erklärte er. »Nach dem Schaden an den Büschen zu urteilen hat sie sich heftig gewehrt.«

»Kannst du einen anderen Hund riechen?«

Henry senkte die Nase, bis sie fast den Hals von Joyce berührte. »Nein, nur uns. Der Regen muss die Duftspur weggeschwemmt haben.« Er schnüffelte weiter. »Sie ist schon eine Weile tot. Mindestens einen Tag lang.«

Ich sah sie wieder an. Ihre geöffneten Augen, ihre ausgestreckten Läufe, ihr eng anliegendes Fell. Es schien merkwürdig, dass eine Hündin, die einen Großteil ihres Lebens in einem Busch gekauert hatte, in einer so aktiven Stellung gestorben sein sollte. Sie sah wie ein übergroßer Welpe aus, mitten im Galopp eingefroren.

Aber als ich genauer hinsah, bemerkte ich, dass in ihren

Augen Angst und Schock eingebrannt waren. Als ob das Geheimnis ihres Todes ihre schlimmsten Albträume übertroffen hätte.

»Wir finden heraus, wer das getan hat«, sagte Henry.

»Wie?«

»Ich weiß es nicht. Ich muss darüber nachdenken. In der Zwischenzeit darf dieser Vorfall nicht deine Mission stören. Deine Familie kommt immer an erster Stelle.«

»Ja, Henry«, sagte ich und sah, wie eine Fliege auf dem Teil ihres Halses landete, der so brutal aufgerissen worden war. »Die Familie kommt immer an erster Stelle.«

SHAKESPEARE

Charlotte war krank. Sie konnte nicht ins Theater gehen, weil sie krank war. Das hatte sie zumindest gesagt, und um es zu beweisen, hatte sie den ganzen Abend auf der Treppe gekauert, sich mit einer Hand den Bauch gehalten und mit der anderen Hand das Treppengeländer umklammert.

»Mum, ich kann nicht.«

»Wir haben extra Karten reserviert. Schon vor Monaten.«

»Mum, geht ruhig. Ich komme schon zurecht. Nehmt einfach das Handy mit, und wenn es mir schlechter geht, dann rufe ich an oder schicke eine SMS.«

Die Sache war aber die: Sie war nicht krank. Ich wusste, dass sie es nicht war, aber was konnte ich schon tun. Sie roch so gesund wie immer. Ich hatte sie vom Kopf bis zu den Zehen abgeschnüffelt, und es waren nicht die geringsten Krankheitsgerüche zu entdecken.

Hal machte die Sache auch nicht gerade einfacher. »Mum, es liegt an Shakespeare. Charlotte kann Shakespeare ja nicht mal buchstabieren.«

Adam klopfte mit der Hand auf seine Jackentasche. »Hat jemand die Autoschlüssel gesehen?«

Charlotte stieß ein Stöhnen aus und beugte sich vor. »Tut mir leid, Mum, ich kann nicht.«

»Ah, da sind sie ja«, sagte Adam.

»Man buchstabiert ihn S-h-a-k-e-s-p-e-a-r-e«, sagte Hal.

»Ich nehme besser meine Brille mit«, sagte Grandma Margaret. »Bill hat immer gesagt: ›Denk an deine Brille.‹«

Kate sagte gar nichts, sah nur jedes einzelne Familienmitglied mit wachsender Erschöpfung an. Dann sah sie mich an. Ihr Blick bohrte sich auf eine Weise in mich, dass es schien, als suche sie nach etwas. Wonach, das wusste ich nicht, aber es war definitiv etwas, das ich ihr ihrer Meinung nach bieten konnte.

PRIVATBESITZ

Charlotte starrte aus dem Wohnzimmerfenster, während der Wagen auf die Straße bog. Kaum war er verschwunden, rannte sie in den Flur, hob den Telefonhörer ab und wählte eine Nummer.

»Hi, ich bin's. Du kannst jetzt kommen, sie sind weg.« Das war nicht gut. Mit wem auch immer sie telefonierte, sie brach eindeutig die Regeln. Und Regelbrüche waren nicht gut für die Familie.

Ich folgte ihr nach oben in das Schlafzimmer ihrer Eltern. Sie stellte sich vor den Spiegel und zupfte sich die Augenbrauen. Dann malte sie sich die Lippen an und sprühte so viel Parfüm auf sich, dass sie ihren natürlichen Geruch völlig überdeckte.

Es klingelte an der Tür.

Wir rannten nach unten. Ich bellte warnend, aber mir war klar, wie sinnlos das war.

Die Tür ging auf. Ich rannte hinaus und schnüffelte an dem Fremden nach Hinweisen. Die berauschenden Gerüche eines pubertierenden Jungen schwirrten durch die Luft: Tabak, muffiger Uringeruch, Schweiß, Begierde, völlige Verzweiflung. Er hatte ein Brett mit Rädern bei sich. Ich schnüffelte auch daran.

»Tut mir leid wegen dem Hund.«

»Nee, das ist cool. Ich mag Hunde.« Er rieb meinen Hals. »Wie heißt er?«

Ich ließ mich nicht zum Narren halten. Ich wusste, wer mir da den Hals rieb. Es war Danny Thomas. Der verdammte Albtraum.

»Er heißt Prince. Echt originell, ich weiß.«

»Ist ja gut, Prince. Guter Junge, guter Junge. He, das ist Privatbesitz.« Er schob meine Schnauze aus seinem Schritt.

Charlotte lachte und stieß die Tür auf, damit Danny Thomas eintreten konnte. Sie ließ die Gefahr ins Haus. Mir fiel auf, dass er ein Hundehalsband trug, ebenso wie es Charlotte immer tat. Es baumelte von seinen übergroßen, ausgebeulten Jeans.

Danny Thomas trat ein.

»Nettes Haus«, sagte er.

»Ich find's schrecklich«, sagte Charlotte.

»Du solltest mal sehen, wo ich wohne.« Charlotte roch seltsam. »Habt ihr einen Hund?«

»Ja, haben wir. Wir haben eine Labradorhündin. Dad wollte sie ja mitnehmen, als Mum und er sich trennten, aber sie wurde Mum zugesprochen.«

Das ergab doch keinen Sinn. Wenn er einen Labrador hatte, dann stammte er aus einer glücklichen Familie. Außer natürlich, wenn der Labrador zu spät in die Familie gekommen war. Das kam vor. Henry hatte mir davon erzählt. Es gab Labradorhunde, die nichts tun konnten, um ihre Familie zu retten, weil sie in eine Situation kamen, die bereits weit außerhalb ihrer Kontrolle lag. Aber dieser Fall trat selten ein. Mir war ein solcher Labrador nie begegnet. Oder eine solche Familie.

Danny Thomas ließ sich auf das Sofa fallen. Ich setzte mich vor ihn und behielt ihn im Auge. Und in der Nase.

Charlotte setzte sich ebenfalls und lehnte ihren Kopf an seine Brust.

»Wann kommen deine Mum und dein Dad zurück?«

»Keine Ahnung. Aber nicht vor zehn.«

»Wenn dein Dad mich jetzt sehen könnte, würde er mich umbringen.«

»Das würde er nicht.«

»Na gut, aber er würde mir auf jeden Fall die Eier abschneiden.«

In diesem Moment fiel mir seine Hand auf. Sie bewegte sich ganz langsam auf Charlottes linke Brust zu. Charlotte bemerkte das auch, obwohl ihr das nichts auszumachen schien. Glücklicherweise stellte die Hand keine offensichtliche Bedrohung dar. Kaum hatte sie Charlottes Brust erreicht, blieb sie reglos liegen, als warte sie darauf, dass etwas geschah.

»Was willst du tun?«

»Mir egal.«

Und dann, ganz ohne Vorwarnung, pressten sie ihre Münder aufeinander. Ich wusste nicht, wie mir geschah. Was zuvor geschlafen hatte, war nun erwacht.

Ich machte mir Sorgen.

Wie weit würde das hier noch gehen? Das wollte ich lieber nicht herausfinden. Ich musste handeln. Ich musste diese Stimmung zunichtemachen. Ich musste *irgendetwas* tun.

Ich machte einen Haufen auf dem Teppich.

Es dauerte allerdings eine Weile, bis der Geruch sie traf.

»Ach, *Prince*«, stöhnte Charlotte und löste sich endlich von ihm.

Danny Thomas fing an zu lachen.

»Ich hole besser etwas, um das wegzumachen.«

»Sieh dir sein Gesicht an.« Danny zeigte auf mich und inspizierte dann den Haufen. »O Mann, das ist echt eklig.«

Es tat mir leid, ganz ehrlich, aber ich hatte zu ihrem eigenen Besten gehandelt. Na ja, zu Charlottes Bestem. Doch wie sich herausstellte, änderte das auch nichts mehr.

Was war geschehen?

Folgendes:

»Charlotte?« Es war Adam, schon halb durch die Haustür.

»Dad?« Charlotte erstarrte, mit einer Handvoll Scheiße und einer Rolle Toilettenpapier auf dem Boden kniend.

Danny Thomas drehte sich um und dachte ernsthaft über das Fenster nach.

Adam schloss die Tür hinter sich. Offenbar hatte er immer noch nichts bemerkt. »Du wirst es nicht glauben. Wir standen vor dem Theater und hatten die Karten vergessen. Die anderen sind noch dort. Ich bin schnell …«

Ich lief aus dem Wohnzimmer und sprang an ihm hoch, während er noch im Flur stand.

»Nein, Prince, runter. Aus. *Aus.* Guter Junge.«

Ich improvisierte. Versuchte, Charlotte etwas Zeit zu verschaffen. Zeit wofür, das hatte ich mir nicht genau überlegt. Vermutlich, um das Zimmer zu verlassen. Um die Tür hinter sich zu schließen. Ihn nicht eintreten zu lassen. Aber sie begriff es nicht. Die Angst lähmte sie.

Er war nur noch fünf Schritte entfernt.

Alles ist stets unter meiner Kontrolle, sagte ich mir vor. Aber wie hätte ich *das hier* voraussagen können?

Vier, drei …

Mittlerweile hatte Adam die Stille bemerkt. Die Angst.

Viele Hunde leugnen diese Möglichkeit, glauben, Menschen könnten nur wahrnehmen, was sie auch sehen. Aber sie irren sich.

»Charlotte?«

... zwei, eins ...

Er stieß die Tür auf und machte damit meine harte Arbeit zunichte. Es lag immer noch Scheiße auf dem Teppich, aber das übersah er völlig. Ich rannte hinüber und steckte meine Nase hinein. Mitten hinein in das Häufchen. Aber auch das entging ihm.

Charlottes Gesichtszüge entgleisten. Danny Thomas lachte nervös. Das war seiner Situation allerdings nicht sehr zuträglich.

»Dad, Danny ist eben vorbeigekommen, um ...«

Adam sagte nichts. Er fuhr sich nur mit der Hand über den Nacken, drehte den Kopf und wartete, bis die Luft ihren höchsten Dichtegrad erreicht hatte. Nach einer Weile sagte er zu Charlotte: »Was für eine wundersame Genesung.«

»Tut mir leid, Mr. Hunter.« Danny Thomas zuckte wie ein Terrier, unfähig, Adam in die Augen zu schauen. »Ich bin nur kurz vorbeigekommen.«

Ich fing an, mit dem Schwanz zu wedeln. Ich wedelte, wie ich noch nie zuvor gewedelt hatte. Ein flottes, glückliches, make-love-not-war, von einer Seite zur anderen Seite schwingendes Schwanzwedeln. Aber in jenem Moment wurde mir klar, dass meine Macht schwand.

»Verschwinde.«

Und genau das tat er auch, Danny Thomas. Er verschwand. Er nahm sein Brett mit den Rädern und verließ den Raum, wobei er sich um Adam herumschlängelte.

»Bis dann, Charlotte«, rief er mutig, während er die Haustür öffnete.

Knall. Danny Thomas war weg.

»*Dad …*«

»Sag nicht Dad zu mir, junge Dame.«

»Er ist doch nur kurz vorbeigekommen.«

»Ja, natürlich. Ist nur kurz vorbeigekommen. Rein zufällig. An dem einzigen Abend, an dem wir dich allein gelassen haben.«

»Aber es stimmt. Wir haben auch nichts Falsches gemacht.«

»Hör zu, Charlotte. In Wirklichkeit sind wir es alle müde. Wir sind deiner ganzen Lügen müde.«

»Was für Lügen?«

»Das reicht jetzt mit deinen Frechheiten.«

»Wir haben nur ferngesehen.«

»Tja, gut, denn genau das wirst du von nun an tun. Und zwar die nächsten zwei Monate.«

»Wie meinst du das?«

»Ich meine, dass du Hausarrest hast. Wenn du dich wie ein Kind benimmst, wirst du auch wie ein Kind behandelt.«

»Ich bin drei-*zehn!*«

»Ja, genau. Noch drei Jahre, bevor sich dein eigener Verstand überhaupt erst entwickelt. Das war's, das ist mein letztes Wort. Zwei Monate. Ich weiß nicht, wie ich mich deutlicher hätte ausdrücken können. Wie oft habe ich dir gesagt, was für ein schrecklicher, kleiner Hooligan er ist.«

»Ich hasse dich.«

»Schau, in zehn Jahren wirst du zurückblicken und erkennen, wie unvernünftig du dich in diesem Moment verhältst.«

»Du bist der schlechteste Vater auf der Welt.«

»Genau. Jetzt hol deinen Mantel.«

»Was?«

»Deinen Mantel. Du begleitest mich ins Theater, da es dir plötzlich ja so viel besser geht. Vielleicht kriegen wir dich dazu, mit dem Verstand zu denken und nicht mit den Hormonen.«

»Ich wünschte, ich wäre nie geboren worden.«

»Endlich. Ein Satz, auf den wir uns alle einigen können.« Charlotte stürmte aus dem Raum und holte ihren Mantel.

»Gott«, schrie sie aus ihrem Zimmer heraus, »das ist dermaßen unfair!«

Zum ersten Mal besah sich Adam die Bescherung auf dem Teppich. Aber selbst beim Hinschauen schien es ihm gar nicht weiter aufzufallen, als ob es schon immer einen Hundehaufen mitten im Wohnzimmer gegeben hätte. Als ob er dort hingehörte. Nein. Als ob es ihm *gefiel*, dass der Haufen dort war. Als ob er am liebsten seine Hosen herunterziehen und im gesamten Haus seinen Darm entleeren wollte.

Er packte mich am Halsband und zog mich zur Tür.

»Komm schon, Prince, raus mit dir. In die Küche.«

DER LABRADOR-PAKT:

DU HAST STETS DIE KONTROLLE

Jeder Aspekt des Familienlebens steht unter der Kontrolle des Labradors. Jeder Streit, jeder besorgniserregende Vorfall, jede Verhaltensänderung – alles bleibt unter einem einzigen, machtvollen Einfluss.

Keine Situation ist so ernst, dass sie nicht durch unsere machtvolle, geheime Diplomatie gelöst werden könnte. Es gibt für alles eine Lösung. Die Pflicht des Labradors besteht darin, seine Menschen auf diese Lösung zu stoßen.

GELÄCHTER

Auf Händen und Knien schrubbte Kate energisch den Teppich. Sie hatte kein Wort gesagt, seit sie vom Theater zurückgekommen waren. Niemand hatte ein Wort gesagt, nicht einmal Grandma Margaret.

Charlotte war nach oben gestürmt, kaum dass sie durch die Tür gekommen waren. Hal war in die Küche gegangen, um sich eine Schüssel mit Müsli zu machen. Grandma Margaret, tja, ich wusste nicht, wo sie war. Sie war überall, ihre tausend Düfte vermischten sich mit der komplexen Kombination aus Hundescheiße und Putzmittel.

Was Adam betraf, nun, der saß einfach nur da. Er beobachtete Kate, die auf Händen und Knien umherrutschte. Aber nach einer Reihe ausgedehnter Seufzer beschloss er, etwas zu sagen.

»Wenn du noch kräftiger schrubbst, hast du bald ein Loch im Teppich.«

Kate setzte sich auf ihre Fersen, die Hand mit dem Scheuertuch glitt zwischen ihre Knie. »Was geschieht nur mit dir?«, fragte sie ihn.

»Wie meinst du das, was mit mir geschieht? Ich gebe dir nur einen guten Rat. Ich schlage ja nur vor, dass du etwas weniger kräftig schrubben solltest.«

»Warum bist du …« Kate verstummte, als die Tür aufging. Es war Hal, der auf seinen Haferflocken herumkaute. Er sah den nassen Fleck auf dem Teppich an, dann schaute er zu seinen Eltern auf und verließ sofort wieder das Zimmer.

Erneut wandte sich Kate an Adam. »Warum verhältst du dich so? Du bist derzeit so *aggressiv*. Und wenn du ausnahmsweise mal nicht aggressiv bist, dann hat es den Anschein, als seist du gar nicht anwesend.« Sie unterbrach sich kurz, um mit dem energischen Schrubben fortzufahren. »Also ehrlich, wie du dich Charlotte gegenüber verhalten hast. Kein Wunder, dass sie verwirrt ist.«

»Verwirrt? Ver-*wirrt?* Glaube mir, ihr Verhalten heute Abend hatte nichts Verwirrtes an sich.«

»Du warst sehr streng mit ihr.«

»Das musste ich auch sein.«

»Adam, sie ist drei-*zehn*. Sie ist noch ein kleines Mädchen. Ich glaube, das vergisst du manchmal.«

»Nein, das vergesse ich nicht. Genau das ist ja gerade meine Rede. Sie weiß noch nicht, was gut für sie ist. Wenn wir sie sich selbst überlassen, ist sie in sechs Monaten schwanger.«

»Das ist also deine Absicht? Du willst sie schützen?«

»Tja, irgendjemand muss es ja tun.«

Damit nahm er meine Leine und ging mit mir in den Park. Wir marschierten zügig, zu zügig, als dass ich die Duftspuren auf dem Boden lesen konnte. Und ich wusste auch, warum.

Er wollte Emily sehen. Er wollte seine Familie vergessen, und ich besaß immer noch nicht die Fertigkeit, ihn davon abzuhalten.

Als wir in den Park kamen, sahen wir die hochgewachsene Gestalt von Simon, der am Zaun stand, die Hundeleine in der Hand. Prompt war Adam enttäuscht.

»Adam!«, rief Simon. »Altes Haus.«

»Hallo, Simon.«

Simon legte den Kopf in den Nacken und lachte. »Du könntest wenigstens so *tun,* als würde es dich freuen, mich zu sehen.«

»Tut mir leid. Es ist nur, na ja, es war ein langer Tag.«

»Ach?« Simon spielte sein Interesse absichtlich herunter.

»Teenager.«

»So. Teenager. Ja genau. Dabei kann ich dir leider nicht helfen, ist nicht mein Fachgebiet. Schnelle Autos schon eher. Oder die Eagles – na ja, bis zu *Hotel California.* Aber Teenager ... da verfüge ich nicht gerade über viel Erfahrung aus erster Hand.«

Adam ließ mich von der Leine, aber ich blieb in Hörweite. Und nahm alles in mich auf.

»Es geht um Charlotte.«

»Charlotte?«

»Unsere Tochter.«

»O ja, ich habe sie auf eurer Grillparty kennengelernt.«

»Sie wird ziemlich schnell erwachsen.«

Simon sagte etwas, das ich jedoch nicht richtig verstand, weil ich in diesem Moment Falstaff entdeckte, der auf der anderen Seite des Parks einer Terrierhündin, die halb so groß war wie er, sexuelle Avancen machte. Die Besitzerin der Terrierhündin versuchte, Falstaff wegzuzerren, aber ihr war nur mäßiger Erfolg beschieden. Die beiden Hunde befanden sich in Schnüffelweite von Joyce' Leiche, aber keiner von beiden schien das zu bemerken. Ein Mensch musste Joyce gefunden und mitgenommen haben. *Arme Joyce.* Ich wollte hinüberlaufen, um nachzuschauen, ob dort Hinweise zu finden waren, aber dann richtete ich meine Aufmerksamkeit wieder auf die beiden Männer. Mir war nämlich eingefallen, was Henry gesagt hatte: *Die Familie kommt immer an erster Stelle.*

Simon redete immer noch. »... von meiner Warte sieht es so aus, als ob du alles hättest. Die zwei Komma vier Kinder. Die langjährige Ehe. Den Volvo. Sogar den verdammten Labrador. Wenn du im Wörterbuch unter ›Perfekte Familie‹ nachschlägst, findest du einen Verweis: ›Siehe auch Adam Hunter.‹«

Adam sah Simon an und sagte nichts. Er schaute nur.

Nach einer Weile fuhr Simon fort: »Vermutlich liegt das eigentliche Problem darin, dass ich jemand wie dich sehe und prompt neidisch werde.« Ich schnüffelte, aber die einzigen Neidmoleküle, die ich ausmachen konnte, wurden von Adam verströmt.

»Ich weiß ja, oberflächlich betrachtet könnte man annehmen, dass ich es ziemlich gut getroffen habe«, sagte Simon.

»Die Villa. Das Cabrio. Das erkleckliche Einkommen. Und ich lebe mit einer Frau zusammen, die fast halb so alt ist wie ich. Aber du weißt ja, wie es heißt: Es ist nicht alles Gold, was glänzt ...«

»Ach?« Jetzt war es an Adam, sein Interesse herunterzuspielen.

»Nimm beispielsweise Emily.«

Adam sah Simon über die Schulter, aus Angst, sie könnte womöglich alles hören. »Sie ...«

»Ach, keine Sorge, sie ist für zwei Tage auf einem Aromatherapieseminar.«

»Gut.«

»Tja, genau das ist es. Wir sehen einander nie. Was glaubst du, wann wir zum letzten Mal Sex hatten?«

Adam lehnte sich gegen den Zaun. »Ich, äh, weiß nicht, und es geht mich auch nichts …«

»Ich will es dir sagen. Vor drei Wochen. Drei *Wochen*. Ehrlich, kannst du dir das vorstellen?«

»Drei Wochen«, sagte Adam. »Das ist ganz schön lange.« Aber natürlich nahm die Intensität seines Neidgeruchs nur noch mehr zu.

»Langsam wird mir klar, wie er sich fühlt.«

»Wie? Wer?«

Simon zeigte auf Falstaff, der mittlerweile frustriert seinen Körper am Bein des Frauchens der Terrierhündin rieb.

»Emily will nicht zulassen, dass ich ihn kastrieren lasse.«

Adam bemerkte, wie ich auf ihn zutrottete. »Wir haben das bei Prince gleich machen lassen, als wir ihn bekommen haben, nicht wahr, mein Junge?«

Ich wackelte mit dem Schwanz und tat mein Möglichstes, um den Eindruck zu vermitteln, als hätte ich keine Ahnung, worüber die beiden sprachen.

»Vielleicht ist das die Antwort. Vielleicht sollte ich mir einen Termin beim Tierarzt geben lassen.«

Adam zwang sich zu einem Lächeln. »Vielleicht sollten wir das beide.«

Es trat eine Pause ein. Dann sagte Simon: »Wie sieht's aus, joggst du morgen mit?«

»Aber natürlich.«

»Ich dachte so an zwölf Meilen.«

»Kein Problem. Großartig. Ja, das packe ich.«

Simon lächelte und machte ein Geräusch in seinem Rachen. Das Geräusch unterdrückten Lachens.

SCHLÄGERTYP

Am nächsten Morgen lagen Henry und ich neben einem der Blumenbeete und schauten zu den Büschen, in denen Joyce ermordet worden war. Henry war überzeugt, zu wissen, wer sie getötet hatte.

»Wer ist der einzige Hund im Park, der zu körperlicher Gewalt nicht nur fähig ist, sondern auch noch offen damit prahlt?«, fragte er. Ich musste nicht darauf antworten. Die Antwort kam bereits wuchtig über die Straße in Richtung Park getrottet.

»Er ist es gewesen, Prince, ganz eindeutig«, erklärte Henry, während wir beobachteten, wie Lears Herrchen ihn von der Leine ließ. »Er nimmt sich die Verletzlichen vor. Eine Hündin ohne Herrchen.«

Dann hatte Joyce also recht gehabt. Lear war wirklich ein Monster.

»Wir müssen ihn zur Rede stellen.«

»Sollten wir nicht erst weitere Beweise suchen?«, warf ich ein. »Sollten wir nicht in die Büsche, in denen sie gestorben ist, und noch etwas herumschnüffeln?«

Henrys Kopf wirbelte herum. Einen Augenblick lang schien er ein völlig anderer Hund. Ein wütender Irrer. »Ich habe schon alles abgeschnüffelt. Da gibt es keinerlei Hinweise mehr. Und wir brauchen auch keine weiteren Hinweise.«

»Aber er wird uns töten.«

»Wir *müssen* mit ihm reden, Prince. Das ist unsere Verantwortung. Ich habe dir immer schon beigebracht, dass wir mit unserem Tun …« Er brach plötzlich ab. »Mit unserem Tun …« Wieder brachte er es nicht fertig, seinen Satz zu beenden, also tat ich es für ihn.

»Mit unserem Tun müssen wir fest hinter unseren Herrchen stehen.«

»Stimmt, Prince. Genau. Das gilt für alle Hunde, nicht nur für Labradore. Wenn wir nichts tun, wird jede menschliche Familie in Gefahr geraten. Einschließlich unserer eigenen. Lear muss wissen, dass wir ihm auf die Schliche gekommen sind, sonst wird er es wieder tun. Er ist ein Schlägertyp, und Schlägertypen handeln gern im Geheimen.«

Er hatte recht. Natürlich hatte er recht. Er war Henry. Doch während wir darauf warteten, dass Lear außerhalb des Sichtfeldes unserer Herrchen auf uns zukam, fragte ich mich schon, wie er das aufnehmen würde.

PROBLEM

Ziemlich schlecht, wie sich herausstellte.
»Verpisst euch, ihr Arschlöcher.«

»Ich fürchte, die Beweise sprechen für sich«, hielt Henry ihm vor. »Nicht wahr, Prince?« Bis zu diesem Moment hatte ich mein Bestes versucht, um mich aus der Konfrontation herauszuhalten, indem ich an den Rosensträuchern schnüffelte.

»Äh … nun …« Sie sahen mich beide an, erwarteten unterschiedliche Antworten. »… es scheint so.«

Lear trat auf mich zu und nahm mir das Licht. Wenn er sprach, tropfte Speichel aus seinem schwarzen Maul. Ich kann mich nicht erinnern, was er damals zu mir sagte. Und auch damals hatte ich keine Ahnung, denn ich war damit beschäftigt, meine Angstsignale unter Kontrolle zu bringen.

»Hör zu«, erklärte Henry mit seiner sachlichen Stimme, »die Wahrheit lässt sich nicht verleugnen. Du kennst ja die Binsenweisheit: Der Riecher *riecht* es.«

Das war's dann. Das brachte das Fass zum Überlaufen.

Meine Augen schlossen sich, vor Entsetzen. Als sie sich wieder öffneten, lag Henry am Boden, und sein Hals steckte zwischen Lears Kiefern.

»Du hast recht«, flehte ich, während ich die ersten Blutflecken auf Henrys goldgelbem Fell entdeckte. »Wir wissen gar nichts. Es tut uns leid. Bitte, tu Henry nichts. Bitte *nicht.*«

Unsere drei Besitzer mussten es zeitgleich mitbekommen haben, denn alle drei kamen angerannt.

»Lear! Nein!«

»Henry!«

»Prince!«

Lears Herrchen legte seine Hand völlig angstfrei in das Maul des Hundes. »Komm schon, Lear, lass los!«, rief er und zerrte ihn weg.

Henry lag am Boden, seine goldgelbe Brust übersät mit Blutspritzern.

»Sie sollten Ihren Hund besser unter Kontrolle halten«, zeterte Adam wütend. »Er hätte ihn töten können.«

Mick kniete in unbequemer Haltung neben Henry und begutachtete den Schaden. Er sagte nichts, streichelte nur den Kopf seines Labradors und stieß ein hörbares Zischen zwischen seinen Zähnen aus.

»Geht es dir gut?«, fragte ich Henry.

»Ich werde schon wieder«, sagte er zu mir, während sich Adam und Lears Herrchen stritten. »Ich muss nur wieder auf die Pfoten kommen.«

»Ihr verdammten Idioten. Ihr wisst, verdammt noch mal, gar nichts von mir«, fauchte Lear und erdrosselte sich fast mit seinem Halsband.

»Ich erkenne einen Mörder, wenn ich einen rieche«, sagte Henry, während ich ihm das Blut von der Brust leckte.

Unsere Herrchen zogen uns nun auseinander, aus dem Park hinaus.

Lear, der schon vor uns war, drehte sich noch einmal um.

»Ihr wisst, verdammt noch mal, überhaupt gar nichts.« Aber genau das war das Problem.

Henry wusste eine Menge. Genauer gesagt wusste Henry viel mehr, als wir vermutet hätten. Mich eingeschlossen.

OPFER

Heute ist mir klar, dass es zwischen uns und den Menschen einen grundlegenden Unterschied gibt, und dieser Unterschied hebt auch hervor, warum sie unsere Hilfe benötigen. Der Unterschied ist der: Während Hunde lernen können, ihre Instinkte zu unterdrücken, gibt es für Menschen diesbezüglich keine Hoffnung.

Sie glauben, dass sie sich aufgrund von Wissenschaft, Technik und Kultur vom Rest der Tierwelt unterscheiden. Sie glauben, ihr ganzer Apparatekult könne sie irgendwie vor ihren natürlichen Impulsen schützen. Sie glauben, wenn sie ihre haarlosen Körper mit Kleidern bedecken, wenn sie ihre Gesichter mit Make-up vollkleistern und ihren individuellen Duft wegwaschen oder übertünchen, könnten sie die uralten Triebe unterdrücken, die doch in Wirklichkeit jeden ihrer Schritte lenken.

Natürlich macht sie diese Verletzlichkeit umso liebenswerter. Wie könnten wir je eine Spezies vernachlässigen, die unseren Beschützerinstinkt so stark anspricht? (Eine Frage, die irgendwann einmal den Springern vorgelegt werden sollte.)

Aber das führt auch zu einer gefährlichen Wiederholung. Als Spezies begehen sie ein und dieselben Fehler immer und immer wieder, nur weil sie versuchen, sich von der natürlichen Welt zu distanzieren. Egal, wie oft sie etwas erlebt haben, die Lektion bleibt ungelernt. Sie sind zum

Beispiel nicht in der Lage, sich mit dem Tod abzufinden, egal, wie oft sie ihm begegnen.

Das gilt auch für Sex. Je mehr die Menschen versuchen, ihr Verlangen zu rationalisieren, desto mehr fallen sie ihm zum Opfer.

Diese vermeintliche Notwendigkeit, nämlich Sex und Tod zu kontrollieren, wird am deutlichsten in der Art und Weise, wie sie uns – ihre Hunde – behandeln. Wenn sie uns in ein vorzeitiges Lebensende schicken oder uns unsere Hoden nehmen, dann versuchen sie nicht (wie es uns die Propagandisten der Springer glauben lassen wollen), ihre Macht über uns zu demonstrieren. Vielmehr probieren sie damit nur, ihre Macht über jene Zwillingskräfte unter Beweis zu stellen, die ihr Leben kartografieren. Will heißen, wenn sie uns vor der Natur bewahren, versuchen sie in Wirklichkeit nur, sich selbst davor zu retten.

Dennoch sind sie in einem Zyklus gefangen, der sich ständig wiederholt – sie wehren sich endlos, kommen aber nie wirklich frei.

So war es auch bei Adam.

Soweit ich riechen konnte, hatte er sein gesamtes Leben in einem permanenten Zustand des Widerstands verbracht. Das Verlangen und die Impulse, die er fühlte, waren eindeutig destruktiv und konnten der Familie Schaden zufügen, und er verstand einfach nicht, warum er Dinge tun wollte, die jene Menschen verletzten, die er doch liebte. Also widerstand er. Und er widerstand so lange, bis das Verlangen in einem solchen Ausmaß anwuchs, dass es seine eigene Rechtfertigung gleich mitlieferte. Zwei Tage nach der Begegnung mit Simon im Park verlor er seine Willenskraft.

HÖREN

Charlotte, ich gehe mit dem Hund nach draußen«, rief er aus der Küche.

Keine Antwort.

»Charlotte?« Adam ging zum Treppenfuß, beugte sich über den hölzernen Treppenlauf und sah zu Charlottes Zimmer hoch.

»Ich gehe mit dem Hund nach draußen.«

Dieses Mal sagte Charlotte etwas. Nicht direkt ein Wort, aber auf eine Art, die Adam wissen ließ, dass sie verstanden hatte. Als Nächstes ging er ins Wohnzimmer, um es Grandma Margaret zu sagen.

»Margaret, ich gehe mit Prince nach draußen.«

Sie hantierte an ihrer Hörhilfe herum. »Tut mir leid, was ist?«

Adam hob mit einer Hand die Leine und zeigte mit der anderen auf mich. Grandma Margaret lächelte und nickte.

Er sagte erneut etwas zu ihr, dieses Mal lauter, und er achtete darauf, dass Grandma Margaret seine Lippen sehen konnte. »Kate kommt gegen neun vom Supermarkt zurück. Sag ihr bitte, dass ich das Abendessen für sie und Hal in den Backofen gestellt habe. Okay?«

Grandma Margaret lächelte und nickte mit dem Kopf.

HOSE

Oder, besser gesagt, an diesem Abend lag *alles* in der Luft. Wir kamen auf unserem Weg in den Park an einem Labrador vorbei, der es ebenfalls zu bemerken schien.

»Pflicht über alles.«

»Pflicht über alles.«

Unser Austausch hatte etwas Verzweifeltes, als ob wir fühlten, dass unsere beschützerische Macht geschwächt war oder gar durch die immensen Kräfte, die der Wind mit sich brachte, zum Stillstand gebracht wurde. Kräfte, die vielleicht durch den Mord an Joyce freigesetzt worden waren und die jeden beeinflussten, der den Park betrat. Während Adam mich zu seinem Ziel zerrte, beherrschte mich der Gedanke, dass bereits alles vorbei war. Dass ich keinerlei Kontrolle über das hatte, was gleich geschehen würde.

Dennoch blieb ich in Adams Nähe, als er mich von der Leine ließ. Ich musste alles beobachten.

Doch die vorherrschendste Erinnerung an damals ist nicht Adam. Oder Emily. Es ist der Park selbst. Der Geruch nach verbranntem Gras, die zertretenen Blumenbeete, die Plastiktüten, die durch die Luft schwebten. Und obwohl es ungefähr dieselbe Zeit wie immer war, wurde es weder kühler noch dunkler. Es war diese gefährliche Zeit des Jahres, in der die Nacht fast vollständig verschwindet und die tägliche Routine zu Chaos wird.

Natürlich war Falstaff in seinem Element. Mit irrer Geschwindigkeit hetzte er seinen fetten Körper schnaufend durch den Park. Er rannte, drehte sich, trabte so schnell wie möglich an keinen bestimmten Ort. Ausnahmsweise war es leicht, ihm aus dem Weg zu gehen. Er bewegte sich viel zu schnell, als dass er etwas bemerkt hätte, und ließ sich nur von denselben leichtsinnigen Sommerkräften leiten, die die Plastiktüten in die Luft bliesen.

Dieselben Kräfte, die Emily von der Parkbank ferngehalten hatten, ließen sie jetzt über den Parkweg laufen. Als Adam zu ihr trat, wechselten sie kein Wort. Sie gingen einfach weiter, gemeinsam in Gedanken verloren.

Ich sah zu Adam auf, atmete seinen Duft ein und erhaschte einen Blick auf seine Gedanken. Er hegte gefährliche Gedanken. Er dachte darüber nach, wie es sein würde, neu anzufangen, sich vom Rudel zu lösen und sich auszutoben. Er dachte daran, wie es sein würde, Sex mit Emily zu haben. Aber vor allem dachte er über das Unbekannte nach. Früher hatte ihn stets das Unbekannte davon abgehalten, die Familie zu betrügen; jetzt wollte er davon nichts mehr wissen. Er wollte der vorhersehbaren Monotonie seiner Existenz entfliehen, und sei es nur für einen Augenblick. Wenn er an Kate dachte und an ihre lebenslangen Versuche, alles zu ordnen und alles adrett und sauber zu halten, dann wollte er einfach nur weg. Er wünschte sich Chaos. Er wünschte sich Zerstörung. Aber er wusste nicht, ob er den Mut aufbringen würde. Als ich mit meiner Schnauze in seine Kniebeuge stieß, erlebte Adam einen Moment der Klarheit. Er schien zu denken: Wäre ich wirklich glücklich? Würde ich bessere Chancen haben, wenn ich noch einmal neu anfinge? Einfach wegzugehen wäre einfach, aber das mit dem Glück? Das wäre sehr viel schwerer zu erhaschen.

Aber wie ich schon sagte, seine Widerstandskraft erlahmte.

Als sie zu den Eichen kamen, außer Sichtweite, blieb Emily stehen und lächelte.

»Küss mich«, sagte sie.

Adam tat so, als würde er sie nicht verstehen.

»Ich will, dass du mich küsst.«

Dieses Mal hatte er keine Wahl. Sie lehnte sich vor und küsste ihn, stieß ihn gegen den Baumstamm. Ich bellte, sprang hoch, tat alles, was ich konnte, um sie zum Aufhören zu bewegen, aber nichts funktionierte. Sie befanden sich in ihrer eigenen Welt.

Als Adam dann endlich wieder eine Wahl hatte, traf er die verkehrte. Er griff nach ihrer Brust und schob ihre Hand in seinen Schritt. Er küsste sie immer weiter, weg von ihrem Mund und hin zu ihrem Hals.

»Fick mich«, sagte sie.

Wieder tat Adam so, als würde er sie nicht verstehen.

»Fick mich.«

Sie fummelten an ihrer Kleidung, fummelten aneinander herum. Sie drehten sich, sodass Emily gegen den Baum lehnte. Adam stieß seine Hose nach unten, sie rutschte nur ein Stück und hing um seine Knie. Emily hob ihren Rock. Er lenkte sich in sie, seine Finger krallten sich in ihre haarlose Haut.

Aber es war vorbei, bevor es richtig begonnen hatte.

»Tut mir leid«, sagte Adam schon nach einigen wenigen Stößen. Jetzt war es an Emily, so zu tun, als würde sie nicht verstehen. »Es tut mir leid.« Nachdem er sich aus ihr zurückgezogen und seinen Penis weggesteckt hatte, wischte er seine Hand an einem Baum ab und zog seine Hose hoch.

Es war immer noch hell.

Der Tag würde niemals enden.

CHARLOTTE

Es wurden keine Worte mehr gewechselt.
Es konnten keine Worte mehr gewechselt werden.

Wir ließen Emily zurück und verließen den Park mit einem weiteren Geheimnis, das geheim gehalten werden musste. Wir gingen nach Hause, und noch während wir gingen, wusste ich, dass gleich etwas Schlimmes geschehen würde. Etwas, das noch viel schlimmer war.

Das Haus sah von außen irgendwie anders aus. Wie genau, kann ich nicht sagen. Einfach anders. Das Licht im Badezimmer brannte, aber das war es nicht. Vielleicht weiser. Ja, das war es. Das Haus sah aus, als habe es, seit wir es verlassen hatten, etwas erfahren. Und es schien seine neue Weisheit auf die Straße hinauszuposaunen.

Adam drückte auf die Klinke der Pforte und stieß sie müde auf. Sein Blick war leer, und seine Hand roch immer noch nach Sex.

Als er den Schlüssel im Schloss drehte, schnüffelte ich unter der Tür. Instinktiv fing ich an zu bellen. Die Tür schwang auf, und ich rannte nach oben in Charlottes Zimmer. Es war niemand da.

Das Fenster stand offen, der Vorhang bauschte sich in der Brise. Ich schnüffelte nach Charlotte und folgte meiner Nase zum Badezimmer.

Ich presste den Kopf an die Tür, aber sie war verschlossen. Ich versuchte, sie wissen zu lassen, dass ich da war, indem ich mit den Pfoten an der Tür kratzte. Kein Geräusch.

Adam war immer noch unten, ahnte nichts von meiner Besorgnis. Ich fing an zu bellen. Ein fortwährendes »Etwas-stimmt-hier-nicht«-Bellen. Um sicherzugehen, dass er mich auch wirklich hörte, steckte ich den Kopf durch das Holzgeländer, von dem aus man auf den Flur sehen konnte.

»Was ist denn los, mein Junge?« Er schleppte sich schwerfällig aus dem Wohnzimmer.

Ich machte weiter. Bell, bell, bell.

Nach der Hälfte der Treppe spürte er, dass etwas nicht stimmte, und er wurde schneller.

»Charlotte!« Keine Antwort.

»Charlotte!«

Er versuchte es an der Badezimmertür.

»Charlotte!« Verschlossen.

»Charlotte!«

Er warf sich mit seinem ganzen Gewicht gegen die Tür.

»Charlotte! Mach die Tür auf!«

Er versuchte es erneut, kraftvoller. Dieses Mal flog die Tür auf.

»O mein Gott! Charlotte!« Die Zeit blieb stehen.

Sie lag auf dem Boden, reglos. Überall Pillen. Ihr Gesicht war in den Vorleger gepresst, und Speichel und Erbrochenes quollen aus ihrem Mund.

Die Zeit setzte sich wieder in Bewegung.

Adam fiel hart auf die Knie, tastete ihren Hals ab, zog die Augenlider hoch, schlug ihr mit der Hand ins Gesicht. Mit der Hand, die er am Baum abgewischt hatte. Keine Reaktion. Sie war am Leben, aber der Lebensgeruch wurde rasch schwächer.

Er stand auf und schoss an mir vorbei, schlug mit dem Knie an meinen Kopf. Meine Sicht wurde verschwommen. Er rief vom oberen Telefon den Notarzt.

Ich tat, was ich konnte. Leckte ihr das Gesicht sauber. Und gab ihr ein Versprechen.

Ich werde mich immer um dich kümmern, Charlotte. Ich verspreche, du wirst so etwas nie wieder tun wollen.

Sie konnte mich nicht hören. Natürlich konnte sie das nicht. Aber das nahm dem Versprechen nichts an Wert.

Adam kniete mittlerweile wieder auf dem Badezimmerboden und legte die obere Hälfte des schlaffen Körpers seiner Tochter über seine Knie.

»O Lottie. Bitte. Komm schon, Baby, komm schon.« Er schüttelte sie sanft, wodurch ihr Mund aufklappte.

Ich wusste nicht, was ich tun sollte, also sprach ich weiter leise Hundeworte zu ihr. Ich sagte ihr, wie viel sie allen bedeutete, auch wenn sie es nicht immer zeigten. Ich sagte ihr, dass sie eines Tages eine glückliche Frau voller Selbstvertrauen sein würde. Ich sagte ihr, dass ich sie einmal enttäuscht hatte, aber das würde nie wieder vorkommen.

Als ich fertig war, traf die Notarztfrau ein, ganz in Grün und nach Tod riechend. Sie stellte nicht beantwortbare Fragen.

»Wie viele Tabletten hat sie genommen?«

»Wann hat sie die Tabletten genommen?«

»Hat sie Erbrochenes geschluckt?«

Sie setzten ihr so ein Ding auf das Gesicht.

Adam weinte und fuhr mit ihr im Krankenwagen. Auf dem Weg nach draußen bat er Grandma Margaret, zu warten und Hal und Kate zu erzählen, was passiert war. Grandma Margaret weinte auch.

Als der Krankenwagen weggefahren war, ging ich in Charlottes Zimmer, sprang in ihr Bett, was sie mir immer erlaubt hatte, und atmete ihren Duft ein. Ich versuchte, sie bei mir zu behalten, es der Luft, die durch das offene Fenster hereinwehte, nicht zu erlauben, ihren Duft mitzunehmen.

Von nun an, das schwor ich mir, würde alles anders werden. Von nun an würden keine schlimmen Dinge mehr passieren.

HEIZKÖRPER

Lapsang hatte alles verpennt. Sie wachte erst auf, als man Charlotte im Krankenwagen wegbrachte.

»Wo ist Charlotte?«, fragte sie verschlafen, als sie in das Zimmer geschlendert kam.

»Sie ist nicht hier.«

Lapsang erstarrte, als sie meinen Gesichtsausdruck las.

»Wo ist sie?«

»Sie ist im Krankenhaus. Sie hat versucht, sich umzubringen.«

Lapsangs Schwanz erzitterte vor Schock. »Wird sie … wird sie wieder ganz in Ordnung kommen?«

»Ich weiß es nicht.«

Danach sagte Lapsang nichts mehr. Sie starrte nur auf das Bett, als ob sie zum ersten Mal, seit wir uns kannten, hochspringen und sich zu mir legen wollte.

Das tat sie aber nicht. Stattdessen drehte sie sich um und ging langsam zu dem Stück Teppich unter dem kalten Metall des Heizkörpers. Dort war es kühler.

SUPERHUND

Charlotte ging es gut.

Nicht *gut* gut, aber gut. Sie war am Leben, und das war die Hauptsache.

Adam fühlte sich schrecklich.

Natürlich wusste nur ich, warum er sich *in Wirklichkeit* so schlecht fühlte. Alle anderen dachten, es läge ausschließlich daran, wie er Charlotte behandelt hatte. Nicht daran, warum er so spät aus dem Park zurückgekommen war, von Emily.

Er wusste, er musste vorsichtig sein und sorgfältig auf Distanz achten, und das wusste ich auch, obwohl die Versuchung, nach Informationen zu schnüffeln, sehr stark war. Aber mir war klar, dass ich mich auf meine anderen Sinne verlassen musste.

Um ehrlich zu sein, sah sie ziemlich übel aus. Ihr Gesicht war bleich, so bleich wie sonst mit ihrer Schminke, obwohl Adam dieses Mal nicht sagte, dass sie wie der leibhaftige Tod aussähe. Und ihre Stimme hatte sich verändert. Sie klang brüchig, als ob ihre alte Stimme durch das Geschehene irreparabel geschädigt worden wäre.

»Ich weiß nicht, warum ich das getan habe.«

Adam roch erleichtert, nachdem sie das gesagt hatte, als ob er gedacht hätte, dass es allein seine Schuld gewesen wäre. Was es natürlich nicht war. Keiner von ihnen hatte Schuld. Letztendlich nicht. Denn ich trug die Schuld. So eine Sache durfte einfach nicht passieren. Nicht in Familien, um die sich ein Labrador kümmerte.

Das war genau der Punkt, den ich nicht verstand.

Ich hatte mein Bestes gegeben. Ich hatte sichergestellt, dass ich innerhalb der Grenzen geblieben war, die der Pakt vorschrieb. Na ja, der *meisten* Grenzen. Man darf nicht vergessen, dass ich mich nur mit Falstaff angefreundet hatte, um an Informationen zu gelangen. Ich hatte jeden einzelnen Augenblick jedes einzelnen Tages darauf verwendet, diese Familie vor Schaden zu bewahren. Mithilfe meiner geheimen Labradortricks und meiner besonderen Kräfte. Ich hatte mich nicht einmal ablenken lassen, als wir die Leiche von Joyce fanden. Ich hatte mir immer vorgehalten, dass unsere menschlichen Herrchen an erster Stelle kommen. Und doch musste ich mir irgendwo einen Fehltritt geleistet haben. Ich hatte definitiv etwas falsch gemacht.

Nachdem der erste Schrecken vorüber war, bewertete ich das Ganze allerdings noch mal neu. Eventuell war ich zu hart zu mir selbst gewesen. Schließlich war die Familie noch zusammen. Charlotte war immer noch da. Man könnte es auch so sehen, dass ich ihr Leben gerettet hatte.

So sahen es zumindest alle anderen.

»Weißt du, Prince war der Erste, dem es aufgefallen ist«, sagte Adam zu Hal, als Charlotte und Kate das Zimmer verlassen hatten.

Hal sagte nichts. Er streichelte nur meinen Kopf. Mit langsamen, sorgsamen Bewegungen – nicht wie üblich, wenn er seine Finger in mein Fell grub und meinen Kopf ein wenig schüttelte.

»Wir leben mit einem Superhund«, fügte Adam hinzu

und zog seine Augenbrauen hoch, in dem Versuch, Hal zum Sprechen zu bringen. Aber der sagte immer noch nichts.

Wahrscheinlich grübelte er darüber nach, was das alles zu bedeuten hatte. Oder was er jetzt tun sollte. Vielleicht schloss er sich auch allmählich meiner Denkweise an. Dass Reden nicht immer sehr hilfreich ist. Dass man manchmal die Stille braucht, wenn etwas wieder heil oder wiedergefunden werden soll.

In den zwei Tagen, nachdem Charlotte lebend nach Hause zurückgekehrt war, verlief alles ziemlich unkoordiniert, und Adam und Kate konnten sich sichtlich nicht darauf einigen, wie sie mit der Situation umgehen wollten. Adam war der Ansicht, sie sollten Charlotte noch genauer im Auge behalten, aber Kate fand, das war genau der Punkt, den sie letztes Mal falsch gemacht hatten.

»Adam, siehst du denn nicht – sie hat das Gefühl, zu ersticken.« Kate rückte den Rahmen des Familienporträts gerade. »Sie ist dreizehn. Allmählich braucht sie ihre Freiheiten.«

»Tja, wir können sie nicht einfach sich selbst überlassen, oder etwa doch?«

»Ich sage ja nicht, dass wir sie sich selbst überlassen sollen. Ich denke nur, dass wir vorsichtiger sein sollten. Nicht so streng.«

»Du willst damit andeuten, dass es meine Schuld war.«

»Das deute ich keineswegs an.«

Kommt schon, wedelte ich mit dem Schwanz, *das führt doch zu nichts.* Sie hörten nicht auf mich, machten einfach weiter, schnauzten einander an, verliehen der Spannung, die in der Luft lag, eine Stimme. Aber natürlich handelte es sich um Kräfte, die über die Wände ihres Schlafzimmers in die Außenwelt hinausreichten. Eine Welt ohne Labradorhunde. Und ich wusste, wo sie ihren Hauptsitz hatten, diese Kräfte. Sie saßen im Park und in dem großen, modernen Haus, das den langen Schatten warf.

TEPPICH

In dieser Nacht wachte Charlotte weinend auf. Sie lief in das Schlafzimmer ihrer Eltern.

»Charlotte, was ist denn?«

»Ich hatte einen Albtraum«, schluchzte sie unter Tränen. »Du und Dad, ihr habt euch wegen mir getrennt, und ich konnte keinen von euch beiden wiedersehen, denn jedes Mal wenn ich aus meinem Zimmer gehen wollte, war da nichts mehr.«

»Ach mein Schatz, komm her.«

Charlotte kuschelte sich in den Pyjama ihrer Mutter.

»Es war nur ein Traum«, sagte Kate. »Jetzt ist alles wieder gut.«

»Aber ich habe Angst, dass du und Dad euch scheiden lasst und dass es alles meine Schuld ist.«

»Eine Scheidung?«, rief Kate mit überzeugendem Entsetzen. »Das wird nie passieren. Wir stehen uns als Familie viel zu nahe. Wir sind eine starke Familie. Und wir werden immer zusammenbleiben.«

Adam blinzelte sich wach und meinte verschlafen: »Was ist los, Süße?«

»Ich hatte nur Angst«, erklärte Charlotte. »Ich dachte, unsere Familie zerbricht, und ich dachte, das wäre alles meine Schuld.«

»Ich habe ihr gesagt, was für eine dumme Idee das ist und dass es niemals geschehen wird«, sagte Kate.

»Deine Mutter hat recht«, sagte Adam in sein Kissen.

»Wir sind die letzte Familie in ganz England, die zerbrechen wird.« Und noch schläfriger: »Die letzte …« Dann schlief er wieder ein. Kate hielt ihre Tochter fest im Arm.

Ich stand unbemerkt in der Tür und wedelte, so heftig ich nur konnte, mit dem Schwanz. Ich wedelte, fächelte die Luft, versperrte Grübeleien und Zweifeln den Weg. Verdrängte die Möglichkeit, die sich langsam in mein Denken schlich. Dachte nicht darüber nach, nicht einmal eine Sekunde lang. Denn es war Unsinn.

Der Pakt würde ausreichen. Natürlich würde er das. Er musste es einfach, denn was blieb sonst noch? Was blieb?

Eine kurze Kontemplation dieses letzten Gedankens drehte mir den Magen um. Ich erbrach einen klebrigen, weißen Haufen auf den Teppich.

»O Prince«, sagte Kate, als sie es bemerkte.

»Was ist?«, fragte Adam, noch im Halbschlaf.

»Prince. Er hat sich auf den Teppich erbrochen.«

»Was soll's«, seufzte Adam. »Das kann bis morgen warten.«

»Nein«, sagte Kate, löste sich von Charlotte und schlug die Decke zurück. »Ich muss das gleich machen.«

WAHNSINNIG

Hal hatte nicht viel zu sagen in diesen ersten Tagen, nachdem Charlotte versucht hatte, sich umzubringen. Die einzigen Worte, die er äußerte, war die Bitte, mit seinem Freund Jamie weggehen zu dürfen.

Für gewöhnlich erhielt er die Erlaubnis dazu, obwohl Kate beobachtet hatte, dass Jamie ein »schlechter Einfluss« war, und es vorzog, wenn Hal sich auf seine Prüfung vorbereitete. Das bestätigte sich am ersten Samstag nach dem Selbstmordversuch seiner Schwester.

Das Haus lag schon eine ganze Weile in tiefem Schlummer, als er nach Hause kam. Durch die Hintertür.

Er sah mich aus riesigen, frisbeescheibengroßen Augen an und schloss die Tür. Als er durch die Küche torkelte, merkte ich, wie verwirrt er war, als ob er an der falschen Adresse gelandet wäre.

Er kicherte nervös durch die Nase, dann sah er sich um, woher dieses Kichern gekommen war.

»Ich bin vollkommen daneben«, flüsterte er und sank auf die Knie. »Wie ein Schimpanse, der von seinem Baum gefallen ist.« Er kicherte noch mehr, setzte sich auf den kalten Fliesenboden und lehnte sich mit dem Rücken an den Kühlschrank. Als sein Gesicht auf Hundehöhe war, betrachtete ich ihn näher.

Alles war ein Extrem. Seine Haut war bleicher. Seine Pickel waren entzündeter denn je. Er sah aus wie gerupft.

»Kühlschrankmusik«, sagte er und bewegte seinen Kopf im Rhythmus zu dem leisen Brummen des Kühlschranks.

Das war nicht gut. Das war gar nicht gut. Ich hörte Bettbewegungen von oben.

Ich ging zu ihm und leckte ihm das Gesicht.

Diese Taktik zeitigte eine unerwünschte Wirkung. Schlaffe Hände und noch mehr Kichern.

Ach, Hal, komm schon!

Sein Kopf zuckte hoch, und er starrte mir in die Augen. Zu unserem beiderseitigen Entsetzen waren meine Worte zu ihm durchgedrungen. Zum ersten Mal in seinem Leben schien er tatsächlich zu verstehen, was ich sagte.

Hal?

Seine Augen waren jetzt so groß, dass sie aus ihren Höhlen hervorquollen. Er stand unter Schock.

»Nein, nein, nein. Das passiert nicht. Das kann nicht passieren. Hunde reden nicht. Hunde reden nicht.«

Und wie ich rede. Ich rede ständig.

Der Geruch nach Angst war beinahe berauschend, während Hal versuchte, aufzustehen. »Scheiße. Sprechende Hunde. Wie viel habe ich eigentlich eingeworfen? Ich bin ja völlig von der Rolle. Orangensaft.«

Er zog eine Flasche Orangensaft aus der Kühlschranktür und trank sie aus. Während er den Saft schluckte, richteten sich seine Frisbeescheibenaugen auf mich.

Ich rede ständig mit allen. Es ist nur so, dass mir nie einer zuhört. Hab keine Angst. Du wirst nicht wahnsinnig.

»Aber wenn, aber wenn …« Ich legte meinen Kopf erwartungsvoll schräg und wartete, dass er seinen Satz beendete.

»Aber wenn das wahr wäre, würdest du nicht so sprechen. Du würdest wie ein Hund sprechen.« Anscheinend überraschte ihn die Tatsache, dass ich redete, nicht länger, nur noch die Art und Weise, *wie* ich redete.

Was glaubst du denn, wie Hunde reden?

Er schwieg, wog stumm ab, ob er diese Frage beantworten sollte oder nicht. Eine Frage, die ihm ein Haustier gestellt hatte. Keine leichte Entscheidung. Ich sah, wie sich die Antwort in seinen Mundwinkeln abzeichnete.

»Wenn du wirklich reden könntest«, erklärte er, »dann würdest du so reden: *Wuff, ich will einen Hundekeks. Gib mir einen Keks! Keks! Keks!* Du wärst nicht in der Lage, richtige Sachen zu sagen. Du könntest keine bedings... äh ... bedeutsame Unterhaltung führen.«

Wir schnappen alles auf. Und wir reden ununterbrochen mit den Menschen. Na ja, diejenigen von uns, denen noch etwas daran liegt.

»Daran liegt?«

Während er versuchte, sein Zittern zu unterdrücken, und er sich ruhig an den Küchentisch setzte, erzählte ich ihm von dem Schicksal der Hunters. Ich erzählte ihm, dass die Dinge um ihn herum auseinanderbrechen könnten. Dann brachte ich ihm die Dinge bei, die nur Hunde lehren können.

Leben. Liebe. Loyalität.

Du bist das älteste Kind, Hal, du musst stark sein. Was du gerade durchmachst, ist nur ein Test für die Zukunft. Es mag dir so vorkommen, als bedeutete es alles, aber in Wirklichkeit bedeutet es gar nichts. Keine der Ängste und Sorgen, die dich momentan quälen, sind von Bedeutung. Du musst dich auf das konzentrieren, was wirklich wichtig ist. Aber vor allem muss dir eines klar sein. Du wirst zurechtkommen, Hal. Du wirst zurechtkommen. Verstehst du das?

»Ja«, sagte er, »ich verstehe.«

Wir hörten verschlafene Schritte auf der Treppe. »Hal?«

Es war Kate, bereit und willens, unsere Privatkonferenz zu unterbrechen.

»Mum. Ich hole mir nur ein, äh, ein Glas, ein Glas, ein Glas Wasser.«

»Mit wem redest du?«

»Äh, mit niemand.« Irgendwie brachte es seine Stimme fertig, sie zu überzeugen, und sie kehrte ins Schlafzimmer zurück. Kurze Zeit saßen wir stumm beisammen und sagten nichts. Ich war mir sicher, dass wir Fortschritte erzielt hatten. Er war immer noch zittrig, zugegeben, aber es war ja auch ein ziemlicher Schock gewesen.

Schließlich stand er vom Tisch auf und flüsterte in mein Ohr: »Hörst du das auch?« Ich sagte ihm, dass ich nichts hörte.

»Der Kessel«, fuhr er fort. »Der Kessel sagt Sachen.« Er ging quer durch die Küche und presste sein Ohr auf den Wasserkessel.

Mir sank das Herz.

Ein sprechender Kessel, ich bitte Sie.

NETT

Nach ein paar Tagen beruhigte sich alles.

Auf gewisse Weise wurden die Dinge besser, als sie je gewesen waren. Charlotte mochte daran gescheitert sein, sich umzubringen, aber etwas anderes hatte sie zweifelsohne zu Tode befördert. Sie war aus ihrer Nahtoderfahrung als völlig neuer Mensch hervorgegangen. Plötzlich verhielt sie sich, als ob sie freiwillig ein Mitglied des Haushalts wäre und nicht durch schiere Pflicht. Und vielleicht verhielt es sich ja genau so. Vielleicht hatte sie in ihrer Bewusstlosigkeit dem Tod ins Auge geschaut und ihm dann den Rücken gekehrt, um zurückzukommen, um sich ihrer Verantwortung zu stellen.

Ihre Verhaltensänderung blieb nicht unbemerkt.

Trotz des Streits mit Kate war Adam definitiv weniger streng. Jedes Mal wenn er einen Vorschlag für die Familie hatte, fragte er Charlotte: »Was denkst du darüber?«

Und Hal missgönnte seiner Schwester diese Sonderbehandlung nicht. Im Gegenteil, er begrüßte sie. Womöglich hatte er meinen Worten doch Beachtung geschenkt. Jedenfalls sah er mich mit anderen Augen an. Wenn ich jedoch versuchte, mit ihm zu reden, schien er allerdings nicht länger zuhören zu können. Er nahm unsere Unterhaltung nicht wieder auf, und er kam auch nie wieder in einem solchen Zustand nach Hause zurück. Kurz und gut, er schien nichts dagegen zu haben, dass sich seine Eltern auf Charlotte konzentrierten. Es bedeutete, dass er sich stundenlang in seinem Zimmer verstecken konnte, um zu lernen oder das zu tun, was zu diesen stürmischen Bewegungen der Überdecke führte – ohne dass irgendjemandem seine Abwesenheit auffiel.

Es gab auch andere Veränderungen.

Adam war nicht mehr so oft wütend auf Grandma Margaret, deren kontroverse Ansichten nunmehr weitgehend ignoriert wurden. Er ging jetzt auch erst später am Abend mit mir spazieren. Wir gingen immer als Letztes. Ich glaube, er wollte Emily nicht mehr sehen. Nicht nach dem, was mit Charlotte passiert war.

Ohne eine Gefahr von außen, die uns ablenken konnte, gehörte der Park wieder uns. Das Stöckchenwerfen wurde wieder aufgenommen, wenn auch nicht so enthusiastisch wie zuvor. Und wir versuchten, möglichst außerhalb des Sichtfeldes des großen, modernen Hauses zu bleiben.

Das einzige Problem war jetzt nur noch Kate. Der Geruch der Angst intensivierte sich, und ich konnte nicht glauben, dass es nur mit Charlotte zusammenhängen sollte. Denn natürlich ging es nicht nur um Charlotte. Oder vielmehr, es ging um sie, aber nicht auf eine Weise, die ich hätte erahnen können.

Während die Emily-Bedrohung sich also in Luft aufgelöst hatte, war die Simon-Bedrohung geblieben. Das erklärte wahrscheinlich, warum Kate so begeistert reagierte, als Adam erneut einen Wochenendausflug vorschlug.

»Wir könnten nach Devon fahren. Da gibt es ein paar reizende Bed-and-Breakfast-Pensionen laut Reiseführer«, schlug Kate vor.

»Gern«, sagte Adam. Und dann erstaunlicherweise:

»Wir könnten alle fahren. Dir würde ein Wochenende auf dem Land doch auch gefallen, nicht wahr, Margaret?«

Grandma Margaret lächelte und nickte.

»Ich muss für die Prüfungen lernen«, sagte Hal und hob abwehrend sein Sandwich.

»Na gut, du kannst bleiben«, lenkte Kate ein. »Wir werden dich nicht zwingen. Die Zeiten sind vorbei.«

»Und du, Charlotte?«, fragte Adam. »Eine Wochenendreise. Was denkst du darüber?«

»Ja«, sagte sie und lächelte milde, »das wäre nett.«

FELL

Am nächsten Morgen war ich auf meinem Weg in den Park ungeduldiger denn je.

»Sachte, Prince, immer schön langsam«, sagte Adam, während ich ihn hinter mir herzog. Aber ich gab nicht nach. Ich musste Henry sehen. Ich musste meinen Glauben an den Pakt wiederherstellen. Nur er konnte mir sagen, was ich falsch gemacht hatte.

Wissen Sie, ich hatte ihm nichts von Charlotte erzählt. In den letzten Tagen hatte ich morgens praktisch stumm dagesessen, während Henry mich in Pfotendiplomatie und Vermittelnde Gedankentricks unterwies. Ich hatte es ihm sagen wollen, ganz ehrlich, aber der rechte Moment wollte sich einfach nicht einstellen.

Am Morgen, nachdem ich Charlotte im Bad gefunden hatte, war ich noch wie betäubt und konnte mich nicht artikulieren. Und danach, tja, ich weiß nicht, warum ich es ihm nicht erzählte. Etwas in seinem Duft hatte mich davon abgehalten. Irgendeine tiefe Angst, die ich nicht benennen konnte und nach der ich ihn nicht hatte fragen wollen.

Aber jetzt war ich bereit. Ich musste es ihm sagen, bevor es zu spät war.

»Ist ja gut, mein Junge. Wir sind fast da.«

Sobald wir im Park eintrafen, war mir klar, dass etwas nicht stimmte. Adam bemerkte es auch und sagte: »Nanu, Prince, wo ist denn dein Freund?«

Ich schnüffelte am Boden. Keine einzige Spur.

Vielleicht war er spät dran. Henry, *zu spät?* Das war unmöglich. Er achtete immer darauf, dass er rechtzeitig in den Park geführt wurde. Und Mick enttäuschte ihn nie.

Ich hielt im Park nach einer Bewegung Ausschau. Nichts. Ich lauschte auf seine Stimme.

Nichts.

Ich rannte durch den Park, von Blumenbeet zu Blumenbeet, mit der Nase ständig am Boden. Immer noch nichts. Mit wachsendem Grauen lief ich zu den Büschen, wo Joyce ermordet worden war. Joyce war nicht mehr da, aber mein Körper erstarrte vor Schock bei der Erinnerung an ihren geschändeten Körper. Doch kein Hinweis auf Henry.

»Henry?«, bellte ich. »Henry?«

Der Park war mir nie zuvor so leer vorgekommen. Ich sah zu Henrys Haus hinüber, auf der gegenüberliegenden Straßenseite. Die schmale Tür ging nicht auf. Ich sah zu den Bäumen. Etwas bewegte sich.

Ich lief hinüber, aber mir war gleich klar, dass es nicht Henry sein konnte. Es gehörte nicht einmal zu meiner Spezies. Es war ein Eichhörnchen.

»Hast du einen Hund gesehen?«, fragte ich atemlos. »Einen Labrador?«

»Ich sehe gerade einen«, sagte es und kletterte so weit nach oben, dass es außerhalb der Hundereichweite lag.

»Nein. Mit goldgelbem Fell. Ein wenig größer als ich. Auch ein wenig älter. Mit grauen Barthaaren.«

»Hier sind ständig Hunde«, erklärte das Eichhörnchen wenig hilfreich. »Heute Morgen schon ein ganzer Haufen.«

»Aber hast du einen Hund gesehen, auf den meine Beschreibung passt?«

»Tut mir leid. Ich kann dir nicht helfen.« Das Eichhörnchen kletterte noch weiter den Baum hinauf.

»Hör zu«, sagte ich und folgte auf dem Boden seinem Spiralweg. »Ich muss ihn finden. Es ist überaus wichtig. Wenn du ihn siehst, könntest du es mich dann bitte wissen lassen?«

»He, hör *du* mal zu, Hundeschnauze. Er ist nicht meine Spezies, er ist nicht mein Problem.«

Meine letzte und einzige Hoffnung war das dunkle Ödland hinter den Bäumen, jenseits des Dufthaufens. Natürlich war es ziemlich weit hergeholt, ihn dort zu vermuten, aber ich musste es dennoch versuchen. Ich schnüffelte zwischen den leeren Flaschen, den Einkaufstüten und den schmalen, seltsamen Gummihüllen, die nach menschlichem Sex stanken. Ich nahm einen Duft auf, den ich erkannte. Ein Hundeduft, aber nicht der von Henry.

»Verschwinde zu deinen Blumenbeeten, du Arsch.«

»L-Lear«, stammelte ich. »Wie geht es dir?« Ich schaute mich um, ob Adam mich sehen konnte. Konnte er nicht.

»Wie es mir geht? Zwei gottverdammte Labradore versuchen, mir einen Mord anzuhängen. Verdammte Scheiße, was glaubst du wohl, wie es mir geht?«

»Hör mal, was das angeht … wir hatten kein Recht …« Ich entdeckte Lears Herrchen in der entgegengesetzten Ecke des Parks, mit seinem unsymmetrischen Gang, den Blick zu Boden gerichtet. »Wir hatten kein Recht, all diese Dinge zu sagen. Wahrscheinlich war es ein gewaltiger Fehler.«

»Der größte Fehler eures Lebens«, sagte Lear. Plötzlich kam mir ein entsetzlicher Gedanke. Nein, kein Gedanke, ein Bild. Eine Vision von Henry, tot am Boden liegend, in Lears Schatten.

»Hast du Henry heute Morgen gerochen? Du weißt schon, meinen Freund?«, fragte ich und versuchte, meine Angst zu verbergen. »Ich muss dringend mit ihm reden, und sonst ist er um diese Zeit immer hier.«

»Ich habe ihn nicht gerochen«, erklärte Lear. »Und wenn doch, dann wüsste er, verdammt noch mal, davon.«

»Ehrlich gesagt mache ich mir Sorgen um ihn. Als ich ihn das letzte Mal sah, war er nicht er selbst. Ich habe Angst, er könnte etwas Törichtes getan haben.«

Lear schnüffelte ungläubig an mir. »Mein Herz blutet für dich.«

In diesem Moment wurde er von seinem Herrchen gerufen. Und ich weiß noch, dass ich dachte, hätte sein Herrchen ihn nicht auch entdeckt, wenn er in die Büsche gelaufen wäre, um Joyce anzugreifen? Hätte er ihn nicht gerufen?

Als Lear den Park verlassen hatte, ging ich zurück zu den Büschen, in denen Joyce gelebt hatte und in denen sie gestorben war. Instinktiv fühlte ich, wo immer Henry jetzt auch war, dieser Tatort enthielt die Antwort. Ich sah auf die zerbrochenen Zweige und die Blätter auf dem Boden, die bei dem Kampf ausgerissen worden sein mussten. Ich erinnerte mich lebhaft an die Wunde an ihrem Hals. Sie hatte eindeutig von wilder Grausamkeit gezeugt, aber sie war auch kleiner gewesen, als man erwarten würde, wenn Lear der Angreifer gewesen wäre. Ich schnüffelte den Boden nach neuen Informationen ab. Henry war sicher gewesen, dass der Regen alle Duftspuren verwischt hatte, aber es war doch möglich, dass er irgendetwas übersehen hatte. Gerade als ich zu schnüffeln begann, rief Adam meinen Namen. Ich wandte mich zum Gehen, aber da entdeckte ich etwas auf einem der zerbrochenen Zweige. Es war ein Stück Fell von einem Hund, verflochten mit dem Fell von Joyce. Ich konzentrierte mich. Meine Beine hätten beinahe nachgegeben, als ich die Farbe erkannte. Das Fell war goldgelb wie das von Henry.

Ich musste unbedingt mit ihm sprechen. Mit Henry. Doch wo war er?

»Komm schon, mein Junge, lass uns nach Hause gehen.«

Adam war dicht hinter mir, darum zog ich mich rasch aus den Büschen zurück.

Auf unserem Heimweg kamen wir an Henrys Haus vorüber. Irgendetwas war anders, aber ich brauchte eine Weile, bevor mir klar wurde, was es war. Die Vorhänge waren alle zugezogen. Ich spürte, dass das Haus etwas verbarg, etwas, das Henrys Abwesenheit erklären würde.

Kaum hatte ich den Park verlassen, bellte ich ein letztes, verzweifeltes Mal nach Henry.

»Ruhig, Prince. Aus«, flehte Adam.

Ich bellte weiter, rief Henrys Namen, bis wir das Ende der Straße erreicht hatten und ich merkte, dass es keinen Sinn hatte.

Ich musste mich mit der Überzeugung trösten, dass er am nächsten Tag wieder da sein und mir alles erklären würde. Bis dahin durfte ich nicht den Glauben verlieren. Der Pakt würde immer noch ausreichen, die Familie zu schützen.

BEUTEL

An diesem Abend gingen wir auf einer anderen Route spazieren. Wir machten uns in Richtung Park auf, aber Emily war dort und beobachtete Falstaff, der rund um die Blumenbeete trampelte. Adam, der sie nicht mehr gesehen hatte, seit er mit ihr unter dem Baum Sex gehabt hatte, war noch nicht bereit, mit ihr zu reden. Statt also die Straße zu überqueren, hielten wir uns auf sicherer Distanz und betraten Neuland. Wir spazierten durch die dunklen und leeren Straßen. Nachdem wir eine Weile gelaufen waren, setzte sich Adam auf eine Bank, aber er ließ mich nicht von der Leine. Er saß einfach nur da und lauschte dem Rauschen des Verkehrs in der Ferne.

Ich konnte dem Geruch des Bodens entnehmen, dass wir uns nicht auf Labradorterritorium befanden. Der hervorstechendste Geruch war der nach menschlichem Urin. Die einzige Hundespur, die ich ausmachen konnte, gehörte bedenklicherweise zu einem Springer-Spaniel. Ich schnüffelte erneut, um zu sehen, ob es vielleicht Falstaffs Spur war. Zu meiner Erleichterung war sie es nicht.

Schritte. Jemand näherte sich. Wir drehten uns um und sahen einen Mann, der rasch über die Straße kam.

»Etwas Kleingeld für mich, Kumpel?«, fragte der Mann und hielt Adam einen weißen Pappbecher entgegen.

»Tut mir leid, ich habe kein Geld dabei«, sagte Adam, und Angst und Mitleid mischten sich in der Luft.

»Verlogene Fotze.«

Nachdem der Mann gegangen war, brachte Adam mich wieder nach Hause. Als wir am Park vorbeikamen, hielt er nach Emily Ausschau. Sie war gegangen.

Wir kamen an Henrys Haus vorbei. Die Vorhänge waren immer noch zugezogen, aber ich machte mir keine Sorgen. Ich würde ihn morgen sehen.

Doch als ich um die Ecke bog, konnte ich Henry vor uns riechen.

»Langsam, Prince«, befahl Adam, als ich ihn abrupt nach vorn zog. Und als er Mick sah, sagte er: »Ist ja gut.«

Der Duft hatte mich in die Irre geführt. Henry war nicht bei ihm. An seiner Stelle war da nur ein Plastikbeutel, der ein gleichgültiges *hello* entbot.

»Ich glaube, Prince hat seinen Freund heute Morgen vermisst«, erklärte Adam.

»Ach«, sagte Mick. Und dann, nach einer merkwürdigen Pause, fügte er hinzu: »Henry ist tot.«

Mein Schwanz erstarrte.

»Tot?«, wiederholte Adam. »O nein.« Ich spürte, wie ich in den Boden sank.

»Ja … gestern. Die Tür stand offen. Er rannte einfach auf die Straße. Gleich darauf war er tot. Von einem Auto überfahren.«

Rannte einfach auf die Straße? Das ergab doch keinen Sinn. Henry würde so etwas nie tun, außer er hätte auf diese Weise Mick beschützen können. Mein Verstand war nicht in der Lage, sich eine Situation auszudenken, in der es unserem Herrchen half, wenn wir uns von einem Auto überfahren ließen. Aber dennoch musste es so gewesen sein. Henry war nicht hier.

Ich schnüffelte an Micks Hosen, atmete Henry ins Leben zurück.

»Wie schrecklich«, sagte Adam.

Ich sah zur Straße, zu den pfeilschnellen schwarzen Reifen.

»Wie auch immer, ich muss jetzt … weiter.« Micks Stimme zitterte und klang gleichzeitig drängend. Ich schnüffelte erneut, versuchte, weitere Informationen zu bekommen.

»Aus, Prince. Weg da. Mick, tut mir leid.«

Danach konnte ich nichts mehr hören. Während Henrys Duft sich zwischen den Autoabgasen verlor, wusste ich, dass nichts wieder wie früher sein würde. Ich wusste zum allerersten Mal, was das Leben wirklich bedeutete.

Es bedeutete Chaos. Und Schmerz.

ZURÜCK

Ich war am Boden zerstört angesichts der Nachricht von Henrys Tod.

Aber neben dem überwältigenden Gefühl der Trauer beherrschte mich auch die Furcht vor dem Unbekannten. Ohne Henry als Ratgeber musste ich den Pakt ganz allein interpretieren.

Soweit ich das beurteilen konnte, stellten sowohl Simon als auch Emily weiterhin eine Bedrohung für die Familie dar. Was Simon betraf, war die Lage äußerst ernst. Jedes Mal wenn Kate von der Arbeit nach Hause kam, brachte sie Simon-Gerüche mit sich, obwohl ich ihr gemeinsames Geheimnis immer noch nicht entschlüsselt hatte.

Natürlich war Kate nicht glücklich, dass Simon und Adam weiterhin drei Mal die Woche zusammen joggten, aber was konnte sie schon sagen? Außerdem erwähnte sie nie, welche Befürchtungen sie bezüglich Simon hegte, genauso wie Adam niemals eine Andeutung über seine Gefühle für Emily fallen ließ. Gefühle, die trotz der Fummel-Episode am Baum immer noch stark waren, wie mir schien. Warum brach er sonst den Kontakt nicht einfach ab? Warum ging er das Risiko ein, Simon regelmäßig zu treffen, wenn er plante, sich auf ewig vor Emily zu verstecken? Zweifelsohne würde sie doch irgendwann einmal etwas sagen?

Obwohl er ihr kurz nach der Episode aus dem Weg gegangen war, wusste ich, dass das nicht von langer Dauer sein würde. Ich wusste, solange er sich mit Simon traf, musste er irgendwann mit Emily ins Reine kommen. An dem Abend, als ich Angst-Gerüche an seinen Beinen wahrnahm, war mir klar, dass wir wieder in den Park gehen würden.

TRÜMMER

Als er eintraf und sie auf der Bank sitzen sah, verwandelte sich die Angst wieder in Verlangen, aber ich wusste, dass er keine Dummheit begehen würde. Nicht dieses Mal.

Sie saßen einfach beieinander, anfangs schweigend, die Köpfe in den Nacken gelegt, den Himmel betrachtend.

»Was für eine herrliche Nacht«, sagte Emily nach einer Weile. »So viele Sterne.«

»Ja. Herrlich.« Adam drehte ihr den Kopf zu. Vielleicht zog er die Reflexion der Nacht in ihren Augen vor.

»Was siehst du? Was siehst du, wenn du in den Himmel schaust? Was denkst du?«

Adam sah wieder zum Himmel und dachte über Emilys Fragen nach. »Ich, äh, weiß nicht so recht.« Sein Mund machte ein klickendes Geräusch. »Das klingt jetzt sicher merkwürdig, aber in einer sternenklaren Nacht wie dieser sehe ich Trümmer.«

Emily sah Adam an. Sie schien irritiert. »Trümmer?«

»Vermutlich. Wenn ich die Sterne ansehe, muss ich an die Kollisionen denken, durch die sie entstanden sind. Du weißt schon, der Urknall. Ich meine, irgendwas hat dafür gesorgt, dass dieser Urknall stattfand. Die Sterne sind herrlich und alles, aber letztendlich sind sie doch nur Abfallprodukte. Und in manchen Fällen Abfallprodukte, die nicht einmal mehr existieren. Wenn ich also aufschaue und darüber nachdenke, dann sehe ich Trümmer. Eine riesige Unfallstelle. Einen Trümmerhaufen. Ich habe vor ein paar Wochen eine Sendung im Fernsehen darüber gesehen. Mit all diesen hochkarätigen Wissenschaftlern. Und genau das haben sie gesagt. Alles – die Erde, du, ich, die Hunde, dieser Park, die Sterne, das ganze Universum –, all das begann aufgrund einer phänomenalen Kollision zwischen zwei physikalischen Kräften. Das Universum entstand also nicht aus dem Nichts, es entstand aus Dingen, aus Welten, die schon da waren. Wir sind einfach nur die Nachwirkung. Ein Teil des Trümmerfeldes.«

»Ach«, sagte Emily. »So.«

In diesem Moment kam Falstaff angerannt. »Juhei, Wahnsinnswedler!«

»Juhei«, sagte ich müde.

»Wie lange hat sie noch?«, erkundigte sich Falstaff.

»Wie meinst du das?«

»Deine Familie, bevor sie auseinanderbricht?«

»Sie wird nicht auseinanderbrechen.«

»Natürlich nicht, Wahnsinnswedler. Natürlich nicht.« Damit machte sich Falstaff wieder davon, galoppierte hinüber zum Dufthaufen. *Der hat doch keine Ahnung,* sagte ich zu mir selbst. *Er will mich nur aufziehen.*

Doch als ich meine Aufmerksamkeit wieder Adam und Emily zuwandte, stiegen nichtsdestotrotz Schwindelgefühle in mir auf.

»Wegen dieser Nacht«, sagte Adam gerade, »das hätte nie passieren sollen.«

»Keine Angst«, beruhigte Emily. »Es war nicht deine Schuld.«

»War es nicht?«

»Nein. Es gab eine Menge kosmischer Energie. Du weißt

schon, der Mond stand im Jupiter. Du bist Zwilling. Und ich bin Krebs. Wir konnten gar nicht anders.«

»Wie bitte?«

»Wir konnten uns einfach nicht kontrollieren.«

»Nein, konnten wir nicht. Aber, äh, in Zukunft sollten wir das wenigstens versuchen. Du bist sehr attraktiv, aber es ist nicht richtig. Ich habe eine Frau, eine Familie. Und du hast Simon.«

»Und Falstaff«, kicherte sie.

»Wie bitte?«

»Falstaff! Meinen Hund!«

»Ach ja, natürlich. Aber wie ich schon sagte, ich halte es nicht für richtig.«

Noch mehr Kichern. »Du bist lustig!«, gluckste sie. »So ernsthaft!«

»Wollen wir uns also darauf einigen, dass es nie geschehen ist?«

»Natürlich ist es nicht geschehen! Du bist echt lustig.« Adam war zwar verwirrt, aber er erlaubte sich ein angedeutetes Lächeln der Erleichterung, als er mich wieder an die Leine nahm. »Ich gehe jetzt besser.«

»Ist gut. Bis morgen dann.«

»Ja, bis …« Adam unterbrach sich. Es fiel ihm wieder ein.

»Ach nein. Wir fahren übers Wochenende weg. Morgen Abend sind wir schon unterwegs.«

Emily wurde still. »Ach«, sagte sie, und ihre Stimme klang traurig. »Na, dann viel Spaß.«

SELBSTMORD

Der Duft der Familie hing noch schwer in der Luft, als Hal die Treppe hinunterstürmte, um seinen besten Freund Jamie anzurufen. Den schlechten Einfluss. Ich saß im Flur und beobachtete ihn, eine Hand in die Boxershorts abgetaucht, während er Entschuldigungen stammelte.

»Nein, ich kann nicht. Nie und nimmer. Sie kommen morgen zurück, dann wäre mein Leben keinen Pfifferling mehr wert ... Ich muss mich um den Hund kümmern ... Hier sind überall Rauchmelder ... Ich habe noch verdammt viel Prüfungsstoff ... Jeder einzelne Gegenstand in diesem Haus ist zerbrechlich ... Die Nachbarn beschweren sich ja schon, wenn ich zu laut huste, geschweige denn, wenn ich die halbe Stadt zu einer Party einlade ... ich bin schwer krank.«

Er sah mich an, verzweifelt auf der Suche nach einem überzeugenderen Argument. Ich wedelte mit dem Schwanz, bot meine moralische Unterstützung dar, aber das half nicht. Als Nächstes sagte er: »Also schön, aber nicht mehr als zehn Leute.«

Lapsang lag längsseits ausgestreckt auf dem Boden und lauschte Hals Telefongespräch. Als das Gespräch beendet war, sah sie mich von unten an und sagte: »Na, dann viel Glück.«

»Bleibst du denn nicht?«

Sie rollte sich auf den Bauch. »Süßer, bist du des *Wahn-*

sinns? Was um alles in der Welt habe ich auf einer Teenagerparty verloren?«

»Keine Ahnung. Vielleicht gibt es viele warme Schöße.«

»Glaub mir, wenn ich bliebe, käme das einem Selbstmord gleich. Ich *kenne* Teenagerpartys, Schätzchen, und ich weiß, dass keine Katze sie in einem Stück überlebt. Entweder binden sie der Katze einen Feuerwerkskracher an den Schwanz, oder sie werfen sie aus großer Höhe in die Tiefe, nur um zu sehen, ob sie das überlebt. Danke nein.« Lapsang stand auf und stolzierte an mir vorüber. Ihr Schwanz streifte mein Kinn. »Und ich werde jetzt sofort abziehen, nur um auf Nummer sicher zu gehen.«

»Laps…« Aber noch bevor ich Einwände erheben konnte, sah ich, wie Lapsang durch die Katzenklappe verschwand. Daraufhin war ich allein mit Hal und der überaus realen Bedrohung durch eine Teenagerinvasion.

TREPPE

Mitten am Nachmittag klingelte es an der Tür.

Ich bellte meine Warnung, aber ich konnte wenig tun, um Hal davon abzuhalten, die Tür zu öffnen.

»Wer bist du denn?«, fragte er den ziemlich großen, kahl rasierten Jungen, der auf der Schwelle stand.

»Keine Sorge«, sagte eine vertraute Stimme. »Er gehört zu mir.« Es war Jamie. Er streckte Hal eine Flasche entgegen.

»Genehmige dir einen Schluck.«

»Aber …«

Jamie legte die Hand an Hals Ohr und flüsterte etwas über Laura Shepherd, das Mädchen aus Hals Träumen und Objekt seiner Spiegelgespräche. Als er zu Ende geflüstert hatte, trat Hal in offener Unterwerfung einen Schritt zurück zum Heizkörper, während Jamie seinen stacheligen Haarschopf aus der Tür streckte und die Straße hinunterpfiff. Augenblicke später begann die Invasion. Teenager jeder Couleur, bewaffnet mit Flaschen und Dosen, trampelten durch die Tür. Ich beschnüffelte so viele von ihnen, wie ich konnte, aber es gab zu viele Informationen, um alle in der Nase zu behalten.

In null Komma nichts war jeder Raum des Hauses in Beschlag genommen. Von verschiedenen Stellen dröhnte Musik. Alkohol wurde konsumiert, direkt aus der Flasche. Alle lachten.

Alle außer Hal. Er saß allein oben auf seinem Bett, die Flasche mit transparenter Flüssigkeit in der Hand. Er sah mich an, schraubte den Deckel auf und trank die Flüssigkeit in großen Schlucken. Er schnitt eine Grimasse, setzte die Flasche ab, hustete. Anschließend hielt er mir die Flasche hin.

»Willst du auch was?« Und dann lachte auch er. Das war nicht gut.

Ich ging wieder nach unten. Ein Junge und ein Mädchen saßen auf dem Sofa im Wohnzimmer und steckten einander die Zunge in den Mund. Neben ihnen platzierte der große, kahl rasierte Junge eine merkwürdig riechende Substanz auf weiße Zettelchen. Er rollte das weiße Papier ein, leckte daran und rollte erneut, bis er eine schmale Röhre hatte. Eine Art Zigarette. Obwohl auch er gelacht hatte, sah er jetzt sehr ernst aus. Er drehte die Röhre und riss das Ende ab, dann steckte er sie in den Mund und zündete sie an.

»Dieser Song ist Scheiße«, erklärte er, nahm die Röhre aus dem Mund und zeigte damit auf das Stereogerät.

Jemand anderes sagte: »Ja, Kacke.« Dann warfen alle die Hände in die Luft, im Rhythmus der Musik.

Der große Junge beugte sich vor und packte mich am Halsband. »Ich glaube, er will auch was«, sagte er. Er steckte das andere Ende der weißen Röhre in seinen Mund, das Ende, das er angezündet hatte, und schob sich dicht vor mein Gesicht.

Gleich darauf war der merkwürdig riechende Rauch in meinen Augen und stieg mir in die Nase. Das Gelächter von Teenagern schepperte in meinem Gehirn. Der große Junge zog sich zurück, als ich anfing zu husten.

Ich fühlte mich schwach, und der Raum fing an, sich um mich herum zu drehen. Alles verschwamm. Ich versuchte, mich auf die Hinterbeine zu erheben und aus der Tür zu spazieren, aber ich rutschte immer nach rechts weg. Ich schlug mir die Schulter an. Das Gelächter nahm zu.

Das war schlimmer als der Dufthaufen. Ich roch allmählich Dinge, die gar nicht da waren – schreckliche Dinge, tote Dinge.

Ich versuchte erneut, zur Tür zu kommen, und dieses Mal schaffte ich es mit Ach und Krach. Ich wollte nach Hal sehen, aber das war unmöglich. Ich stand am Fußende der Treppe, und mir wurde klar, dass sie sich in die Unendlichkeit erstreckte. Ich sah eine schattenhafte Gestalt am Kopfende der Treppe, die zu mir herabschaute. Es war Henry. Ich schloss die Augen, aber als ich sie wieder öffnete, war er immer noch da.

»Ich war es«, sagte er mit seiner ernsten Stimme. »Ich war es.«

»Was meinst du?«

»Alles endet mit Gewalt«, sagte er. »Gleichgültig was wir tun. Wir alle brechen den Pakt.«

»Ich verstehe nicht …« Aber da war Henry verschwunden.

»Henry?«

Meine Augen wurden schwer. Ich legte mich hin. Alles verblasste.

TOILETTENSCHÜSSEL

Ich wusste nicht, wie lange ich geschlafen hatte. Zu lange, wurde mir klar, als ich durch das Haus patrouillierte.

Überall herrschte Chaos.

In Charlottes Zimmer waren Jungs und spielten Charlottes Musik. Sie lachten, während sie mit den Köpfen aneinanderstießen und Grimassen schnitten.

Ich ging in Hals Zimmer. Überall Körper, in Rauch gehüllt. Ein Junge stellte sich über mich, tat so, als würde er auf mir reiten, zog mich an den Ohren und machte Fluggeuggeräusche. Dann sang er: »Snoop Doggy Do-o-ogg, Snoop Doggy Do-o-ogg. Bow wow yippy yo yippy yay, Bow wow yippy yo.« Alle lachten. Jemand anderes sang: »Who let the dog out?« Aber dieses Mal lachte keiner.

Ich sah mich um und schnüffelte nach Henry, aber mein Seh- und mein Geruchssinn wurden von dem Rauch zugenebelt. Ich trottete zurück in den Flur.

Irgendjemand erbrach sich. Als ich näher kam, sah ich, dass es Hal war. Er hing über der Toilettenschüssel so wie ich manchmal, wenn ich Durst auf Wasser hatte.

»Pruh«, sagte er. »Pruh.« Ich glaube, er versuchte, meinen Namen zu sagen.

Er kotzte erneut und spuckte noch mehr duftintensives Erbrochenes aus.

»Pruh. Hiff mi.« Aber ich konnte ihm nicht helfen.

Die Dinge befanden sich, das musste ich zugeben, jenseits meiner Kontrolle. Er hing schlaff über der Toilettenschüssel.

Seine Hand ließ mein Halsband los und versuchte, die Spülung zu erreichen. Er schaffte es nicht, dafür kam er an den Toilettendeckel, der prompt herabfiel und seinen Kopf einklemmte.

»Pruh, dang di«, sagte er zu mir. Ich versuchte, mit ihm zu reden, wie ich schon einmal mit ihm geredet hatte, aber er sah mich nur aus leeren Augen an. Er würde mich nie wieder verstehen. Plötzlich sah er mich nicht mehr an. Er schaute über mich hinweg. Hinauf. Und Panik schlich sich in seine Augen. Ich drehte mich um und sah ein Mädchen. Sie war hübsch anzusehen, nehme ich an, wenigstens nach menschlichen Maßstäben. (Wie schon gesagt, ist das alles, worauf es Menschen ankommt: das äußere Aussehen. Dumm, ich weiß, und völlig fehlgelenkt. Aber so ist es nun einmal.)

Er wollte etwas sagen, konnte es aber nicht. Ich wusste trotzdem sofort, wer sie war. Ich schloss es aus seinem Geruch der Angst.

Es war Laura Shepherd, das Spiegelmädchen.

»Kann ich mal deine Toilette benutzen?«

Er presste fest die Augen zusammen, aber als er sie wieder öffnete, war Laura immer noch da. So wie Henry. Hals Hand schob den Toilettendeckel von seinem Kopf, und er versuchte, sich aufzusetzen. Das Gewicht auf seinen Fersen war zu schwer, und er kippte nach hinten, wobei er sich beinahe den Kopf am Wannenrand angeschlagen hätte.

Laura Shepherd zog die Nase kraus und betätigte die Spülung. Dann schloss sie die Badezimmertür. Hal und ich befanden uns immer noch im Bad. Sie zog ihre Jeans und ihre Unterhose herunter und pinkelte in das Toilettenwasser, was ein lautes Plätschern verursachte. Ich ging zu ihr, um ihren Duft aufzunehmen, aber sie stieß mich weg.

Hal konnte nicht glauben, was er da erlebte. Er versuchte verzweifelt, passende Worte zu finden.

»Laur…«

»Übrigens, coole Party«, sagte sie und wischte sich ab.

»Dang«, sagte Hal.

Ich ging wedelnd zu Hal hinüber und leckte sein Gesicht, versuchte, Laura zu zeigen, dass sie es mit einem halb bewusstlosen Jungen zu tun hatte. Aber sie achtete nicht auf mich, zog nur Unterhose und Jeans hoch, betätigte die Spülung und marschierte aus dem Bad.

VIDEO

Ich schnüffelte an Hal, um zu sehen, ob es ihm so weit gut ging. Es ging, also lief ich in den Flur, um den Rest des Hauses einer Überprüfung zu unterziehen. Um zu kontrollieren, ob noch alles da war. Aber wo sollte ich anfangen? Überall war etwas los.

Ich lief nach unten in den Fernsehraum, dessen Boden mit Leibern übersät war. Jemand hatte einen Drink verschüttet. Ich musste an Kate denken und versuchte, es sauber zu machen.

Einer sagte: »Seht euch das an, sogar sein Hund ist eine Pissnelke.«

Sie legten ein Video ein. Kaum tauchte das Bild auf, kicherten alle Jungs. Ich schaute hinüber, um zu sehen, was so lustig war. Man sah einen nackten Mann und eine nackte Frau, die Sex wie Hunde hatten.

Eines der Mädchen verließ das Zimmer. »Das ist eklig«, sagte sie und trat über mich hinweg.

Ich folgte ihr, um nachzuschauen, was sonst noch los war. Als ich im Flur war, erhaschte ich eine Duftspur, die ich erkannte. Sie kam von einem der Jungen, der gerade durch die Küche auf das Zimmer von Grandma Margaret zuging.

Als ich mich ihm näherte, wusste ich, wer es war.

Es war der Junge, der nach beschädigter Haut roch. Derjenige, der eine Flasche nach Adam geworfen hatte, in jener Nacht im Park. Derjenige, der ihn einen Wichser genannt hatte.

Er schloss die Tür von Grandma Margarets Zimmer, aber ich konnte gerade noch rechtzeitig hineinschlüpfen. Der Junge in seiner Begleitung furzte und fächelte den Geruch zu der Nase seines Freundes hoch.

»Du Spinner«, sagte der Junge mit der beschädigten Haut und zog eine von Grandma Margarets Schubladen auf. »Verdammte Scheiße, schau dir das an.«

Während sein Freund an der Tür lehnte, zog er Grandma Margarets Goldschmuck heraus und stopfte ihn in seine Manteltasche. Dann sah er mich an und hielt mir die Schnauze zu.

»Kein Wort davon, du verdammt nutzloser Wachhund«, sagte er zu mir, aber mehr zu seinem Freund.

»Lass uns hier verschwinden.«

Mir fiel wieder die wichtigste Regel des Paktes ein. *Niemals auf Gewalt zurückgreifen ... niemals auf Gewalt zurückgreifen ... niemals auf Gewalt zurückgreifen ... niemals ...*

Aber während er mir weiterhin die Kiefer zusammendrückte, fühlte ich, wie die Wut unaufhaltsam in mir aufstieg. Und für einen kurzen Moment hatte ich keine Kontrolle über meinen eigenen Körper. In einer einzigen fließenden Bewegung riss ich mich los und schnappte nach seiner Hand. Ich spürte, wie meine Zähne in sein Fleisch drangen. Ich schmeckte Blut und verlor mich in der Gewalt wie in einem meiner Wolfträume.

Er zog seine Hand weg und rief: »Du dämlicher Bastard von Hund.« Dann trat er mich in die Rippen. Er presste die andere Hand auf die Wunde, aus der das Blut floss.

»Lass uns gehen«, sagte der Freund und öffnete die Tür. Ich blieb benommen zurück, in einer Ecke des Raumes, atmete die tausend Gerüche von Grandma Margaret ein und fragte mich, was genau ich eben zugelassen hatte.

DER LABRADOR-PAKT:

NIEMALS AUF GEWALT ZURÜCKGREIFEN

Die Mission jedes einzelnen Labradors lässt sich erfüllen, ohne dass er dabei auf Gewalt zurückgreifen muss.

Im Laufe der Geschichte hat sich die Labradorrasse über die wölfischen Neigungen zahlreicher anderer Vertreter unserer Spezies erhoben.

In den glorreichen Tagen, als sich noch alle Hunde gegenüber ihren Herrchen loyal verhielten, erachtete man Gewalt häufig für ein notwendiges, letztes Mittel. Jedoch wussten wir Labradore immer schon um die Wahrheit. Wenn man auf Gewalt zurückgreifen muss, ist die Mission bereits gescheitert.

Ein Labrador zu sein, das bedeutet schließlich, dass wir uns von der Barbarei unserer Wolfsvorfahren lossagen.

Wir können bellen, wir können knurren, aber wir dürfen niemals absichtlich menschliches Blut vergießen.

VERBINDUNGEN

Kates Nase zuckte, sobald sie das Haus betreten hatte. Die Fenster hatten den ganzen Tag über offen gestanden, aber die Partygerüche waren immer noch auszumachen, selbst für menschliche Nasen.

»Hal.« Sie betonte seinen Namen zweisilbig. »Ha-al.« Das war immer ein Gefahrenzeichen.

»Mum. Dad. Ich habe euch gar nicht kommen hören.« Er stand am Treppenkopf, ein Putztuch in der Hand.

»Was ist das?«, fragte Kate.

»Ein Putztuch«, sagte er.

»Das sehe ich«, sagte sie. »Ich frage mich nur, was es in deiner Hand macht.«

Der Geruch nach Panik waberte die Treppe herunter. »Ich dachte, äh, ich mache sauber, bevor ihr zurückkommt.«

Adam lachte ungläubig auf. Charlotte, die immer noch nach einer bekehrten Seele roch, schob Grandma Margaret ins Wohnzimmer.

»Du dachtest, du machst sauber?«, wiederholte Kate. Sie schnüffelte sich durch das Haus. Hal erstarrte vor Panik. Mir wurde klar, dass er Hilfe brauchte, darum rannte ich noch vor Kate ins Fernsehzimmer und legte mich auf den Alkoholfleck.

Die Taktik funktionierte, aber ich wusste, es war nur vorübergehend. Ich konnte nicht den ganzen Tag dort liegen.

Kate begutachtete die Nippessachen auf dem Kaminsims und das Familienporträt darüber.

»Die Sachen auf dem Sims stehen alle falsch herum«, sagte sie.

»Ach ja, äh«, murmelte Hal, als er schließlich die Treppe zu uns herunterkam. »Jamie kam gestern Abend kurz vorbei. Er hat einiges durcheinandergebracht.«

»Hat er geraucht?«

»*Nein.* Natürlich nicht. Zumindest nicht im Haus.«

»Und warum riecht es dann hier überall nach Rauch?« Hals Gesicht kollabierte unter dem finsteren Doppelstarren seiner Eltern. »Ich weiß nicht. Jamie ist Raucher, vielleicht hat er einfach nach Rauch gerochen.«

»*Vielleicht hat er einfach.*« Kate wandte sich an ihren Ehemann. »Ach Adam, rede du mit ihm.«

»Hal, komm schon, sag uns die ganze Wahrheit«, verlangte Adam, der wieder sein altes, vernünftiges Selbst zu sein schien.

Natürlich war die ganze Wahrheit eine Unmöglichkeit. Hal kannte nur den Anfang der Wahrheit. Den Teil, bei dem ihm eine Flasche mit transparenter Flüssigkeit in die Hand gedrückt worden und er nach oben gegangen war.

»Habe ich doch schon«, log Hal. »Jamie ist vorbeigekommen.«

Als Adam und Kate den Raum verließen, stand ich auf. Hal bemerkte, dass er den Alkoholfleck übersehen hatte.

»Scheiße!«

Er hatte keine Zeit zu verlieren. Er fiel auf die Knie und rubbelte mit dem Putztuch auf dem Fleck herum. Ich konnte riechen, dass Kate gleich den Raum betreten würde, darum versuchte ich, mich wieder hinzulegen.

»Prince, was machst du da?«, sagte Hal und schob mich mit dem Ellbogen beiseite.

»Hal, was machst *du* da?«, fragte Kate, die in der Tür stand. Sein Mund ging auf und zu, aber es kamen keine Worte heraus. Er versuchte es erneut. Dieses Mal brachte er einen Satz zustande: »Ich muss da etwas verschüttet haben.«

Kate blies ihre Nasenflügel auf. Noch ein Gefahrenzeichen. Ich wedelte in mittlerer Geschwindigkeit mit dem Schwanz und versuchte, die Atmosphäre aufzulockern.

Es schien zu funktionieren. Hal kam offenbar damit durch. Aber natürlich wusste ich, was uns noch blühte. Ich wusste es, als ich Grandma Margaret und ihren tausend Gerüchen zu ihrem Zimmer folgte. Ich wusste es, als sie ihre Schublade aufzog und vor Entsetzen nach Luft schnappte. Aber was konnte ich schon tun? Körperliche Gewalt anwenden?

Es musste ja irgendwann herauskommen.

»O nein«, stöhnte Grandma Margaret, »oje.« Sie ging zu Kate in die Küche.

»Mum, was ist los?«

»Er ist weg.«

Kate schüttelte brummig den Kopf. »Wer ist weg?«

»Mein Schmuck. Er ist nicht mehr da.«

»Wie meinst du das, er ist nicht mehr da?«

»Meine Brosche. Und all meine Ketten. Die Kette von Bill … zu unserer Silberhochzeit.« Sie fing an zu zittern, und ihre tausend Gerüche verstärkten sich.

Kate ging nachsehen und kehrte wenige Augenblicke später zurück, an ihrer Unterlippe kauend. Sie legte die Hand auf die Schulter ihrer Mutter. Es war schwer, zumindest in diesem Moment, ihre Gedanken zu erraten.

»Hal.« Ihre Stimme klang sanft, auch wenn sie laut genug war, um bis zum Fernsehraum zu tragen.

»Mum«, rief er zurück.

»Komm mal her.« Die trügerische Sanftheit blieb. Hal gehorchte. »Setz dich.« Hal zögerte, und dann sagte Kate in einem Ton, den sie normalerweise für mich reservierte: »Setz dich!«

Hal setzte sich. Er sah Grandma Margaret an, die immer noch zitterte. Er hatte absolut keine Ahnung, was hier vor sich ging. »Was ist los?«, fragte er besorgt.

Adam, der gerade die Treppe herunterkam, stellte dieselbe Frage.

Kate erklärte es ihnen. »Nun, Hal, was ist wirklich passiert?«

»Nichts. Ich weiß nichts. Das habe ich euch doch schon gesagt.«

Zorn lag in der Luft. »Hal, wenn du uns jetzt nicht die Wahrheit sagst, bekommst du ernste Schwierigkeiten.«

»Komm schon, Kate«, sagte Adam in einem erfolglosen Versuch, sie zu beruhigen.

Die Zorneswellen übten allmählich eine seltsame Wirkung auf Hal aus, der schon wieder um Worte kämpfte. Oder vielmehr, er kämpfte um die richtige Reihenfolge seiner Worte.

»Ich, äh, ich, tja, es ist so, ich, also, ich weiß es nicht.« Während er sprach, streckte er die Hände aus, mit den Handflächen nach oben, in einer Art verzweifeltem Flehen, auf dass die Situation endlich vorübergehen möge.

»Weißt du eigentlich, wie viel Bedeutung dieser Schmuck hat?«, fragte Kate. »Hast du auch nur die leiseste Ahnung?« Hal war umzingelt, und es gab nichts, was ich noch für ihn hätte tun können. Entweder sagte er es ihnen jetzt sofort oder später. Er entschied sich für jetzt sofort.

»Ich habe eine Party gemacht.«

Grandma Margaret blickte finster und senkte den Kopf. Adam starrte die Decke an.

»Du hast eine *Party* veranstaltet.« Kate betonte das Wort »Party«, als ob sie es eben zum ersten Mal gehört hätte.

»Ja. Ist irgendwie einfach passiert.«

»Ist irgendwie einfach *passiert?*«

»Hab ich doch gesagt. Ja.«

»Ist irgendwie einfach passiert?« Kates Wut erreichte neue Dimensionen. Ihre Perspektive war mittlerweile jenseits aller Vernunft. Ich hatte sie noch nie zuvor so erlebt. Das war schlimmer als zu der Zeit, als Adam sich in ein Monster verwandelt hatte.

»Mum, hör mir doch zu, es war keine Absicht. Die Dinge sind einfach aus dem Ruder gelaufen. Es war Jamie. Er hat jede Menge Leute eingeladen, die ich nicht einmal kannte.«

»Ach, das wird ja immer besser. Du hast Fremde ins Haus gelassen. Tja, dann ist ja alles gut, nicht? Damit wäre alles wieder im Lot.«

»Ich konnte nichts dagegen machen.«

»Du bist siebzehn Jahre alt. Du stehst kurz vor deinen Abschlussprüfungen. In einem Monat bist du alt genug, um zu wählen. In drei Monaten wirst du an die Universität gehen. Und doch hast du nicht die Kraft, Leute davon abzuhalten, in unser Haus zu kommen, überall Unordnung zu schaffen und den Schmuck deiner Großmutter zu stehlen? Mein Gott, manchmal frage ich mich wirklich, was wir da großgezogen haben!« Bei diesen letzten Worten sah sie zu Adam und schüttelte den Kopf.

»Bitte, das bringt doch nichts«, sagte Adam.

Ich bellte aus den Verandafenstern hinaus, aber für Ablenkungstaktiken war es eindeutig zu spät.

Die Zorneswellen änderten die Richtung. Jetzt kamen sie von Hal. Er schob quietschend den Stuhl zurück und verließ den Raum. Als er an Adam vorbeikam, stieß er ihn an der Schulter. Das war keine Absicht, die Wut beeinträchtigte nur seine Koordination.

»Wohin gehst du?«, fragte Kate.

»Komm zurück«, befahl Adam mechanisch.

»Verpisst euch.« Dann herrschte Stille. Selbst Hal schien von seinen Worten überrascht zu sein.

»O Adam, bitte. Ich komme nicht mehr mit ihm zurecht.«

Also folgte Adam seinem Sohn in den Flur. »Hal, sei doch vernünftig.«

»Nein. Verpiss dich.«

»Hal, ich warne dich.«

»Dad, was willst du schon tun? Mich schlagen? Los doch, schlag mich. Das wird mir eine Lehre sein. Ja, nur zu. Schlag mich, verdammt noch mal, du Vorbild liberaler Elternschaft. Gib mir eins auf die Nase, du verdammter Heuchler. Schlag mich, schlag mich. Verdammt noch mal.«

Einen Augenblick lang schien es, als ob Adam von dieser Aufforderung tatsächlich angetan wäre. Sein ganzer Körper bog sich in dem Verlangen, sich abzureagieren.

»Hal, halt die Klappe«, bellte er. »Sei. Ruhig.«

»Nein, ich werde nicht ruhig sein. Ich war bisher immer ruhig. Und der Grund, warum ich ruhig war, war der, dass ich glaubte, auf diese Weise sei es leichter, aber das ist es nicht, weil niemand in dieser Familie auch nur den leisesten Schimmer hat, wie ich mich *fühle.*«

»Du willst doch nur Mitleid heischen, und das weißt du auch. Deine Mutter hat jedes Recht, wütend zu sein – um Himmels willen, Hal, du hast Diebe in unser Haus eingeladen. Dabei solltest du doch für deine Prüfungen lernen.«

Und in diesem Augenblick, als es den Anschein hatte, schlimmer könnte es gar nicht mehr kommen, gab es eine neuerliche Unterbrechung.

»Bäh!«

Der angeekelte Aufschrei stammte von Charlotte.

Adam funkelte seinen Sohn misstrauisch an und marschierte ins Wohnzimmer, wo er die Ursache des angeekelten »Bäh!« entdeckte. Er starrte ungläubig auf den Bildschirm, auf dem der Penis eines Mannes soeben in den Mund einer Frau geschoben wurde.

»So ist es gut, Baby«, sagte der Mann, dessen Penis jetzt fast völlig verschwunden war. »So ist es *echt* gut, du geile Möse.«

»Ich habe auf den Videoknopf gedrückt, und dann kam das da«, erklärte Charlotte.

Kate stand jetzt hinter Adam, und hinter ihr stand Hal mit dem Gesicht eines Mannes, der dem sicheren Tod ins Auge blickt. Er trat benommen einen Schritt zurück.

»Das ist einfach … Ich will … das nicht …«, sagte Kate. Grandma Margaret war in ihren Sessel zurückgekehrt.

Glücklicherweise schien sie nicht mitzubekommen, was sich auf dem Bildschirm vor ihr abspielte.

»Hal! Komm her und erkläre mir das!«, brüllte Adam und folgte seinem Sohn wieder in den Flur.

Aber natürlich konnte Hal gar nichts erklären. Er wusste

nicht, wie. Als ich aus dem Wohnzimmer lief, konnte ich riechen, wie Hal die Kontrolle verlor. Er war desorientiert, prallte immer wieder gegen die Wand. Und dann fiel es mir wieder ein: Es gab nichts, was ich tun konnte. Ich konnte überhaupt nichts tun, um Hal davon abzuhalten, mit dem Fuß gegen die Holzvertäfelung an der Treppe zu treten. Er trat ein zweites und ein drittes Mal zu, bis er durchbrach und mit dem Fuß halb im Keller landete.

Als das geschah, im Augenblick des endgültigen Durchbruchs, schrie Hal auf. Nein. Er *heulte* auf. Eine urtümliche Kraft brach aus ihm heraus, die er bisher in sich vergraben hatte.

Charlotte befand sich mittlerweile ebenfalls im Flur. »Was ist hier los?«, fragte sie, beunruhigt vom Lärm der Zerstörung. Ihre Frage blieb unbeantwortet.

Adam packte seinen Sohn, versuchte, die Kraft zu bändigen, die soeben freigesetzt worden war, aber Hal war zu stark für ihn. Er riss sich los, schlug mit den Armen ziellos in die Luft.

»Hal, hör auf!«, schrie Kate. »Du zerstörst das ganze Haus!«

Adam wagte noch einen Versuch der Bändigung, und dieses Mal schaffte er es, wenigstens Hals Arme zu zügeln. Er hielt seinen Sohn mit hartem Griff um die Brust fest.

Hal kämpfte immer weiter. Seine Wut machte ihn atemlos, und sein Duft war vielschichtiger denn je, eine Mischung aus widerstrebenden Gefühlen. Er starrte den Schaden an, das schwarze Loch und das zersplitterte Holz, das Gesicht ungläubig verzerrt.

Schließlich wurde sein Atem regelmäßiger, und sein Körper entspannte sich. Adam ließ ihn los. Hal ging mit langsamen Schritten, wie in Trance, den Flur entlang. Er nahm meine Leine und befestigte sie an meinem Halsband.

»Wohin gehst du?«, jammerte Kate.

»Ich gehe mit dem Hund spazieren«, sagte Hal mit relativ beherrschter Stimme.

»Hal ...« Bevor Adam protestieren konnte, waren wir schon aus der Tür und schritten in flottem Tempo aus. Ausnahmsweise war Hal in Harmonie mit der Natur. Es regnete, der Wind blies heftig, und der Himmel stieß in der Ferne ein warnendes Grollen aus.

Anders als alle anderen Familienmitglieder liebte Hal den Regen. Aber heute war er ihm gleichgültig. Der Regen war einfach nur da, durchnässte ihn, wusch seinen Duft weg. Um ehrlich zu sein, glaube ich nicht, dass er den Regen überhaupt bemerkte.

Als wir um die Ecke kamen und niemand in der Nähe war, stieß Hal ein weiteres, unerklärliches Geheul aus und schlug mit der Hand kräftig gegen einen Zaun. Dieses Mal verletzte sich Hal: Blut floss, vermischte sich mit dem Regen auf dem nassen Pflaster. Aber Hal marschierte einfach weiter.

Wir gingen in den Park, aber er ließ mich nicht von der Leine. Er setzte sich auf die Bank. Ich setzte mich auch. Da keine anderen Hunde oder Menschen in der Nähe waren, schien sich das Gras weiter auszudehnen als üblich. Ich sah über den Unrat des Dufthaufens hinweg. Der Park schien grenzenlos und öde. Ich sah in die andere Richtung, zum Haus von Simon und Emily, das dem Regen trotzte, und dann zu den Büschen, in denen Joyce umgebracht worden war. In diesem Moment hatte ich eine Erleuchtung. Plötzlich sah ich die Verbindung zwischen allem. Zwischen der

Bedrohung, die Simon darstellte, und dem schwarzen Loch in der Treppe. Zwischen dem Tod von Joyce und Henry. Ich *verstand* diese Verbindung nicht, jedenfalls nicht in allen Einzelheiten, aber der Punkt war, ich wusste, dass diese Verbindung existierte. Ich spürte sie, und manchmal muss das ausreichen. Hal konnte jedoch keine Verbindung erkennen. Er roch allmählich schuldbewusst und war völlig blind für das größere Bild, in dem seine Handlungen nichts als ein winziger Mosaikstein waren. Er wusste nur, dass er eine Grenze überschritten hatte, und fürchtete sich nun vor den Konsequenzen.

Aber auch ich selbst roch schuldbewusst. Meine Mission befand sich in einem desolaten Zustand, und ich konnte weder der Familie noch Simon oder Emily die Schuld geben. Nicht allein ihnen. Schließlich waren sie nur Menschen.

Mir wurde zum ersten Mal klar, wie sehr ich Henry immer noch brauchte. Ich sehnte mich danach, ihn zu riechen, und stellte mir vor, wie er durch den Regen auf mich zugetrottet kam. Was würde er sagen? Zu welcher Vorgehensweise würde er mir raten? Mit Sicherheit würde er nicht die Schwanzwedelkontrolle vorschlagen, und für Sensorische Bewusstheit war es zu spät.

Ich musste den Tatsachen ins Auge sehen: Bislang war ich ein Versager. Ich hatte Henry im Stich gelassen, und ich hatte die Familie im Stich gelassen.

Während ich in den Regenschleier starrte, erkannte ich, dass der Weg zurück zu Glück und Sicherheit für die Familie irgendwo da draußen lag, aber ich musste ihn selbst finden. Ich dachte an die Ewige Belohnung, und mir wurde klar, dass sie mir nicht länger wichtig war. Es kam nur darauf an, was hier geschah, hier auf der Erde. Das bedeutete jedoch nicht, dass ich die Familie vernachlässigen wollte. Ganz im Gegenteil. Die Familie war alles; sie war alles, was ich hatte.

Ich sah zu Hal, versuchte, mich ihm mitzuteilen, ihm mit meinem Blick zu sagen, dass alles ein gutes Ende finden würde. Er sah mich an und streichelte mir den nassen Kopf mit der Hand, die geblutet hatte.

»Komm schon, Prince«, sagte er mit einer Stimme, die mich wissen ließ, dass er bereit war. »Lass uns nach Hause gehen.«

KONTROLLE

Es gab einen Streit darüber, ob man die Polizei einschalten solle. Kate war dafür, Adam dagegen.

»Das würde die Sache nur verschlimmern«, argumentierte Adam. »Für Hal.«

»Weißt du, was unser Problem ist?«, fragte Kate. »Wir sind zu nachsichtig.«

Aber die Nachsichtigkeit gewann, und die Polizei wurde nicht gerufen.

In der Zwischenzeit steckte die Familie weiterhin in der Krise, und in den darauf folgenden Tagen gab sich Hal die Schuld dafür. Und er war nicht der Einzige. Adam, Kate und Charlotte verströmten ihre eigenen Schuld-Moleküle. Nur Grandma Margaret, eingehüllt in ihre Duftwolke, hatte ein reines Gewissen.

Natürlich wusste ich den wahren Grund, kannte die eigentliche Wurzel der Krise. Ich war es. Menschen können nicht anders. Sie denken, sie hätten die Kontrolle, aber die haben sie nie. Es lag am Labrador, die Dinge wieder ins rechte Lot zu rücken.

Dennoch beharrten sie hartnäckig darauf, nach ihrer eigenen Lösung zu suchen.

KOSTBAR

Ich sah ihn im Park.

Der Junge, der nach beschädigter Haut roch. Derjenige, der die Flasche geworfen hatte. Der Grandma Margarets Schmuck gestohlen hatte. Er war allein und trank aus einer Dose.

Es war dunkel. Dunkel genug, um Emily aus dem Weg zu gehen.

»Oi«, rief er herüber, »Mr. Hunter. Mr. Wichser.«

Adam sah auf und entdeckte den Jungen. Er zog in Erwägung, ob er zu ihm gehen und etwas erwidern sollte, aber dann überlegte er es sich anders. Also stand der Junge auf und kam auf uns zu. Eine schlendernde Silhouette umhüllt von dem goldenen Glühen der Straßenlampe in seinem Rücken.

»Prince«, sagte Adam und stupste meinen Kopf nach vorn. »Komm schon, mein Junge. Lass uns heimgehen.«

Aber bevor wir das konnten, war der Junge schon da und hob seine Hand. Sie war gigantisch, fast so groß wie sein Kopf, ohne Zwischenräume zwischen den Fingern.

»Sehen Sie sich das an«, sagte der Junge.

»Es ist ein Verband«, sagte Adam.

»Sie sollten Ihren Schizo-Köter besser unter Kontrolle halten.«

»Wie bitte?« Adam verstand nicht.

»Dafür hätte ich ihn einschläfern lassen können.«

Ich erinnerte mich an den Schaden, den ich angerichtet hatte.

Adam legte mich an die Leine. »Du leidest an Halluzinationen. Mein Hund hat das nicht getan.«

»Ja klar. Haben Sie etwa noch einen Labrador?«

»Du hast den Verstand verloren.«

»Ich war auf der verpissten Party Ihres kostbaren Söhnchens. Der Köter hat mir beinahe die Hand abgebissen. Dafür könnte ich Sie verklagen. Wegen mangelnder Aufsicht.« Adam sah mich an. Ich spürte, er wusste, dass der Junge die Wahrheit sagte. Ich hatte ihn enttäuscht. Ich hatte alle enttäuscht.

Adam erwiderte nichts, ging einfach mit Sicherheitsabstand an dem Jungen vorbei.

»Sie sollten ihn einschläfern lassen«, rief der Junge wütend gegen den Wind an. »Er ist ein verdammter Psychopath.«

Adam blieb auf dem ganzen Heimweg stumm, behielt die Zweifel, die er jetzt an mir haben musste, für sich.

Doch später, in der Küche bei Kate, wurden die Zweifel geäußert.

»Das klingt gar nicht nach Prince«, hielt sie dagegen.

»Ich weiß. Aber er war auf der Party. Er hat nicht gelogen. Ich weiß, dass er nicht gelogen hat.«

Es herrschte ein langes, anklagendes Schweigen. Meine Schuldgefühle brachten mich dazu, mich in meinen Korb zurückzuziehen.

»O Gott«, sagte Kate. »Wird er uns zwingen, Prince einschläfern zu lassen?«

»Er wird nichts sagen. Er hat bisher nichts gesagt, also wird er das auch künftig nicht tun.«

»Was ist, wenn er Mums Brosche gestohlen hat?«, fragte Kate.

»Wir haben das doch besprochen. Wenn wir die Polizei rufen, macht das die Lage für Hal nur schlimmer. Wie steht er dann vor seinen Freunden da?«

Kate seufzte. »Schöne Freunde.«

»Außerdem ist es jetzt wahrscheinlich ohnehin zu spät. Und was, wenn wir dadurch gezwungen sind, Prince einschläfern zu lassen?«

»Ach so, dann ist der Hund plötzlich wichtiger als die Erinnerungen meiner Mutter?«

»Komm schon, Kate. Sei doch vernünftig.«

»*Vernünftig.*« Kate atmete das Wort angeekelt aus. Ich fragte mich, ob es nur um mich ging oder ob es etwas mit den Simon-Gerüchen zu tun hatte, die von ihren Kleidern ausgingen. Ich fragte mich, wie nahe Simon ihnen kam. Den Kleidern.

»Ich bin müde«, sagte Adam. »Ich gehe jetzt zu Bett.«

NATUR

Wir sollten mehr gemeinsam unternehmen, als Familie«, verkündete Adam.

Das Problem war nur: Was sollte das sein? Wo war das gemeinsame Fundament? Lohnte es sich noch, gemeinsam etwas zu unternehmen, wenn die Hälfte der Familie das gar nicht wollte?

Diese Fragen gingen mir durch den Kopf, als ich von Charlotte zum Rücksitz des Wagens eskortiert wurde.

»Warum müssen wir denn alle mit?«, fragte Hal. Aber seine Prüfungen waren vorüber, und er hatte nun keine Ausreden mehr.

»Das wird uns guttun«, erklärte Adam. »Ein Tag in der Natur.«

Grandma Margaret kam nicht mit. Sie sagte, sie wolle uns nicht aufhalten. Sie sagte, wir sollten uns recht gut amüsieren, während sie ihren Strickarbeiten nachging. Also stand sie in der Tür, winkte uns zum Abschied zu und ging dann ins Haus.

ANGEBER

Ein Wagen hupte uns grüßend zu, während wir am Ende der Straße warteten. Es war Simon, in seinem halben Auto. Einem Auto ohne Dach. Mit Falstaff, der mich entdeckte, als ich die Schnauze aus dem Fenster streckte.

»Heda, Wahnsinnswedler!« Er war ganz in seinem Element. Der Wind stob durch sein Fell, als sie davonbrausten.

Adam schüttelte den Kopf. »Angeber.«

Kate sagte nichts. Sie klappte nur den Spiegel herunter und richtete ihre Frisur.

PARADIESISCH

Als wir in den Wald kamen, ging Adam zu einem kleinen Holzhaus und zog eine Karte hervor.

»Wir könnten einen dieser Wanderwege nehmen«, sagte er. »Zum Beispiel diesen Naturpfad.«

Wir zogen los, einen schmalen Waldweg entlang, der durch die Bäume führte. Adam ließ mich von der Leine.

»Schieß los, mein Junge.« Und ich schoss los.

Ich wusste, es würde ihre Gemütsverfassung verbessern, wenn ich wild herumrannte. Also tat ich genau das. Ich flitzte zwischen den Bäumen hindurch und warf hin und wieder einen Blick zurück, um sicherzugehen, dass sie mich noch sehen konnten.

Aber während ich immer weiterstürmte, stiegen mir die magischen Düfte des Waldes in die Nase. Ich vergaß mich. Ich folgte erst einer Duftspur, dann einer anderen, rannte, jagte, wich Bäumen aus. Zum ersten Mal seit dem Dufthaufen dachte ich nicht an die Familie.

Genauer gesagt war ich dermaßen abgelenkt, dass mir nicht einmal auffiel, als einige Tropfen leichten Sommerregens auf mein Fell purzelten. Ich preschte immer weiter. Erst als der Himmel donnerte, blieb ich stehen und sah mich um.

Nur Bäume. Überall nur Bäume. Ich hatte mich verlaufen.

Ich schnüffelte nach Kate. Nach Adam. Nach Charlotte und Hal. Nach zu Hause.

Nichts. Nur Wasser vom Himmel. Nasse Erde und nasses Holz.

Ich schnüffelte am Boden entlang, aber keiner der Gerüche ergab einen Sinn. Selbst meine eigene Duftspur wurde weggewaschen.

Ich wechselte die Sinne und versuchte, mit dem Gehör zurückzufinden.

Ich versuchte, über das Trommeln des Regens auf den Boden hinweg etwas zu hören. Über mir, hinter mir und vor mir zwitscherten Vögel. Ich vernahm nur das Geräusch des Verkehrs in der Ferne. Aber das war alles. Keine menschlichen Stimmen.

Wieder sah ich mich um. Die Landschaft – oder was davon durch die dünnen, grauen Wasserfäden zu sehen war – schien seltsam vertraut. Ich war in meinen Wolfträumen oftmals hier herumgelaufen. Dicke Baumstämme. Kopfhohe Vegetation. Unwirtlich. Tierspuren.

So hatte ich mich in meinen Wolfträumen nie gefühlt. Ich war nicht eins mit der Natur. Ich jagte keiner Beute hinterher und pflegte auch keine Beziehungen zu meinem Rudel. Ich war allein. Allein und ängstlich. Mein Kopf pochte vor Entsetzen.

Rückschauend möchte ich gern behaupten können, dass meine größte Sorge der Familie galt. Ihrer Zukunft ohne mich. Ohne Schutz. Aber diese Sorge kam erst später, verknüpfte sich mit der Erinnerung. Damals, so ungern ich es auch zugebe, hatte ich nur um mich selbst Angst. Ich fürchtete mich vor dem ungewissen Schicksal, das auf mich inmitten der dicken Baumstämme wartete. In diesem Augenblick brauchte ich die Familie ebenso sehr, wie sie mich brauchte. Mir wurde klar, dass auch sie eine Form von Schutz bot. Vor der Natur. Vor unserem früheren Selbst.

Ich bewegte mich vorwärts, in Richtung auf den Verkehrslärm in der Ferne. Mit der Nase auf dem Boden, den Augen auf dem Weg und den Ohren in Habtachtstellung lief ich immer weiter.

Dann nahm ich einen Geruch auf. Hundegeruch. Ich blieb stehen, um genauer zu schnüffeln. Er war frisch. Weiblich. Ich folgte ihm, in der Annahme, das sei meine einzige Hoffnung, aus dem Wald herauszufinden. Während ich rannte, wurde der Duft immer stärker, sogar im Regen.

Und dann teilten sich die Bäume. Eine Lichtung. Ein kleiner Teich. Ich folgte der Duftspur, bis ich sie sah. Sie alle. Es waren drei. Der unglaublichste Anblick meines ganzen Lebens. Drei Spanielhündinnen. Keine Springer. Kleiner, hübscher. Sie lagen neben dem Wasser. Na ja, zwei lagen, eine saß. Alle spiegelten sich kopfüber.

»Ich habe mich verlaufen«, sagte ich zu ihnen. »Ich muss hier herausfinden. Zurück zu meinen Herrchen. Ich bin gelaufen, und plötzlich wusste ich nicht mehr, wo ich war. Wegen des Regens ...«

»Der Regen hat aufgehört«, sagte eine der liegenden Spanielhündinnen. »Und jetzt bist du hier.«

»Du kannst bei uns bleiben«, sagte die andere. Die sitzende Spanielhündin sagte nichts.

Mir fiel auf, dass es tatsächlich aufgehört hatte zu regnen. Damit verschwand auch meine Furcht.

»Ich kann nicht, ich muss wieder zurück. Um meine Familie zu schützen. Kennt ihr den Weg?«

Die erste Spanielhündin stand auf. Sie ließ sich nicht anmerken, ob sie mich gehört hatte. Ich weiß noch, dass ich dachte, sie müsse die Anführerin sein. »Wir leben in der Wildnis. Wir trinken Wasser aus diesem Teich und ernähren uns von den Kleintieren des Waldes. Wir sind geflohen. Uns wurde klar, dass wir unsere Besitzer nicht länger brauchen. Wir können ein besseres Leben haben, hier in der Natur.«

Ich schwieg. Ihre Stimme hatte etwas Beruhigendes. Beinahe Hypnotisches. »Ich … muss … wieder …«

Die andere Spanielhündin stand nun auch auf und trat auf mich zu. Mir fiel auf, dass sie zweifarbige Augen hatte. Die Hündin, die stumm danebengesessen hatte, blieb, wo sie war. Ich wurde beschnüffelt und umkreist. Ihre Duftspuren vermischten sich, ebenso wie ihre Stimmen.

»Es würde dir hier gefallen.«

»Wir müssen keinem Menschen etwas vorspielen. Wir können ganz wir selbst sein.«

»Du bist ein sehr gut aussehender Hund.«

»Du könntest dich um uns kümmern.«

»Wir könnten uns um dich kümmern.«

»Es könnte paradiesisch sein.«

»Paradiesisch.«

Ich sah mich um, sah die Bäume, die feuchten Nebelschwaden, die sich vom Teich erhoben. Eine wilde Welt voller Gerüche und Abenteuer. Möglicherweise ein Paradies. Aber ich war noch nicht bereit für das Paradies. Meine Mission war unvollständig, und ich musste ihr treu bleiben.

»Hört mal«, sagte ich. »Das klingt wirklich … nett. Ganz ehrlich. Und ich bin sicher, für euch funktioniert das auch. Aber die Sache ist die: Ich kann meinen Besitzern nicht entfliehen. Ich bin ein Labrador. Wenn ihr mir nicht helfen könnt, dann muss ich den Rückweg eben allein finden.«

»Du bist ein dummer Hund«, fauchte die Hündin mit den zweifarbigen Augen. »Du wirst nie aus dem Wald hinausfinden.«

»Die Welt hat sich verändert«, knurrte die Anführerin. »Die Hunde rebellieren. Wir sind nicht die Ersten, die ihre Ketten abgeworfen haben. Mit der Zeit wirst du schon sehen, dass du den falschen Weg eingeschlagen hast.«

Ich drehte mich um und wollte gehen.

»Warte!« Eine andere Stimme. Ich drehte mich um und sah die dritte Spanielhündin auf mich zukommen – diejenige, die bislang stumm geblieben war. »Ich zeige dir den Weg.«

Ihre beiden Begleiterinnen hörten auf, mich zu umkreisen, und sahen einander an. »Nein, Schwester«, erklärte die Anführerin. »Der Labrador hat seine Wahl getroffen. Er hat sich gegen uns entschieden – gegen unsere Lebensweise. Nun müssen wir uns gegen ihn entscheiden.«

»Aber allein findet er nie zurück.«

»Das hat er sich selbst zuzuschreiben.«

»Nein, tut mir leid, Schwestern. Ich muss ihm einfach helfen.«

Die Anführerin schien schockiert, als ob ihr noch nie auf diese Weise widersprochen worden wäre. Aber sie sagte nichts, als mich die dritte Spanielhündin von der Lichtung wegführte.

»Hier entlang. Folge mir.«

Während ich ihr hinterherlief, überkam mich ein äußerst merkwürdiges Gefühl. Es war, als ob die Landschaft selbst mit mir kommunizierte. *Hör zu*, sagte sie, *du findest nie zurück. Auch nicht, wenn du zu Hause bist, bei deiner Familie. Du findest niemals deinen Weg …*

»Wie heißt du?«, fragte ich die Spanielhündin, weil ich die Stimme des Waldes ausblenden wollte.

»Ich habe keinen Namen. Nicht mehr.«

»Nicht mehr?«

»Der Name, den mir unsere Besitzer gegeben hatten, lautete Tess. Aber meine Schwestern sagen, wir dürfen unsere Schoßhundnamen nicht länger verwenden.« Sie bog um eine Kurve. »Hier entlang.«

Mir fielen die Rippen auf, die sich unter ihrem Fell abzeichneten. »Wann seid ihr geflohen?«

»Vor sieben Tagen. Wir haben gezählt.«

»Esst ihr auch genug?«

»Wir essen, was wir können. Aber es ist nicht einfach, nicht so wie früher, als uns unsere Besitzer jeden Tag gefüttert haben.«

»Warum seid ihr weggelaufen?«

Sie blieb stehen, drehte sich zu mir um und sagte: »Bitte, stell mir keine Fragen mehr. Ich zeige dir den Weg zum Territorium der Menschen. Mehr kann ich nicht für dich tun.«

»Es tut mir leid.«

Aber etwas ließ sie fortfahren. »Wir fassten den Entschluss gemeinsam. Wir wurden auf Hundeschauen ausgestellt, eingesperrt in Käfige, ständig unserer natürlichen Düfte beraubt. Unsere Besitzerin war nicht grausam, aber sie ließ uns nicht das Leben führen, das wir führen wollten. Und eines Tages hörten wir in unserer Parkanlage diese Hündin. Sie hielt einen Vortrag über den Springeraufstand. Sie sagte, wir sollten uns nicht Macht über unsere Herrchen und Frauchen wünschen, sondern Macht über uns selbst. Sie sagte, dass Hunde immer schon in dem Tauziehen zwischen den Menschen und der Natur gefangen gewesen seien. Sie sagte, uns sei alles gegeben worden als geheime Herrscher im menschlichen Heim, aber das hätte uns wenig gebracht.«

»Da hat sie aber ganz schön viel gesagt.«

»Ja. Nach diesem Vortrag entschlossen sich meine Schwestern zur Flucht. Und dann kamen wir hierher.«

»Ich dachte, ihr habt euch alle gemeinsam entschlossen?«

»Na ja, es sind meine Schwestern. Ich musste ihnen einfach folgen. Ich hätte nicht allein zurückbleiben wollen.«

»Aber ihr werdet hier draußen vielleicht nicht überleben.«

»Ich muss dich jetzt verlassen. Der Weg ist dort unten.« Sie schnüffelte an der feuchtschwarzen Wurzel des Baumes vor mir, um sicherzugehen, dass sie auch an der richtigen Stelle war. Dann hob sie ihr Bein und setzte ihre Duftmarke.

»Du könntest mit mir kommen«, schlug ich vor. »Meine Familie könnte ein neues Heim für dich finden.«

Sie sah mich an, und ihre traurigen, sanften Augen offenbarten die Zwickmühle, in der sie steckte. »Ich kann meine Schwestern nicht verlassen.«

»Aber du könntest sterben.«

»Ich kann meine Schwestern nicht verlassen«, wiederholte sie. »Ich kann einfach nicht. Es tut mir leid.«

Und in diesem Moment hörte ich sie.

»Prince! Prii-ince!«

»Das ist meine Familie«, sagte ich zu ihr. »Sie sucht nach mir.«

»Ich muss gehen«, erwiderte sie. »Bevor man mich sieht.« Sie schnüffelte kurz und kehrte zur Lichtung zurück.

»Leb wohl«, rief ich, zu spät. Sie war bereits verschwunden. Ich senkte den Kopf zu der Wurzel, an der sie ihre Duftmarke gesetzt hatte, und atmete tief ein. »Leb wohl.«

»Prince! Prii-ince!« Das war Adam.

Ich lief schnell, bellte, während ich mich auf seine Stimme zubewegte. Ihre Duftspuren schwebten schon durch die Luft, noch bevor sie zu sehen waren. Meine Besitzer. Meine Familie.

Ich konnte den Weg sehen. Die Sonne spiegelte sich in den Pfützen.

Dann hatte ich die Bäume hinter mir gelassen und überquerte das letzte Stück Wiese. Sie sanken alle auf die Knie, mit ausgestreckten Armen. Acht Hände.

»Prince!«

»Wir dachten, wir hätten dich verloren!«

»Oh, armer Prince!«

»Mein armer Junge!«

Ich leckte ihre Gesichter, während Adam mir die Leine anlegte.

VERANTWORTUNG

Ich saß auf dem Boden neben Kate, die sich eine Dokumentation im Fernsehen ansah. Es ging um Hunde. Was in unseren Köpfen vor sich ging.

Jedes Mal wenn ein Hund auf den Bildschirm kam, versetzte sie mir einen kleinen Stups, als ob wir uns alle kennen würden. Aber das machte mir nichts aus, und ich ließ sie gewähren. Sie hatte einen langen Tag gehabt, und jetzt war sie allein. Na ja, Grandma Margaret war in ihrem Zimmer, aber sonst war niemand zu Hause. Und wie Charlotte immer hervorzuheben pflegte: Grandma Margaret zählte nicht.

Ich kuschelte meinen Kopf in ihren Schoß. Sie streichelte mein Ohr und sagte nichts. Wir saßen nur da und beobachteten, wie ein Collie eine Häsin über den Fernsehbildschirm jagte.

»*... Wie sein Urahn, der Wolf, wird der Collie durch seinen Jagdinstinkt zur Verfolgung seiner Beute befähigt ...*«

Der Collie galoppierte wie wild und keuchte der Häsin Beleidigungen hinterher, als diese ihn abhängte.

»*Doch in dem Augenblick, in dem der Hund töten müsste, zieht er sich zurück. Anstatt für sein Überleben zu jagen, trägt nun das Verhalten des Hundes seine eigene Belohnung in sich ...*«

Es folgten häusliche Szenen. Bilder eines jungen Labradornovizen, der nervös den Pakt rezitierte, als ein Neugeborenes ins Haus kam. Er spürte offensichtlich das Gewicht seiner rasch größer werdenden Verantwortung, die ihm über den Kopf zu wachsen drohte.

»... *Kaum scheint der Hund alles zu haben, was er sich wünscht, gerät er in Schwierigkeiten. Beispielsweise angesichts der Konkurrenz durch ein Baby. Das bedeutet für den Hund Stress ...*«

Es klingelte an der Tür. »Das wird Daddy sein«, sagte Kate zu mir. »Er hat wohl seine Schlüssel vergessen.« Sie hob meinen Kopf von ihrem Knie und ging zur Tür. Der Mann im Fernsehen fuhr fort: »... *Das wahre Glück liegt für den Hund darin, seinen Platz in der Rangordnung zu finden ...*«

Nachdem Kate es geschafft hatte, die Tür zu öffnen (der Türknauf verursachte immer noch Probleme), schnappte sie nach Luft. Na ja, es war halb Luftschnappen, halb Wort. Das Wort lautete »Simon«. Ich rappelte mich mühsam vom Sofa auf, schoss aus dem Raum – wobei ich mir die Schulter am Türrahmen anstieß – und rannte den Flur entlang auf sie zu, vorbei an der vor kurzem ausgebesserten Treppe.

»Hallo, Prince«, sagte er, als ob ich nicht genau wüsste, was er im Schilde führte. Was ich natürlich nicht tat. Wenigstens nicht in vollem Umfang.

»Was macht du hier?«, fragte Kate.

»Ich will dich besuchen«, erwiderte er lapidar. »Wie immer.«

»Aber ich habe dir doch gesagt, nicht hier im Haus.« Ihre Stimme war kaum mehr als ein drängendes Flüstern. »Nicht hier. Wenn du mit mir reden willst, dann komm in den Laden. Aber wir haben ohnehin schon alles besprochen. Es gibt nichts mehr zu sagen.«

Dann hatte meine Nase mich also nicht getäuscht. Sie hatte Simon wirklich getroffen.

»Wir haben noch eine Menge …« Er wartete, während ich meine Warnung bellte, aber als ihm klar wurde, dass ich nicht aufhören würde, versuchte er es erneut, nur lauter. »Wir haben noch eine Menge Dinge zwischen uns zu klären.«

»Ich habe schon hundert Mal gesagt: Wir können hier nicht reden.«

Eine alte Frau, die, einen Einkaufstrolley hinter sich herziehend, die Straße überquerte, sah herüber, darum beschloss ich, mit dem Bellen aufzuhören.

»Warum nicht?«

»Weil Adam jede Minute zurückkommen kann.«

»Gut. Mit ihm will ich auch reden.«

»Du willst mit ihm reden?«

»Ja. Ich will ihn fragen, ob er sich mit mir dieses Wochenende abseilen will.«

»Abseilen? *Ab*-seilen? Simon, was soll das? Was hast du vor?«

Eine gute Frage. Was ging hier vor sich? Die Fakten lagen immer noch im Dunkeln. Ich spürte, dass etwas zwischen ihnen vorgefallen sein musste, vor vielen Jahren. Aber stand auch jetzt noch etwas zwischen ihnen, außer einem knurrenden Labrador? Kate hatte schon mehrmals Simons Duft ins Haus gebracht, aber bewies das wirklich etwas? Simon war immer noch an Kate interessiert. Natürlich war er das, warum sonst stand er jetzt auf der Schwelle? Aber was genau führte er im Schilde? Wenn er Kate wollte, dann wollte er auch die Familie zerstören, denn eines ohne das andere ging nicht. Kate. Zerstörung. Es gab sie nur im Doppelpack.

»Kate, du misstrauisches kleines Biest, was sollte ich denn vorhaben?«

Ich versuchte, nach weiteren Informationen zu schnüffeln, aber das wurde von den intensiven Düften der Blumen im Vorgarten vereitelt.

»Lass es doch einfach gut sein«, flehte Kate schließlich.

Es trat eine Pause ein, in der man den Mann im Fernseher hören konnte: *»Welche andere Spezies hat schon diese unglaubliche Macht über uns …?«*

Simon hielt ihrem Blick stand. »Aber genau darum geht es, Kate, nicht wahr? Genau darum. Ich kann es nicht gut sein lassen. Ich muss die Verantwortung für das übernehmen, was passiert ist. Nur deshalb bin ich zurückgekommen.«

Ich sah zu Simons Gesicht auf und versuchte mich im Voraussagen. Im Schutz. Wie viel wusste er über Emily und Adam? Sein Mund klappte auf, er wollte etwas sagen. Seine Zunge zögerte hinter der oberen Zahnreihe, während sein Blick über ihren Körper nach unten glitt. Aber was immer er sagen wollte, wurde nicht gesagt. Er war offenbar auf eine bessere Idee gekommen. Also sagte er ihr nur, was er ihr schon einmal gesagt hatte: »Du bist wirklich eine schöne Frau, Kate.«

Dann trat er zurück und ging in Richtung Pforte. Er lächelte schelmisch, entweder über eine Erinnerung oder wegen etwas, was er in der Zukunft zu tun beabsichtigte. Das war schwer zu sagen.

Dann war er fort. Und Kate blieb zurück, mit wackligen Knien, um Atem ringend.

Mir war eindeutig etwas entgangen. O ja. Ganz eindeutig.

TRICKS

Ab einem gewissen Zeitpunkt überraschte mich das menschliche Leben nur noch selten. Bei einer Spezies, die sich so unwiderruflich von der Natur entfernt hat, sagte ich mir, war es unvermeidlich, dass sie sich ihre eigenen Herausforderungen suchte. Von all diesen Herausforderungen kam mir jedoch keine merkwürdiger vor als der Wunsch, sich an einem Seil über einen Abgrund zu hängen.

»Es ist ein unvergleichliches Gefühl«, hatte Simon Adam erklärt, als er am nächsten Tag zurückgekehrt war. »Dieses intensive Gefühl in deinen Eiern, wenn du dich über einem Felsabhang abseilst.«

Natürlich war Adam von der Aussicht nicht allzu begeistert gewesen und glaubte wie immer, dass er sich seinen Weg aus dem Dilemma herausfragen konnte. »Braucht man dafür nicht bestimmte Qualifikationen? Muss nicht ein Ausbilder zugegen sein? Muss man nicht Teil eines großen Teams sein?«

»Hör zu, Adam, es ist doch nur ein Vorschlag. Ich verstehe *completamente*, wenn du dich dem nicht gewachsen fühlst. Ich selbst tue es ja schon seit Jahren. Früher sind wir immer in der Gruppe nach Kent gefahren. Aber manchmal werde ich auch heute noch nervös, bevor ich mich über den Rand des Abgrunds wage. Es geht einzig und allein darum, ob man seine flatternden Nerven unter Kontrolle bringt oder nicht. Darum gefällt es mir wohl auch so; es trennt die Spreu vom Weizen. Man kann beweisen, ob man ein Mann ist. Aber wie ich schon sagte: kein Druck. Ich habe lediglich vor, Samstag in einer Woche nach Malham Cove in den Dales zu fahren, und ich brauche dafür einen Begleiter.«

Adam blies seine Wangen auf und ließ die Luft langsam wieder entweichen. Diese Entscheidung beruhte auf vielen Faktoren. Da war das Bedürfnis, sich selbst zu beweisen. Da war Simon. Da war die Konkurrenz, die eindeutig zwischen den beiden Männern existierte. Da war Emily. Da war auch, auf seltsame Weise, Kate. Und letztlich, zumindest in Adams Augen, waren da auch seine Eier. Und das intensive Gefühl. Er sah mich an, fast als dachte er, ich könnte ihm einen Ausweg zeigen. Ich setzte all meine mentalen Kräfte ein, um ihm zu signalisieren, dass es in Ordnung war. Es schien zu funktionieren. »Könnte ich, äh, Prince mitnehmen?«, fragte Adam.

Simon lachte. »Natürlich, alter Junge. Er kann es selbst gern ausprobieren, wenn er möchte. Ich nehme unseren Hund auch mit. Er liebt die Wildnis, das Problem ist nur, dass man ihn so verdammt schwer an der Kandare halten kann.«

»Na gut, klingt prima«, log Adam. »Samstag, äh, natürlich, ich komme gern mit. Du musst mir natürlich die Kniffe erklären. Die Abseil-Tricks.« Er lächelte, weil er merkte, dass er gerade einen Scherz gemacht hatte. »Die Abseil-Tricks.«

»Ja, Adam, der ist gut. Die Abseil-Tricks. Das muss ich mir merken.«

WOLKEN

Noch vor Samstag und bevor Adam irgendwelche intensiven Gefühle erleben konnte, wurde die Lage ernst. Kate kam immer später von der Arbeit nach Hause, und die Simon-Gerüche an ihr wurden stärker. Sie schenkte Grandma Margaret, die sich ungebrochen in den Erinnerungen an ihren toten Ehemann verlor, weniger Aufmerksamkeit.

Charlotte ging es gut, aber nur gerade so. Sie war immer noch sehr still und fand es sichtlich unangenehm, dass sich ihr gegenüber alle so freundlich verhielten.

»Es geht mir gut«, sagte sie ständig. »Ehr-lich!«

Aber sollte noch etwas geschehen oder sollte etwas aufgedeckt werden, dann würde ihr das zweifellos den Rest geben. Und was Hal betraf, nun, das war schwer zu sagen. Da Voraussage Schutz ist, hatte ich nur eine Wahl. Ich musste mehr Informationen bekommen. Die Situation zwischen Adam und Emily schien sich von selbst erledigt zu haben. Beide waren übereingekommen, dass sie so tun wollten, als sei nie etwas geschehen. Bei Simon und Kate brauchte ich jedoch Hilfe von außen.

Ich brauchte Falstaff.

Bei mehr als einer Gelegenheit hatte er gesagt, dass er alles wusste, und ich wollte herausfinden, ob er recht hatte.

Zwei Tage vor der geplanten Exkursion von Simon und

Adam beschloss ich also, das Risiko einzugehen und meinen Wachposten neben der Bank zu verlassen, um zu dem wilden, überwucherten Bereich rund um den Dufthaufen zu laufen.

»Juhei, Wahnsinnswedler, du verrückter, alter Mistkerl. Wie gefällt dir dieser verdammt schöne Sommerabend?«, fragte Falstaff zwischen zwei Kopfstürzen in den Dufthaufen.

»Ich fühle mich nicht besonders …« Ich wartete, bis sein Kopf wieder auftauchte. »Ich fühle mich nicht besonders wohl.«

»Ach, ich verstehe, Wahnsinnswedler. Du suchst eine kleine Aufheiterung, etwas, das dir den Alltag versüßt. Etwas, das dich deinen Job vergessen lässt. Nur zu, bediene dich.« Er zeigte mit dem Kopf auf den Dufthaufen.

Mein Magen drehte sich und stieg mir bis in den Hals.

»Nein ehrlich, Falstaff. Das meine ich nicht. Du bist ein Springer, oder so gut wie, und ich bin ein Labrador. Belassen wir es einfach dabei. Ich habe mich nur gefragt, ob wir uns unterhalten können.«

Er keuchte zu mir herüber und schnüffelte an mir. »Ein *schöner* Sommerabend.« Der Abend war wirklich schön, das musste ich zugeben, aber mir gingen andere Dinge durch den Kopf.

»Hör zu, Falstaff. Weißt du noch, wie du sagtest, dass du alles weißt? Ich wollte dich fragen, was du damit gemeint hast. Ich …«

»Bist du je einem Eichhörnchen hinterhergejagt, Wahnsinnswedler?« Seine Augen blitzten spitzbübisch. Er sah über mich hinweg in die Ferne.

»Wie bitte?«

»Nichts ist damit zu vergleichen, Wahnsinnswedler, absolut gar nichts. Diesen hüpfenden Schwänzen hinterherzuhetzen! Nur aus diesem Grund wurden schöne Sommerabende gemacht.«

»Es geht um Simon. Ich brauche mehr Informationen.« Wieder wich er mir aus. »Schau mal, da drüben.«

»Falstaff ...«

»Da drüben bei den Büschen. Siehst du sie? Zwei von den kleinen Burschen.«

Ich drehte mich halb um und entdeckte aus den Augenwinkeln zwei Eichhörnchen, die sich erregt miteinander unterhielten. »Ich sehe sie, aber Falstaff ...«

»Komm mit«, sagte er in dem gedämpften Tonfall eines Hundes mit einer Mission, den heranwachsende Welpen, die nicht einmal ein Achtel so alt waren wie er, so sehr liebten. Wie so häufig in Falstaffs Gegenwart tat ich plötzlich etwas, was ich normalerweise niemals tun würde. Etwas, das vom Pakt explizit untersagt wurde. Ich pirschte mich an ein Eichhörnchen heran. Aber gleichzeitig pirschte ich mich auch an die Wahrheit heran.

»Ich brauche deine Hilfe«, flüsterte ich, während wir uns lautlos durch das Gras anschlichen, das uns bis zu den Köpfen reichte. »Die Familie, deren Schutz ich mein ganzes Leben gewidmet habe, befindet sich in ernster Gefahr. Ich muss sie retten, aber um das zu tun, brauche ich mehr Informationen über Simon.«

Falstaff blieb stehen und blinzelte. Eine Wolke aus winzigen Mücken umschwebte seinen Kopf. Ich war mir nicht sicher, ob er mich gehört hatte. Jedenfalls tat er so, als hätte er nichts mitbekommen.

»Also gut, Wahnsinnswedler. Siehst du den Burschen

zur Rechten? Das ist deiner. Ich nehme den anderen kleinen Mistkerl.«

»Aber Falstaff …«

»An die Arbeit!« Er war bereits vor mir, auf dem Sprung zum Töten. Ich sah mich um und folgte ihm. Wenn ich an Informationen kommen wollte, hatte ich keine andere Wahl. In dem Augenblick, als wir aus dem hohen Gras stürmten, entdeckten uns die Eichhörnchen und hechteten auf die Bäume zu. Aber ich hatte ohnehin nicht die Absicht, mein Eichhörnchen zu fangen. Außerdem bin ich kein großer Sportler. Ich versuchte nur, Falstaff zu Gefallen zu sein.

»Dort, Wahnsinnswedler!«, rief er. »Da drüben.«

Ich stützte mich mit den Vorderpfoten am Baumstamm ab und bellte ziellos nach oben, wo ich das Eichhörnchen vermutete, während ich gleichzeitig meinen Gefährten im Auge behielt.

»Nicht doch, Wahnsinnswedler!«, kicherte Falstaff. »Du bellst den falschen Baum an!«

Aber das war mir egal. Das bedeutete nur, dass ich ihn vielleicht wieder zu Sinnen bringen konnte, bevor Adam und Emily mit uns nach Hause wollten.

»Können wir jetzt endlich reden?«, bat ich, als wir langsam zum Dufthaufen zurückliefen. Falstaff erwiderte nichts, also fuhr ich fort. »Es geht um meine Familie. Sie könnten in ernsthaften Schwierigkeiten stecken. Und ich glaube, Simon hat etwas damit zu tun.«

Falstaff seufzte. »Sag mal, Prince, warum ist dir das so wichtig?«

Ich war überrascht. Nicht wegen der Frage, sondern wegen der Tatsache, dass er mich zum ersten Mal, seit wir uns getroffen hatten, bei meinem richtigen Namen nannte. Auch seine Stimme hatte sich verändert. Er sprach sanft, ohne den leisesten Hauch von Spott.

»Es ist mir wichtig, weil ...« Ich zögerte.

»Pflicht über alles, Voraussage ist Schutz, bla, bla, bla. Ich weiß schon. Habe es immer gewusst. In London hält man das ehrlich gesagt für keine so große Sache. Wir Stadthunde sind weniger leichtgläubig, selbst die Labradore, Wahnsinnswe...« Er unterbrach sich selbst.

Ich konnte kaum glauben, was ich da hörte. »Sie folgen aber doch dem Pakt ...« Ich schluckte schwer. »... oder etwa nicht?«

»Das tun sie, Prince, das tun sie. Na ja, die meisten. In den großen Parks trifft man auf ein paar Deserteure und Abtrünnige, die einem alle möglichen Dinge weismachen wollen. Aber selbst diejenigen, die dem Pakt folgen, scheinen ihn – wie soll ich es formulieren – doch recht *frei* auszulegen. Sie tun, was sie können, um die Familie zu schützen, aber wenn dennoch alles auseinanderfällt, bekommen sie deswegen keine schlaflosen Nächte. In London würden ansonsten verdammt viele schlaflose Labradore herumlaufen, das kannst du mir glauben.«

Obwohl Falstaffs Verhalten sich geändert hatte, war mir doch bewusst, dass es sich bei seiner kleinen Rede einfach um ein weiteres Ausweichmanöver handeln könnte.

»Du verstehst das nicht«, erklärte ich. »Wir besitzen die Kontrolle. Wenn eine Familie auseinanderbricht, trägt nur der Labrador die Schuld. Und wenn wir versagen, verlieren wir unsere Ewige Belohnung.«

Dieser letzte Satz verwandelte Falstaff wieder in sein übliches Selbst. »Ewige Belohnung, Wahnsinnswedler? Kleine, glückliche Labradore, die auf kleinen, bauschigen Wölkchen schweben? Hm, nein, das kaufe ich dir nicht ab. Und dort gibt es dann keine anderen Hunde, nur die, die dem Pakt folgten? Und keine Menschen? Denk doch mal darüber nach, das ergibt doch keinen Sinn. Und ich muss sagen, Wahnsinnswedler, in meinen Augen scheinst du nicht gerade viel Kontrolle zu besitzen …« Er hielt inne, bemerkte den Schmerz in meinem Blick.

»Hör zu«, sagte ich bedächtig. »Ich muss die Familie beschützen. Die Ewige Belohnung ist mir egal. Oder so gut wie. Ich muss meine Familie retten, weil …« Zum ersten Mal war ich gezwungen, meine wahren Gefühle in Worte zu fassen. Und nun änderte sich meine Stimme. Sie wurde fest. Ich machte mir nicht länger Gedanken, wie ich Falstaff oder sonst jemanden beeindrucken konnte. Aber während ich die Wahrheit aussprach, hatte ich das Gefühl, als würde ich einem anderen lauschen. Als würde mir jemand ins Ohr flüstern, was ich zu sagen hätte. »Weil ich sie *liebe*. Und weil ich tief in meinem Innern weiß, dass sie mich mehr lieben als alles andere auf der Welt. Ich sehe, was du jetzt denkst: Ich bin ein sentimentaler Labrador, ich weiß nicht, wovon ich da rede, ich sollte in Dufthaufen schnüffeln und Eichhörnchen jagen, ich sollte es lockerer nehmen. Das Leben ist scheiße, und dann stirbt man – gewöhne dich an den Gedanken. Aber die Sache ist die: Ich *kann* mich nicht daran gewöhnen. Ich kann einfach nicht. Jeden Tag beobachte ich die Familie von meinem Korb aus, und ich verstehe sie vollkommen. Ich verstehe, dass sie sich ein Happy End wünschen, dass sie alles am Laufen halten wollen. Sie sind überzeugt, dass sie das zuwege bringen. Trotz ihrer separaten Leben, ihrer Jobs, ihrer Sehnsüchte und all der Gefahren von außen. Weißt du, du kannst ruhig deine Witze über den Pakt reißen. Aber ohne ein einheitliches Regelwerk, ohne die Kraft, an etwas zu glauben, fällt alles auseinander. Und das darf ich nicht zulassen … weil … weil ich die Familie *bin*. Wenn sie glücklich sind, dann bin ich glücklich, wenn sie Schmerzen erleiden, dann fühle ich das auch. Als ich Charlotte auf dem Badezimmerboden fand, nachdem sie all diese Tabletten geschluckt hatte …«

»Charlotte?« Plötzlich schien Falstaff an meinen Ausführungen interessiert.

»Sie ist das jüngste Kind. Vor Kurzem hat sie versucht, sich umzubringen. Es war furchtbar. Ich fühle mich für sie verantwortlich. Sie war früher ständig wütend, weil nichts einen Sinn ergab, aber langsam findet sie ihren Weg. Sollte der Familie etwas zustoßen, würde sie am meisten darunter leiden. Ich weiß nicht, ob sie sich jemals davon erholen würde, das weiß ich wirklich nicht.«

»Hör zu, Prince. Du kannst da gar nichts tun …«

Ich betrachtete ihn aufmerksam. »Ich spreche nicht vom Labrador-Pakt. Jetzt nicht mehr. Ich will die Familie trotzdem beschützen. Aber ich brauche dafür deine Hilfe. Wenn du Charlotte kennen würdest, dann würdest du mir helfen.« Falstaff dachte angestrengt nach. Irgendein innerer Kampf schien sich hinter seinen dunklen Halbspringer-Augen abzuspielen.

»Ich kannte Charlotte«, sagte er schließlich, obwohl es noch länger zu dauern schien, bis die Worte eine Bedeutung erlangten. »Als ich damals hier lebte, mit Simon.«

Zwei Autos fuhren rasch am Park vorbei und tauschten wütende Hupsignale aus. Der Lärm schien aus einer anderen Welt zu kommen.

Der Falstaff, der mich nun ansah, war ein völlig Fremder. Er wirkte traurig, sogar schuldbewusst. Wovon, zur Hölle, sprach er nur? Ich wollte den alten Falstaff wieder haben. Ganz plötzlich wollte ich die Information, um die ich gebeten hatte, nicht mehr hören. Ich wollte meinen Kopf im Dufthaufen vergraben und seine Gerüche einatmen, bis mir jedwede Fähigkeit zu rationellem Denken abhandengekommen wäre. Ich wollte wie wild herumrennen. Ich wollte, dass mir alles egal wäre.

»Hör zu, Falstaff ...«

»Dein Frauchen ... Kate ... sie brachte das Baby immer zu Simon, damit er es sehen konnte. Sie musste das tun. Sie hatte keine andere Wahl. Wenn sie es nicht getan hätte, hätte Simon es Adam gesagt.« Er schwieg, weil ihm klar wurde, dass er mir zu viel anvertraut hatte. Und gleichzeitig war es doch zu wenig.

»Was hätte er Adam gesagt?«

»Prince, es tut mir leid. Ich hätte es dir schon früher sagen sollen. Ich wollte nur, dass du die Familie vergisst. Ich wusste, wie viel Schmerz es dir zufügen würde. Siehst du, es gibt nichts, was du tun kannst, Wahnsi... Prince, gar nichts.«

»Wovon redest du?«

Er schloss die Augen und sagte: »Davon, dass Simon Charlottes Vater ist.«

ATMEN

Der Park drehte sich, und ich verlor das Gleichgewicht. Ich konnte kaum atmen. Irgendwo in der Ferne lachten die Eichhörnchen. Dann wurde alles dunkel.

FEHLER

Es fiel mir schwer, zu sprechen. Nach kurzem Schweigen fuhr Falstaff fort: »Er sagt mir Dinge, wenn Emily schläft. Er denkt, ich verstehe ihn nicht. Aber er ist wegen ihr zurückgekommen. Wegen beiden. Wegen Charlotte und ihrer Mutter. Er wünscht sich eine eigene Familie, aber Emily kann keine Kinder bekommen. Zumindest nicht mit ihm. Als Charlotte noch ein Baby war, da war er noch nicht bereit. Er wollte sie nur ab und zu sehen, das war alles. Und dann rannte er mit mir fort, nach London. Aber jetzt ist er zurückgekehrt. Er ignoriert Emily, darum versucht sie, ihn eifersüchtig zu machen. Aber ihr Plan funktioniert nicht. Simon gefällt das. Er wollte, dass all das geschieht. Er wartet nur auf den richtigen Augenblick. Um Adam von Charlotte zu erzählen. Und sobald er das getan hat, wird er Kate von Adam und Emily erzählen.«

Ich starrte Falstaff an, während diese Neuigkeit in mich einsank.

»Er weiß davon?«

»Sie wollte, dass er es erfuhr. Warum hat sie sich wohl für den Park entschieden, als sie den ersten Schritt machte und die Initiative ergriff? Außerdem hat sie es ihm gesagt. Es tut mir leid, Wahnsinnswedler, aber du musst jetzt die ganze Wahrheit erfahren. Die Familie, die du unter solchen Mühen zu beschützen versuchst, wird auseinanderfallen, und das ist nicht deine Schuld. Es gibt nichts, was du tun kannst. Die Fehler wurden begangen, lange bevor es dich überhaupt gab. Sieh den Tatsachen ins Auge: Die Springer liegen nicht völlig daneben. Es sind die Fehler der Menschen, Wahnsinnswedler. Es sind *ihre* Fehler. Nichts davon hat etwas mit dir zu tun. Du bist nur der Labradorschoßhund, der in der Zimmerecke sitzt und alles beobachtet. Dem Rest von uns ist das schon vor *langer* Zeit klar geworden. Wir sind nichts. Wir sind atmende Dekorationsgegenstände. Wir sind Werbeträger und verkaufen den Traum von einem glücklichen Familienleben. Da können wir genauso gut unseren Spaß haben.«

Er hielt inne und schnüffelte an meinem Ohr. »Ich will dir meine Theorie anvertrauen: Menschliche Familien müssen einfach scheitern, das ist vom Schicksal so vorherbestimmt. Sie wollen zu viel. Sie *reden* zu viel. Sie sind auf Lügen aufgebaut, die irgendwann ans Licht kommen oder auch nicht, aber scheitern werden sie auf jeden Fall. Tja, warum sollten wir da nicht auch lügen? Warum sollten wir nicht einfach so tun, als ob es auf nichts ankommt? Warum …«

Das war nicht mehr der Hund, der noch vor Kurzem Eichhörnchen hinterhergejagt war. Er zitterte und sprach rasch. Ich hatte den Eindruck, dass er sich etwas von der Seele reden musste, dass er Dinge zur Sprache brachte, die er in all den Jahren mit Simon irgendwie tief in sich hatte vergraben können. Er hyperventilierte. Sein Atem ging noch schneller, und er keuchte noch mehr als üblich.

Es war mir egal. Er hatte mich enttäuscht. Die Familie stand kurz vor der Zerstörung. Und er irrte sich. Es war nicht ihr Fehler, es war seiner. Glaubte er wirklich, dass Menschen die Herrschaft über ihr eigenes Schicksal hatten? Konnte er nicht sehen und riechen, was ich sah und roch? Wenn wir Hunde zusammenhielten, würde es der gesamten menschlichen Spezies gut gehen, selbst den hundelosen Menschen. Und wenn es den Menschen gut ging, dann ging es uns *allen* gut. Konnte er das denn nicht begreifen? Sah er nicht die Verbindung zwischen allem? Wenn *eine* Familie in Gefahr war, dann waren alle in Gefahr. Ja, ich war wütend auf ihn. Auf ihn und alles, woran er glaubte. Oder vielmehr, woran er nicht glaubte. Aber ich ließ mich nicht von meiner Wut beherrschen.

Die Familie konnte immer noch gerettet werden.

»Wann?«

»Was wann?«, schnaufte er.

»Wann wird Simon Adam von Charlotte erzählen?«

Falstaff kämpfte immer noch. Hauptsächlich um Luft. Aber auch mit sich selbst, mit seiner Springer-Seite. Hin- und hergerissen zwischen dem Falstaff, der seinen Kopf in den Dufthaufen tauchte, und dem Falstaff, der die Wahrheit sagte. Er wusste nicht, was er tun sollte. Mir fiel wieder ein, was er mir einmal gesagt hatte: »Das ganze Königreich der Hunde fließt in meinen Adern.« Und es hatte den Anschein, als ob dieses ganze Königreich in diesem Moment einen Mikrokrieg in seinem fetten, alten, schweißglänzenden Körper ausfechten würde.

»Ich weiß es nicht, Wahnsinnswedler. Ich weiß es wirklich nicht.«

Ich wusste, das war eine Lüge, also spielte ich meine Trumpfkarte aus. »Charlotte lässt mich stundenlang auf ihrem Bett neben sich liegen. Sie ist die Einzige, die mir das erlaubt. Sie sagt mir Dinge. Sie ist die Einzige, die *versteht*. Sie weiß nichts vom Pakt oder den Einzelheiten meiner

Mission, aber sie weiß, warum ich hier bin. Und wenn die Dinge schieflaufen, dann sieht sie mich an, und ich weiß, was sie denkt. Sie denkt: Warum hilft er nicht, warum lässt er das zu?« Ich merkte, dass Falstaff ins Schwanken geriet, also drang ich weiter in ihn. »Und ich weiß, wenn du dort bei mir sein könntest, dann würdest du mir helfen, damit diese Fragen aufhören.«

Falstaff, der immer noch hastig schnaufte, blinzelte gequält. Er sah aus, als hätte er sich einen Dorn in die Pfote getreten.

»Ist ja gut, ist ja gut.« Er gab klein bei. »Du hast mich überzeugt. Verdammtes Labradorblut, das schwächt die Willenskraft. Er sagte ... er sagte, dass er es ihm das nächste Mal sagen will, wenn er ihn sieht. Er sagte, er könne es kaum abwarten, Adams Gesicht zu sehen. Und dann ... dann sagte er etwas Merkwürdiges.«

»Inwiefern merkwürdig?«

»Er sagte, Adam würde wahrscheinlich den Halt verlieren und fallen. Ich habe nicht verstanden, was er damit meinte.« Mein ganzer Körper wurde taub. *Den Halt verlieren.* »Beim Abseilen. Er wird es ihm sagen, wenn sie über dem Abgrund schweben.«

Falstaff trat vor und schnüffelte an mir, um zu riechen, wie ich mich fühlte. Dann trat er besorgt wieder zurück. »Was wirst du tun?«

Ich trottete bereits zu Adam zurück, als ich ihm antwortete. »Ich werde die Familie beschützen.«

»Was soll das heißen?«

Ich trottete weiter, dachte an Charlotte, wie sie auf dem Badezimmerboden gelegen hatte, und ließ Falstaffs Frage unbeantwortet in der Abendluft schweben.

ABENTEUER

Zwei Tage später. Simon, der Feind, saß im Wohnzimmer der Familie und tätschelte mir den Kopf. Es erforderte sämtliche Labradordisziplin, die ich in mir trug, um nicht nach seiner Hand zu schnappen.

Adam war natürlich da. Und Kate. Hal und Charlotte waren in die Stadt gegangen, wie sie es an Samstagvormittagen meistens taten. Grandma Margaret war ebenfalls nicht da, auch wenn ihre tausend Düfte den Raum durchdrangen.

»Was brauche ich alles?«, fragte Adam und versuchte angestrengt, seine Angst zu verbergen.

»Nur dein gutes, altes Selbst«, sagte Simon. Beim Sprechen starrte er auf Kates Brüste. »Ich habe die notwendige Ausrüstung im Wagen. Ach doch, wenn du ein paar Wanderstiefel hast?«

»Wanderstiefel, ist gut.« Adam gähnte, wie er es oft tat, wenn er nervös war. Dann ging er nach oben.

Kate und Simon blieben allein zurück. Simon lächelte. Er sah Kate nicht länger auf die Brüste, tätschelte aber immer noch meinen Kopf.

»Was glaubst du, wie er es aufnehmen wird?«, fragte er sie.

»Was aufnehmen?«, flüsterte Kate.

»Die Neuigkeit. Von uns.«

»Es gibt kein Uns, Simon, das weißt du ganz genau.« Aus

der Art und Weise, wie sie es sagte und wie Simon darauf reagierte, wusste ich, dass es der Wahrheit entsprach. Zumindest war es *ihre* Wahrheit.

»Es ist trotzdem eine Neuigkeit.«

»Hör zu, bitte. Ich habe dir schon die ganze Woche gesagt, dass dies kein guter Zeitpunkt ist. Wenn dir Charlotte wirklich am Herzen liegt, wenn ich dir irgendetwas bedeute, dann wartest du noch eine Weile.«

Das obere Telefon klingelte. »Ich geh schon ran«, rief Adam von oben. Simon wartete, bis er sicher sein konnte, dass der Anruf nicht Kate galt. Seine Hand ruhte reglos auf meinem Kopf. Der Anruf war nicht für Kate, also fuhr er fort: »Schau mal, Kate. Du kannst dich dem nicht einfach verschließen.«

»Ich *kann* es, und du *hast* es bereits einmal getan. Warum redest du so? Das hier ist das wahre Leben, Simon. Es ist kein Spiel …« Aber dann verlor sich ihre Stimme. Vielleicht wurde ihr klar, dass sie auch so redete. Vermutlich lag genau darin das Problem der Menschen, alles war bereits viel zu oft gesagt worden. Jede Situation war nur mehr ein Echo von etwas, was bereits gesagt worden war. Selbst die großen Situationen wie diese hier. Das Ergebnis stand bereits fest. Das war der Vorteil bei uns Hunden: Wir wissen, wann wir die Schnauze halten müssen. Wir wissen, wann wir die Kontrolle zu übernehmen haben.

»Du bist müde, Kate. Du bist dieser ganzen Sache müde …« Simon betrachtete den Raum kritisch. »Das hier bist doch nicht du. Mach dir doch nicht länger etwas vor.«

Sie sah ihn an, und einen Augenblick lang wurde ihr Gesichtsausdruck nachgiebig. »Ich bin stolz auf mein Leben und meine Familie. Ich habe für *all dies* hart gearbeitet, und ich werde es mir von dir nicht wegnehmen lassen.«

Man hörte Adams Stimme oben am Telefon, aber was genau er sagte, war nicht zu verstehen. Simon sah an die Decke, an ebenjene Stelle, an der Adam nur wenige Zentimeter weiter oben stehen musste, dann sah er wieder zu Kate.

»Ich liebe dich«, sagte er, und in seiner Stimme lag eine bewusste Drohung.

»Dann lass uns in Ruhe. Denn darum geht es bei der Liebe. Man ist in der Lage, einfach wegzugehen.«

Spannung lag in der Luft. Simon genoss jeden Augenblick. Er blühte angesichts der Gefahr regelrecht auf, als ob er nur allzu bereit wäre, über den Rand der Klippe zu springen.

»Das stimmt nicht, Kate, ganz und gar nicht. Das Gegenteil ist der Fall. Wer liebt, kann eben *nicht* einfach weggehen. Liebe bedeutet, dass man sich von nichts aufhalten lässt.« Trotz seiner Worte war nirgends Liebe zu riechen. Nur Gier. Und Angst.

»Wir haben einen Fehler gemacht. Wir beide. Es war eine einzige Nacht vor vielen Jahren. Wir waren betrunken. Wir haben es getan, und es war vorbei.«

»Aber das ist es ja gerade, Kate. Es ist nicht vorbei, oder? Charlotte ist nicht vorbei, oder? Meine Gefühle für dich sind nicht vorbei. Und du bist heute immer noch so unglücklich wie in der Nacht, als Adam beschloss, dieses dämliche Stück anzuschauen, das er angeblich so toll fand. Eine Aufführung der Theatergruppe seiner Schule oder was immer es war. Und das nur – wie lange? – zwei Stunden, nachdem du erfahren hattest, dass man dich gefeuert hatte. Kein Wunder, dass du mich angerufen hast.« Er lehnte sich zurück. »Weißt du, ich habe das Gefühl, dass sich Adam ebenso wenig verändert hat wie du. Sag mir, was sich verändert hat. Los, sag's mir.«

»Simon, bitte. Warum tust du das?«

»Wir könnten ein schönes Leben zusammen haben, Kate. Es wäre ein *Abenteuer*. Es wäre *aufregend*. Und was immer du denken magst, ich wäre Charlotte ein guter Vater.«

»Und was ist mit Hal?«

»Aha, langsam erwärmst du dich für meinen Vorschlag.«

»Ich erwärme mich überhaupt *nicht!*« Kate schwieg. Sie war den Tränen nahe. Simon tätschelte immer noch meinen Kopf, allerdings heftiger. Die Haut über meinen Augen wurde dabei nach hinten gezogen. Ich rückte ab, auf Kate zu. Sie sprach erneut. Den Anfang bekam ich nicht mit, weil meine Gedanken rasten. Ich hörte nur das Ende.

»… du weißt nicht, was nötig ist, Kinder großzuziehen und eine Familie zusammenzuhalten.«

»Ich *weiß*, was nötig ist, um dich glücklich zu machen. Damit bin ich Adam eine Nasenlänge voraus.«

Kate zuckte unter seinen Worten zusammen. Stille baute sich auf. Die Stille war eindeutig auf Simons Seite, wie beiden klar zu werden schien. Jeder Gegenstand im Raum verlor an Farbe und Duft.

Einen Moment lang, der sich ewig hinzuziehen schien, war alles vorbei.

Simon hatte gewonnen.

Es gab absolut nichts, was ich tun konnte, um den süßlichen Gestank des Sieges aufzuhalten. Kate, die normalerweise so gefasst, so beherrscht war, die die geheimen Gesetze der Familie besser kannte als jeder andere Mensch, die alles aufräumte, was sie nicht gern anschaute, war ihrer Macht jetzt völlig beraubt. Ebenso wie ich.

Schließlich sagte sie mit geschlossenen Augen: »Du hast nur geschafft, mir vor Augen zu führen, wie viel mir meine Familie bedeutet.«

Oben verstummte Adam. Das Telefongespräch war vorüber.

Simon lächelte. »O ja, *deine* Familie.«

Simon und Kate sahen nach oben, folgten mit den Augen dem Weg von Adams Füßen, die über die Decke stapften.

»Bitte, Simon«, sagte Kate mit einer Stimme, die gleichzeitig leiser und lauter war als zuvor. »Wir sind verantwortungsbewusste Erwachsene, keine liebeskranken Teenager, die eine Seifenoper aufführen. Hör zu, es tut mir leid, aber bitte, lass es noch eine Weile gut sein. Ich spreche mit Adam, aber überlass das *mir*. Es würde nichts bringen, wenn du es ihm sagst – du würdest uns am Ende nur beide verlieren.«

Simon lehnte sich erneut auf dem Sofa zurück, die Hände hinter dem Kopf verschränkt. Er betrachtete Kate. Als man Schritte am Treppenkopf hörte, ergriff er das Wort. »Du bist wirklich eine schöne Frau, Kate. Meiner Meinung nach die schönste. Aber das warst du ja immer schon.«

Kate starrte direkt in Simons Augen, suchte verzweifelt nach etwas, das nicht da war. Ich bezweifle, dass sie in ihrem ganzen Leben jemals so mitleiderregend und hilfsbedürftig ausgesehen hatte. Ich ging zu ihr und leckte ihr die Hand – eine sinnlose, aber instinktive Geste.

Die Tür ging auf, und Adam trat ein. Eingeschrumpelt.

Wie ein hängebackiger Bluthund. Von seiner gerunzelten Stirn bis zu seiner eine Nummer zu großen Outdoorkleidung sah er aus, als ob die Luft aus ihm entwichen wäre.

Er musterte die Szene: Simon, ungeschrumpelt, sich zurücklehnend; Kate auf dem Stuhl ihm gegenüber, sich nach vorn beugend. Irgendwo ganz tief im Innern schien er zu spüren, dass etwas nicht stimmte. Aber dieses Gefühl war offenbar zu tief vergraben, um ihm nachzugehen.

»Ist gut, ich bin so weit«, sagte er zu uns.

Kate drehte den Kopf von Adam weg, wagte einen letzten, verzweifelten Versuch mit Simon. *»Bitte«*, sagte sie stimmlos mit ihren Lippen, *»tu es nicht.«*

Simon zwinkerte ihr zu, stand auf und sagte zu Adam: »Ich seh's. *Ich* seh's.«

Eine schreckliche Sekunde lang hatte es den Anschein, als sei ich vergessen worden. Es schien so, als würde Adam schutzlos losziehen. Ich stand auf und trottete zu ihm, stieß ihn mit der Nase in die Kniekehlen.

»Ist ja gut, Prince. Ich hole deine Leine.«

Kate saß immer noch im Wohnzimmer und starrte die Stelle auf dem Sofa an, auf der eben noch Simon gesessen hatte. Es war, als riefe sie eine überirdische Macht an, die Dinge so zu belassen, wie sie waren, die Zeit einzufrieren. Aber als Adam mir die Leine anlegte, wurde ihr klar, dass es nicht helfen würde. Nichts, was sie tun oder sagen konnte, würde Adam und Simon davon abhalten, das Haus zu verlassen. Oder wenn es doch etwas gab, dann fiel es ihr nicht ein. Adams Stimme unterbrach ihre Gedankengänge.

»Das war Charlotte am Telefon. Sie sagte, sie kommt gegen drei zurück.«

Kate lächelte, aber auf eine Weise, die ihr Gesicht nur

noch trauriger aussehen ließ. »Ist gut, Liebling. Pass auf dich auf.« Ihre Stimme klang monoton wie die Worte, die sie im Schlaf von sich gab. Sie sagte Adam weit mehr, als ihm klar sein konnte.

»Ja, mach ich.«

»Ich liebe dich.«

»Ich liebe dich auch.«

Simon schlug Adam auf den Rücken. »Also gut, komm schon, Ad, alter Junge. Lass uns sehen, aus welchem Material du gemacht bist.«

Ich stand immer noch an der Tür zum Wohnzimmer und beobachtete Kate. Adam zog sanft an meiner Leine.

»Komm, mein Junge.«

Aber ich blieb stehen, so lange ich konnte, um Kate Trost zuzusprechen. *Ich werde dich beschützen, Kate. Ich bringe alles wieder in Ordnung. Die Familie ist bei mir gut aufgehoben.*

Sie sah mich an, und obwohl ich nicht absolut sicher sein konnte, schien sich ihr Gesicht zu entspannen. Sie schien erleichtert zu riechen. Sie schien einen Augenblick lang zu verstehen, wozu ich fähig war.

DER LABRADOR-PAKT:

MISSBRAUCHE NIEMALS DAS VERTRAUEN DEINER BESITZER

Es muss zwar alles getan werden, um unsere Mission, die menschliche Familie zu schützen, geheim zu halten, aber wir dürfen unseren Herrchen oder Frauchen niemals absichtlich den Gehorsam verweigern.

Wenn man uns befiehlt, »Sitz« zu machen, dann müssen wir uns setzen. Wenn wir mit der Leine an einen Pfosten gebunden werden, müssen wir gehorsam warten, bis unser Herrchen beziehungsweise unser Frauchen zurückkehrt. Wenn Essen auf den Boden fällt und man uns verbietet, es anzurühren, dann müssen wir dem Folge leisten.

Wenn wir das Vertrauen und den Respekt unserer Herrchen und Frauchen verlieren, verringern wir damit schließlich die Chance auf Erfolg bei unserer Mission, die Familie zu schützen.

FELSEN

Simon ging vor uns, eifrig darauf bedacht, zum Gipfel zu gelangen.

Adam ließ sich Zeit, warf gelegentlich einen argwöhnischen Blick auf die gewaltige Wand aus weißem Felsgestein, die sich zu unserer Rechten erhob.

»Fantastisch, nicht wahr?«, fragte Simon, obwohl ich spüren konnte, dass es mehr eine Aussage als eine Frage war.

»Äh … ja … in der Tat«, sagte Adam, der sich aufrichtig bemühte, sich nicht übergeben zu müssen. »Aber, äh, die Sache ist doch die, ist es nicht ein wenig zu … äh … windig?«

»Tja, *er* scheint das nicht zu denken.« Simon zeigte auf einen einsamen Kletterer, der sich die Felswand hinaufhangelte.

»Nein … nein … vermutlich nicht.«

Simon drehte sich um. »Dich verlässt doch wohl nicht der Mut, oder?«

Adams Lippen wurden zu einem Strich, der Rest seines Gesichts blieb bleich. »Keineswegs. Natürlich nicht. Ich freue mich darauf.« Aber wenn ich nicht gewesen wäre, der ich an der Leine nach vorn zog, bezweifle ich, ob Adam es bis nach oben geschafft hätte.

Während unserer Bergwanderung wurde auch mir übel. Ihre Unterhaltung verwandelte sich in Hintergrundlärm und vermischte sich mit dem Rauschen des Flusses am Fuß des Felsens.

»Schon merkwürdig, nicht?«, plapperte Adam, sobald wir den Gipfel erreicht hatten. »Man hat das Gefühl, als ob man Teil einer Mondexpedition wäre, nicht? Es ist, als ob man auf dem Erdtrabanten herumspazieren würde.«

»Mich erinnert es immer an ein Gehirn.«

»Ja, ich weiß, was du meinst. Wie erstaunlich. Seltsam.«

Ich fand es auch seltsam. Anfangs war mir nicht ganz klar, warum, aber dann dämmerte es mir. Es lag überhaupt kein Duft in der Luft. Zum ersten Mal in meinem Leben war ich unfähig, irgendetwas zu riechen – wenigstens nicht, wenn ich mehr als ein paar Schritte von Adam und Simon entfernt war. Obwohl um uns herum grüne Landschaft zu sehen war, fühlte man sich hier auf diesem trockenen, grauen Felsen so weit vom Leben entfernt, wie es nur möglich war.

Während Simon den Rucksack abnahm und die Ausrüstung auspackte, suchte Adam nach etwas, woran er meine Leine festmachen konnte. Am anderen Ende des Plateaus gab es ein Schild mit einem Bild, wie eine Gestalt vom Felsen fiel.

»So ist es gut. Du kommst schon zurecht, keine Sorge.«

Sprach er mit mir oder mit sich selbst? Das war schwer zu sagen, aber da ich sein Bedürfnis nach Trost spürte, leckte ich sein Gesicht, während er vor mir kniete. Es half nichts.

Das Merkwürdige war, dass Adam wirklich einen Grund hatte, sich zu fürchten, aber nicht den, den er zu haben glaubte. Und wenn Simon ihm die Wahrheit über Charlotte erzählte, würde es kein Sicherheitsseil geben, das die Familie vor ihrem unvermeidlichen Absturz bewahrte.

Es würde nur mich geben.

»Du bleibst schön hier, mein Junge. Sei ein braver Hund.« Und da ich niemals sein Vertrauen missbraucht hatte, zweifelte er nicht daran, dass ich genau das tun würde, was er von mir verlangte.

»Okay«, rief Simon herüber. »Lass uns rasch die Grundlagen durchsprechen.«

Adam ging zu Simon. Ich blieb zurück, angebunden. Simon sprach von Kletterseilen, Klettergurten und Karabinern, und während er das tat, wurde mir klar, dass er eigentlich von etwas ganz anderem sprach. Es ging um Macht. Es ging darum, dass Adam Simon brauchte. In diesem Moment hing sein Leben von ihm ab.

Und während ich dasaß und sie beobachtete und auf jedes Wort lauschte, fragte ich mich, wann Simon es tun würde, wann er plante, die Familie zu zerstören, die ich mein ganzes Leben lang zu beschützen versucht hatte. Mir schien es, als würde das noch eine Weile dauern. Schließlich genoss er die derzeitige Situation von Herzen. Er liebte das Spiel, das er mit Adam trieb, weil nur er gewinnen konnte. Adam kannte nicht nur nicht die Regeln, sondern war auch völlig blind gegenüber der Tatsache, dass überhaupt ein Spiel gespielt wurde.

Wie sollte das Ende aussehen? Stellte sich Simon eine neue Familie vor, mit Kate und Charlotte, aber ohne Adam und Hal? Könnte dieser Fall eintreten? Wollte er die Familie aufsplitten oder sie ganz und gar in Stücke reißen? Ich wusste es nicht.

Ich wusste nur, dass beide Möglichkeiten gleichermaßen abstoßend waren. Und, wie ich es sah, gleichermaßen vermeidbar.

Simon hakte sich so beiläufig in sein Seil ein, als würde er einen Hund an die Leine anlegen. Adam brauchte etwas länger, da seine Hände einfach nicht aufhören wollten zu zittern.

Noch mehr Gerede. Noch mehr Angst.

Ich saß still da, geduldig. Wie ein guter Hund.

Adam sah zu mir herüber, als ob ich irgendwie eingreifen könnte. Er sah verängstigt aus, als er an dem Seil ruckelte.

»Das Seil kann einen Elefanten halten«, versicherte Simon kichernd und trat langsam über den Rand.

»Tja, es reicht schon völlig, wenn es mich hält.«

EXISTIEREN

Adam und Simon waren verschwunden. Dass sie noch existierten, ersah man nur an den Seilen, die sich über den Abgrund spannten.

Während ich auf sie wartete, hoch oben auf dem duftlosen Felsen, suchten mich die merkwürdigsten Gefühle heim. Ich hatte das Gefühl – und ich weiß, das klingt verrückt –, ich hatte das Gefühl, als ob ich alles unter Kontrolle hätte. Ich hatte nicht nur Macht über die Zukunft der Familie, sondern über alles, was ich wollte.

Mir war durchaus bewusst, dass dieses Gefühl bei einem Labrador nicht üblich ist. Es stimmt schon, der Labrador-Pakt spricht viel über Macht und über Kontrolle, aber gleichzeitig setzt er Grenzen. *Niemals die Geheimhaltung der Mission aufs Spiel setzen. Niemals Zuflucht zu Gewalt nehmen. Niemals das Vertrauen des Herrchens missbrauchen.*

Wer den Pakt betrügt, betrügt die Rasse.

So hatte man es uns beigebracht, das war seit Generationen an uns weitergegeben worden, von der Mutter an die Welpen. Nur ein einziger Schritt aus der Reihe getanzt, und die ganze Sache der Labradore könnte in Gefahr geraten.

Verrate den Pakt, und du verrätst dich selbst.

Das war natürlich das entscheidende Argument. Wer vom Weg abkam, verlor die Chance auf seine Ewige Belohnung, darauf, mit seinen Brüdern und Schwestern wiedervereint zu werden, frei und wild in einem menschenlosen Universum herumstreifen zu können. Aber wo war der Beweis? Allmählich kam mir die ganze Idee unvollständig durchdacht, sogar arrogant vor. Womöglich hatte Falstaff doch recht. Wer war ich denn, dass ich die philosophischen Systeme und Überzeugungen, die andere Rassen vereinten, verurteilte und nur unsere Überzeugungen gelten ließ? Warum schrieben wir automatisch die Weltsicht der Rottweiler als primitiv und barbarisch ab oder die Philosophie der Pudel als zu besessen von oberflächlichen Details? Der Einfluss des Springer-Aufstands war natürlich korrumpierend, aber hatten wir wirklich das Recht, die Handlungen anderer zu verurteilen?

Während mein Fell im kalten Wind tanzte, fiel mir etwas ein, was Falstaff zu mir gesagt hatte. *Die Welt hat mehr zu bieten, als dein Pakt erklären kann.* Ich musste ihm zustimmen. Es gab gewisse Dinge, die keinen Sinn ergaben.

Dennoch hatte der Pakt seine Vorzüge.

Familien, wenigstens die menschliche Variante, brauchten Schutz. Es gab zu viele Gefahren – sowohl von außen als auch von innen –, als dass sie unabhängig überleben konnten. Und sie waren es auch *wert*, geschützt zu werden. Trotz all der Lügen und Spannungen und Vertrauensbrüche und Ungerechtigkeiten gab es hinter den oberflächlichen Ritualen eine positive und machtvolle Grundhaltung, die jeder Hund spüren konnte. Aber was war, wenn man die Familie nur schützen konnte, indem man den Pakt brach? Was geschah dann?

Es gab keinen Henry. Keinen Falstaff. Keine Antworten. Ich war auf mich allein gestellt. Ich musste selbst nachdenken.

Eine Stimme in der Ferne unterbrach meine Gedankengänge. Der Kletterer, auf den Simon zuvor gezeigt hatte, kam jetzt mit einem anderen Mann in unsere Richtung gelaufen. Beide Männer waren noch zu klein und zu weit entfernt, um eindeutig gerochen oder gesehen werden zu können, obwohl der Wind ihre Stimmen schon zu mir herantrug.

»Nur darum geht es doch, oder? Wenn du dich einfach passiv verhältst und zulässt, dass die Mistkerle alles mit dir machen, dann bringt dich das nirgendwohin«, sagte der Mann, den wir zuvor bereits gesehen hatten.

»Ja, auf den Trichter bin ich auch schon gekommen. Hin und wieder muss man unangenehme Entscheidungen treffen und einfach aktiv werden«, sagte der andere Mann.

Ich hatte keine Ahnung, wovon die Männer sprachen, aber ihre Worte hallten in meinem Kopf wider. *Darum geht es doch ... bringt dich nirgendwohin ... unangenehme Entscheidungen ... aktiv werden ...*

Sie waren immer noch weit weg. Weit *genug*.

Ich sah die Seile an, die sich leicht zuckend, aber fest über den Rand des Felsens spannten.

Ich hatte Zeit.

Ich konnte die Familie immer noch beschützen.

HALSBAND

Ich versuchte, mich daran zu erinnern, wie Falstaff es gemacht hatte. Ich sah ihn vor mir, bei unserer ersten Begegnung im Park, wie er seinen fetten, dreckigen Hals streckte, den Kopf drehte, sich herausschlängelte.

Mein Halsband lag eng an, aber ich machte beharrlich weiter, bis ich spürte, wie es mir allmählich über die Ohren glitt. Nach einer letzten heftigen Anstrengung sprang das Halsband von mir ab und knallte gegen den Metallpfosten, an den ich angebunden war. Unwillkürlich trat ich zwei Schritte zurück. Die Seile waren nur einen kurzen Lauf von mir entfernt und zuckten nervös, als ich näher kam.

Noch mehr Stimmen. Simon und Adam.

Ich lugte über den Abgrund und sah die Scheitel ihrer Köpfe ungefähr auf halbem Weg nach unten. Meine Pfoten krallten sich in den Untergrund, als der Wind mich nach vorn zog. Simon stieß sich vom Felsen ab und ließ sich tiefer gleiten. Adam versuchte, dasselbe zu tun, jedoch ohne die selbstsichere Beinmuskulatur.

Ich trat zurück an die Stelle, an der sich die Seile ganz leicht vom Boden abhoben. Die Seilzuckungen ergaben jetzt einen Sinn. Entspannt, dann fest; Felsen, dann Luft.

FADEN

Obwohl es eigentlich keinen Geruch hatte, besaß Simons Seil doch einen Geschmack. Säuerlich, synthetisch, mit einem Hauch menschlicher Übelkeit. Handgemacht. Und bald vermischte sich der Geschmack mit etwas anderem: Blut. Das Seil war so straff, dass es mir die Zunge aufschnitt, während ich daran kaute und dabei sorgfältig den Rhythmus beachtete.

Entspannt, fest, entspannt ... Das Seil war straff, aber schmal.

Die Fasern sprangen in meinem Maul auseinander. Jetzt hatte ich ihn. Sein Leben hing an einem Faden.

»Warte, nein!«

»Komm hierher, Hündchen! Hierher, mein Junge!«

Die beiden Männer, die ich zuvor gesehen hatte, rannten schnell auf mich zu.

Ich hörte Adam: »Was war das? Ruft da jemand?«

Ich hörte Simon: »Komm schon, Kumpel, konzentriere dich auf deine Aufgabe.«

Genau das tat ich, ich wählte den Zeitpunkt für meinen letzten Biss der Vollendung.

Ratsch.

Das Seil schoss aus meinem Mund und über den Abgrund, ließ das Blut aus meinem Maul in die Luft spritzen.

»Scheiße!«

»Scheiße!«

»Scheiße!«

»Scheiiii…«

Ich trat vor, um mir den Schaden zu betrachten. Aber er war immer noch da. Zur Seite hängend, schreiend, auf und ab hüpfend – aber immer noch da.

Es gab ein zweites Seil. Warum hatte ich das nicht gleich gesehen? Zwei Seile für jeden. Ich machte mich erneut über die handgemachten Fasern her.

»Hilfe!«, schrie Simon.

»Hilft uns denn niemand!«, schrie Adam.

»Wir kommen!«, schrien die beiden anderen Männer. Und das taten sie, kamen über den letzten Rest Felsen gerannt. Ich würgte an dem Seil, schluckte mein eigenes Blut, meine Zunge brannte. Ich wurde von einer unbegreiflichen Kraft in mir angefacht.

Es hätte so oder so ausgehen können. Die beiden Männer hätten etwas schneller sein können, etwas entschiedener in ihrem Versuch, das Seil zu packen oder meine Kiefer auseinanderzubiegen.

»Halten Sie sich am Felsen fest!«, brüllte einer der Männer. Ich spürte mehrere Hände auf meinem Rücken.

Ratsch.

»Ich ka-aaaaaahhh!« Ich eilte zum Felsrand.

Adams Hand war ausgestreckt, hilflos.

Simon stürzte mit dem Rücken voran in die Tiefe, Arme und Beine nach oben gestreckt. Wie ein Hund, der am Bauch gekrault werden will.

Und dann war es zu Ende. Dann war es *mit ihm* zu Ende.

Mit einem neutralen Geräusch krachte er auf den Boden. Er lag wie zerbrochen, dunkles Blut ergoss sich aus seinem Schädel.

Wir konnten sehen, aus welchem Material er gemacht war.

»Nein!« Adam, der immer noch in der Mitte des Felsens baumelte, konnte nicht glauben, was eben geschehen war.

»Nein!« Auch die beiden Männer, die neben mir standen, konnten es nicht glauben.

Dann ging alles sehr schnell. Adam kämpfte sich wieder nach oben. Die Männer erklärten ihm alles. Adam sah mich an, sah mein fehlendes Halsband, versuchte, allem einen Sinn zu geben. Wir marschierten nach unten. Sanitäter kamen. Polizisten kamen. Alle waren verwirrt. Die Leiche wurde weggebracht. Die Seile wurden mitgenommen, für Testreihen. Ein Loch mit den Umrissen von Simon blieb im Boden zurück. Und Blut. Das Blut blieb, wo es war.

Fragen. Antworten.

»Der Labrador hat es getan.«

»Ihm konnte doch unmöglich klar gewesen sein, was er da tat. Nicht wahr, mein Junge?«

Nein, natürlich konnte mir das nicht klar gewesen sein.

»Für ihn war es nur ein Spiel. Nicht wahr, mein Junge?«
Ja, klar. Nur ein Spiel.

Als wir endlich wieder nach Hause durften, versuchte ich, mich bei Adam lieb Kind zu machen. Das war nicht einfach. Während des ersten Teils der Reise war er zu keiner Kommunikation fähig.

Er fuhr an den Straßenrand und fasste sich mit den Händen an den Kopf. Er heulte auf. Tränen strömten über sein haarloses Gesicht.

Autos rasten vorbei, zu schnell, um den weinenden Mann und den getreuen Labrador zu bemerken, die sich in dem schief stehenden Wagen befanden. Zwei Räder auf Asphalt, zwei auf Gras.

Ich fühlte mich schrecklich, ganz ehrlich. Einen Augenblick lang glaubte ich, einen Fehler begangen zu haben. Einen hässlichen, entsetzlichen Fehler.

Aber nach einer Weile hörte das Heulen auf, und er konnte sich den Rotz und die Tränen aus dem Gesicht wischen. Der schwere Geruch der Verzweiflung löste sich ganz allmählich auf, und Adam brachte es fertig, die Heimfahrt fortzusetzen.

Er war böse auf mich, das wusste ich. Und ich wusste auch, dass er das Gefühl hatte, sein Ärger sei irrational. Ich wusste darüber hinaus, dass es besser war, seinen Blicken auszuweichen, wenigstens vorübergehend, also hielt ich den Kopf aus dem Fenster, betrachtete die graugrüne Landschaft und atmete ihr Aroma ein. Während die Luft mein Gesicht traf und meine Ohren nach hinten zwang, konnte ich beinahe vergessen, was ich getan hatte. In meinem Kopf konnte ich seinen Absturz beinahe verhindern, das Ausbluten beinahe beenden.

Beinahe.

In einer scharfen Kurve erdrosselte ich mich fast an der Scheibe. Ich zog den Kopf nach innen und wagte einen zögernden Blick auf Adam. Wut und Tränen hatten seine Wangen fleckig gemacht, und sein Blick war fest auf die Straße gerichtet.

Aber obwohl er wütend und erregt war, wusste ich, dass alles gut werden würde.

Ich hatte meine Aufgabe erledigt.

Ich hatte den Pakt gebrochen, aber die größte Bedrohung war aus dem Weg geräumt.

Die Familie würde mir niemals danken können, aber ich hatte getan, was nötig gewesen war.

Das musste vorerst reichen.

SEX

Am Abend darauf konnte Adam kaum reden. Er konnte sich auch kaum bewegen. Er lag auf seinem Bett und starrte an die Decke wie ein hoffnungsloser, wimmernder Hund. Ich lag eine Weile neben ihm, aber ich war mir nicht sicher, ob er meine Gesellschaft wirklich schätzte. Ehrlich gesagt war ich mir nicht sicher, ob ich selbst meine Gesellschaft schätzte. Ich war ausgebrannt, nachdem ich mich immer und immer wieder gefragt hatte, ob ich auch bestimmt das Richtige getan hatte. Hatte ich das? Ich weiß es bis heute nicht. Ich sehnte mich nach der Zeit, als Henry alle Antworten parat gehabt hatte und alles noch in eine feste Ordnung zu passen schien. Aber diese Zeit war vorüber.

Simon war eine Bedrohung für die Familie gewesen, eine Bedrohung, die angesichts Charlottes Verletzlichkeit auch ihr Leben hätte gefährden können. Glaube ich das wirklich, diesen letzten Teil? Und erneut kann ich nur sagen: Ich weiß es nicht.

Aber das eine weiß ich: Ich hatte Simon getötet, und der Grund, warum ich Simon getötet hatte, war, weil die Hunters hilflos waren. Sie hatten Entscheidungen getroffen, die sich nicht mehr rückgängig machen ließen, und es war meine Aufgabe gewesen, das für sie zu erledigen. Mit meinen Zähnen, wie sich herausgestellt hatte.

Aber anders als Adam beschäftigte mich nicht nur die Vergangenheit. Der Vortag war entsetzlich gewesen, aber er war vorbei. Die Familie war vorerst sicher. In der Zukunft könnten sich jedoch neue Krisensituationen ergeben, und was dann? Obwohl ich zum Wohle der Familie gehandelt hatte, hatte ich den Pakt völlig außer Acht gelassen. Wonach sollte ich mich künftig richten? Welche Grenzen würde ich noch überschreiten? Hatte ich die ganze Rasse in Gefahr gebracht?

Keine Antworten, nur Fragen.

Mein Verstand war derart in Aufruhr, dass ich beinahe nicht mitbekam, wie Kate das Zimmer betrat und sich neben uns setzte.

»Sie sind alle im Bett«, sagte sie zu Adam, und als ihr klar wurde, dass Adam darauf nicht antworten würde, fragte sie: »Wie fühlst du dich?«

»Ich fühle gar nichts«, erwiderte er. »Noch nicht. Es ist alles noch so verschwommen. Wie steht es mit dir?«

»Es geht«, sagte sie. »Aber für dich ist es schlimmer. Du hast ihm nähergestanden. Und du hast gesehen, wie es passiert ist.« Ihre Stimme hatte sich verändert. Sie war weicher, die Liebe war leichter herauszuhören.

Sie streichelte mich. Es war das erste Streicheln seit dem gestrigen Morgen. Bevor es passierte. Nicht dass sie nicht schockiert gewesen wäre, als sie es hörte. Sie war es – oder schien es zumindest zu sein. Doch obwohl es ihr schwergefallen sein mochte, die Geschehnisse zu begreifen, trauerte sie nicht auf dieselbe Weise wie Adam. Ich wusste, wie Kate war, wenn sie mit einem Verlust zu kämpfen hatte. Ich hatte es gesehen, als ihr Vater gestorben war. Ich hatte es auch gerochen: ein verdichteter, unmissverständlicher Geruch, der die Luft stickig machte, als ob sämtliche Türen viel zu lange geschlossen gewesen wären.

Dieses Mal jedoch war es ganz anders. Schwache, traurige Gefühle hingen in der Luft, aber nur, weil ihr Adam leidtat. Sie schien sich auch schuldig zu fühlen. Als ob sie versuchte, Wiedergutmachung zu leisten, als ob sie die Verantwortung für Simons Tod trug.

Ich sollte das anders formulieren. Als ob sie *wusste,* dass sie für Simons Tod die Verantwortung trug. Ich fühlte, dass ich ihre dunkelsten Wünsche Realität hatte werden lassen.

Doch so traurig sie auch sein mochte, sie konnte sich vor einer einfachen Wahrheit nicht verschließen. Einer Wahrheit, die uns unvermeidlich einander näher brachte, wie stille Verbündete.

Sie war froh, dass es Simon nicht mehr gab.

Und vor sich selbst muss sie in der Lage gewesen sein, Adams Trauer zu rechtfertigen – als einen winzigen Bruchteil dessen, was hätte sein können, hätte Simon gesagt, was er hatte sagen wollen.

Um seinen Schmerz zu lindern, sagte sie zu Adam, dass sie ihn liebte. Das hatte sie ihm schon früher gesagt, oft sogar, aber noch nie auf diese Weise. Zuvor hatte sie es mit einem Seufzen gesagt, bevor sie eingeschlafen war. Je öfter sie es gesagt hatte, desto weniger hatte sie es so gemeint. Doch nun hatte es eine neue Bedeutung, als ob sie es ihm zum ersten Mal sagte.

Sie hörte auf, mich zu streicheln, und streichelte stattdessen Adam. Voller Zuneigung fuhr sie über seine Schulter. Er sah Kate an und dann ihre Hand. Er lächelte. Na ja, ein schiefes Lächeln, aber definitiv ein Fortschritt.

»Ich liebe dich auch.«

Sie umarmten einander unbeholfen. Unbeholfen, weil

ich immer noch zwischen ihnen lag. Ich verstand den Wink und sprang vom Bett herab.

»Es wird alles wieder gut«, versicherte Kate, als ihre Umarmung ins Horizontale glitt. Und als ob sie beweisen wollte, dass sie damit recht hatte, knöpfte sie sein Hemd auf. Als sie zum letzten Knopf kam, stiegen Tränen in Adams Augen.

Kate sagte zu ihm: »Ich höre auf, wenn du das willst.«

»Nein, hör nicht auf.«

Also fuhr sie fort, selbst dann noch, als die Tränen über seine Wangen strömten. Bis er völlig nackt war.

Dann stand sie auf, trat vom Bett zurück und kleidete sich selbst aus. Die Kleider ließ sie auf dem Teppich auf einen Haufen fallen.

»Ich räume sie morgen früh weg«, sagte sie und stieg wieder auf das Bett. Sie umarmten sich erneut, weniger unbeholfen, obwohl Adam immer noch weinte. Sie warteten, stumm und reglos, überließen der Umarmung die Arbeit, bis der Tränenstrom versiegte.

Ich blieb bei ihnen im Zimmer, lag zwischen Kates Kleidern auf dem Boden. Vielleicht hätte ich gehen sollen, vielleicht hätte ich ihnen die Intimität des Augenblicks allein überlassen sollen. Aber irgendwie war das auch mein Augenblick. Obwohl mir der Anblick ihrer merkwürdigen, haarlosen Körper, die ineinander verschlungen waren, kein Vergnügen bereitete, verspürte ich eine gewisse Zufriedenheit. Beziehungsweise Erleichterung. Es war, als ob sie ganz von vorn anfingen, als ob ihre Beziehung wiedergeboren würde. Und ich bin sicher, sie spürten das auch. Als sie einander küssten, zuerst auf die Lippen, dann weiter – auf den Hals, die Schultern, den Rücken –, vermittelten sie den Eindruck, als würden sie ein neues und aufregendes Territorium erforschen.

Vor allem Kate verlor sich in dieser Aufgabe und schien sich zum ersten Mal nicht für ihren nackten Körper zu schämen. Zu keinem Zeitpunkt beugte sich einer von beiden hinüber, um die Nachttischlampe auszuknipsen.

»Alles wird wieder gut«, wiederholte Kate zwischen ihren Küssen.

Sie sprach so leise, dass es schien, als würden die Worte aus dem Raum selbst kommen wie ein Echo. Oder von einer übernatürlichen Präsenz, die sich aus der Zukunft eingefunden hatte.

Und dann, als sich ihre Körper noch mehr aneinanderpressten, verloren sich die Worte gänzlich. Zum ersten Mal, seit ich sie kannte, hatten sie Sex. Oder wie es die Menschen oft zu nennen pflegen: machten sie Liebe. Obwohl Liebe bereits gemacht worden war.

Sex bei eingeschalteter Beleuchtung, über der Bettdecke. Und die Kinder nur wenige Meter entfernt. Möglicherweise schlafend. Möglicherweise aber auch nicht.

Animalischer Sex. Sex ohne Angst oder Scham. Aber menschlich in der Art, wie sie sich berührten, zärtlich, voller Liebe. Das Beste aus beiden Welten.

Adam lag auf ihr, schloss die Augen, öffnete sie wieder und küsste sie auf den Mund, sein Körper bewegte sich schneller. Der Kuss endete, aber die Gesichter blieben nahe beieinander. Er atmete ihren Duft ein. Die Geräusche, die sie bislang unterdrückt hatten, wurden lauter, freigesetzt in die Nacht, zusammen mit all den unausgesprochenen Ängsten.

Sie rutschten das Bett hinunter. Kate drehte sich um,

schloss die Augen, ihr Körper erhob sich auf die Knie. Adam hielt sie fest, mit der Hand auf ihrem Bauch, küsste sie jetzt in den Nacken. Als sie auf die Matratze zurückfielen, war Adam über ihr, sein Bauch an ihrem Rücken.

Und dann, genau in dem Augenblick, als die Liebe-Sex-Gerüche alles andere ersetzten, hörte es auf. Beide keuchten, hielten sich immer noch aneinander fest. Adams Ohr ruhte auf ihrem Rücken.

»Ich kann dein Herz hören«, sagte er atemlos. Kate lächelte. Für sie war es noch zu früh, sie konnte noch nicht sprechen. »Es schlägt ganz schnell, als ob es heraushüpfen wollte«, fuhr Adam fort.

Schließlich sagte sie: »Nein, es fühlt sich wohl. Es fühlt sich wohl da, wo es jetzt ist.«

Adam löste sich sachte und legte sich auf den Rücken. Kate legte sich neben ihn.

Ich blieb bei ihnen, betrachtete sie, schützte sie, während sie unter die Decke glitten. Sie kuschelten sich aneinander, Adam küsste ihre Stirn. Ein sanfter Gutenachtkuss.

»Ich sollte den Hund nach unten bringen«, sagte Adam.

»Es geht ihm gut. Lass ihn hier. Du brauchst deinen Schlaf.« Sie erwiderte seinen Kuss und schaltete das Licht aus. Und dann, als ob sie bereits träumte, sagte sie noch etwas: »Es geht ihm gut da, wo er ist.«

Adam erwiderte nichts, wahrscheinlich schlief er schon. Wenige Augenblicke später schliefen sie beide.

Schließlich gab es keine Ängste mehr, die sie wach halten konnten.

Aber ich selbst konnte nicht so leicht einschlafen. Ich war glücklich, dass Adam und Kate einander jetzt näher denn je waren. Das war für alle eine gute Nachricht.

Gleichzeitig musste ich ständig daran denken, welchen Preis diese Nähe gekostet hatte, wie viel sie in Zukunft noch kosten mochte, und ob ich immer da sein würde, um die Familie vor Gefahr zu schützen. Gefahr von *außen.*

Ja, dort lauerte die Gefahr. Immer draußen.

Immer.

DER LABRADOR-PAKT:

NIEMALS ZUM VERGNÜGEN SCHNÜFFELN

Bei unserer Mission, unsere Herrchen und Frauchen zu schützen, ist unsere Nase unsere wertvollste Waffe. Doch sie hat auch das Potenzial, das uns vom Weg abkommen lassen kann. Der Rest des Hundereiches ist dem Schnüffeln zum Vergnügen schon anheimgefallen, doch wir dürfen der Versuchung niemals nachgeben.

Jeder Labrador muss den wahren Wert unseres kraftvollsten Sinnesorgans zu schätzen lernen, darf aber eines niemals vergessen: Wir schnüffeln nach Informationen, nicht um uns selbst zu verlieren.

GERUCH

»Waaahnsinnsweeedler! Ich bring dich uuuum!!!«

Es war eine Woche später. Der Tag nach Simons Beerdigung. Ich beugte mich über eine große, dornenlose Blume mitten im Abfallhaufen, als ich Falstaff bemerkte, der rasch durch den Park gelaufen kam und dabei Erde aufwirbelte.

Ich sah mich um, aber es gab keine Fluchtmöglichkeit. Ich hatte nicht früh genug geschaltet. Ehrlich gesagt hatte ich auch gar nicht erwartet, ihn zu treffen. Seit Simons Tod war der Park eine Falstaff-freie Zone gewesen.

Er rammte mich mit voller Wucht. Sein fetter, alter Körper stieß mich zur Seite, hinein ins Blumenbeet. Ich war schockiert, nicht nur vom Aufprall, sondern von der Tatsache, dass er überhaupt da war.

»Du hast es getan, nicht wahr?«, keuchte Falstaff. »Du hast mein Herrchen umgebracht!«

»Ich, äh, musste …«

»Die Familie beschützen? Sprich das ja nicht aus.« Was hatte ich nur getan? Ich hatte sein Leben zerstört.

Ja natürlich, die Menschen konnten das, was geschehen war, mit einem Schulterzucken als unglücklichen Unfall abtun, aber Falstaff konnte ich nicht hinters Licht führen.

»Es tut mir schrecklich leid, wirklich. Aber ich hatte keine Wahl. Nicht nach dem, was du mir erzählt hast.«

Falstaff sah mich an. In seinen Augen waren Schmerz und eine neuerliche Angriffsdrohung zu lesen. Er schien mich Ewigkeiten lang anzustarren, dann fiel er zu Boden und rollte sich in einem Anfall keuchenden Gelächters auf den Rücken.

»Was ist daran so komisch?«

Er sah von unten zu mir auf, und in seinen Augen lag plötzlich keinerlei Schmerz mehr. »Dein Gesicht. Das ist so komisch.«

»Das verstehe ich nicht.«

»*Quelle surprise,* Wahnsinnswedler. *Quelle surprise.*«

»Aber ich dachte …«

»Ach, komm schon. Hast du *wirklich* geglaubt, es mache mir etwas aus?«

»Dass ich dein Herrchen getötet habe? Na ja, ehrlich gesagt, *ja.*«

Falstaff stand auf, schnüffelte mich ungläubig ab und sagte: »Du bist tatsächlich ein *wahnsinniger* Schwanzwackler, nicht wahr?«

»Aber du hast doch Dinge vor mir geheim gehalten, um Simon zu schützen.«

»Um *dich* zu schützen, du Idiot.«

»Mich zu schützen? Wovor?«

»Vor dir selbst, Wahnsinnswedler. Vor deinen dämlichen Überzeugungen.«

»Aber ich dachte, es ginge um Charlotte. Ich dachte, du hast mir das erzählt, weil du besorgt warst.«

Er seufzte. »Ich habe es dir erzählt, weil ich hoffte, du würdest aufgeben, Wahnsinnswedler. Gleichgültig wie oft ich versuchte, dich davon zu überzeugen, die schönen Dinge des Lebens zu genießen – Dufthaufen, Eichhörnchenjagen –, musste ich doch einräumen, dass du ein hoffnungsloser Fall warst.«

»Aber du vermisst ihn doch?«

»Wen? Simon?« Ich nickte.

»Falls du es nicht bemerkt haben solltest: Simon war ein Mensch. Menschen sind zu dumm, um echte Gefühle zu haben. Sie borgen sie sich nur von ihren Fernsehprogrammen aus. Warum sollten wir also echte Gefühle für einen Menschen hegen?«

»Weil er sich um dich kümmerte.«

»Sich um mich kümmerte, Wahnsinnswedler? Ach, indem er mir einmal täglich Fleisch und Hundekekse gab? Ha! Außerdem hat er nicht einmal das getan. Das war immer Emilys Aufgabe. Nein, Wahnsinnswedler, Menschen kümmern sich nicht wirklich um uns. Und Simon schon gar nicht. Ich mag kein reinrassiger Springer sein, aber ich glaube, die Springer haben diesbezüglich nicht ganz unrecht. Menschen halten uns nur von unseren wahren Instinkten ab. Sie schneiden uns die Eier ab, na ja, *deine* Eier. Sie versuchen, uns der Düfte zu berauben, und beim ersten Anzeichen von Schwäche bringen sie uns zum netten Herrn Tierarzt, um uns ›von unseren Qualen zu erlösen‹. Wir sind die Angeschmierten. Wie heißt es doch so schön? Wir sind das Seil beim Tauziehen zwischen Mensch und Natur. Ich sag dir was: Menschen geben dir den Rest. Möglicherweise meinen sie es gar nicht so, Wahnsinnswedler, aber genau das tun sie – und die Labradore sind die Letzten, denen das klar wird.«

»Das ist nur eine von mehreren möglichen Sichtweisen.«

»Nenn mir eine andere! Erleuchte mich!«

»Man könnte es auch so betrachten, dass wir ohne unsere Herrchen und Frauchen nicht einmal existieren würden, und wenn wir sie beschützen, dann schützen wir auch unser Anrecht, hier zu sein.«

»Tja, tut mir leid, dass du das große Bild nicht sehen kannst, Wahnsinnswedler. Aber genau hier, auf Bodenhöhe, scheint mir, dass du umso mehr angeschissen bist, je mehr du dich kümmerst …«

Er sprach noch weiter, aber ich wurde vom Anblick von Adam und Emily abgelenkt, die auf der Parkbank saßen. Emily hielt die Hand vors Gesicht und weinte. Adam sprach mit ihr, bot ihr offenbar Trost an, hielt sich aber auf Distanz.

»Was hat sie gesagt?«, fragte ich, aber Falstaff bedachte mich mit einem Blick blanken Unverstands. »Emily. Was hat sie über, du weißt schon, zu Simon gesagt?«

»Hör mal, Wahnsinnswedler. Früher magst du mich mal drangekriegt haben, aber ich werde dir unter gar keinen Umständen noch mehr Informationen geben. Weißt du, ohne Emily gibt es kein Fleisch und keine Hundekekse, und Falstaff trottet auf direktem Wege ins Hundeasyl.«

»Ich werde Emily nicht *töten.*«

»Natürlich nicht, Wahnsinnswedler, natürlich nicht. Wie komme ich nur auf eine solche Idee?«

»Ich werd's nicht tun. Ehrlich nicht.«

Dann sprach Falstaff mit einer Stimme, die vermutlich meiner ähneln sollte, aber in Wirklichkeit keinerlei Ähnlichkeit hatte: »Ich muss die Familie beschützen. Emily muss geopfert werden. Sie muss getötet werden, bevor sie mein Herrchen erneut verführt. Mein armes, hilfloses Herrchen. Ihm war nicht klar, was er da tat …«

Ich hob eine Pfote. »Schon gut. Sehr amüsant. Ich bin ein Labrador, ich stecke das weg. Mir ist bewusst, dass ich dir lächerlich vorkommen muss …«

»Hm.«

»... ich will doch nur wissen, ob sie nicht noch einmal versuchen wird, Adam wegzunehmen oder ihn zu erpressen.«

Er zögerte. »Ist gut. Aber bevor ich es dir sage, lass uns ein letztes Mal zusammen schnüffeln. Der alten Zeiten wegen.« Widerstrebend folgte ich ihm zum Dufthaufen, wobei ich Adam und Emily im Auge behielt. Als wir zum Haufen kamen, tauchte Falstaff unverzüglich hinein.

»Also schön«, sagte ich. »Wegen Emily ...«

»Ein Atemzug in diesem Gestankparadies, Wahnsinnswedler, und das Letzte, worüber du dir Sorgen machst, sind unsere Besitzer.«

»Aber du hast gesagt, dass du es mir erzählst.«

»Erst schnüffeln.«

Und so hatte er mich wieder übers Ohr gehauen. Da stand ich nun vor dem albtraumhaften Gestank des Dufthaufens, der so berauschend und prickelnd war, dass sich die darüberliegende Luft wellenartig kräuselte. Aber als ich meine Nase in den verrottenden Haufen Dreck und Laub schob, kam mir ein unglaublicher Gedanke (jedenfalls unglaublich für einen Labrador). Der Gedanke lautete wie folgt: Ich will aus meinem Kopf heraus. Die Gründe für diesen Gedanken, so rechtfertigte ich es vor mir selbst, waren recht einfach. Dann könnte ich endlich vergessen. Es würde mir helfen, den Schmerz zu lindern, und sei es nur vorübergehend. Ich würde mich selbst verlieren.

Außerdem zog mein früherer Widerstand, den ich vor dem Schnüffeln zum Vergnügen hatte, nicht länger – dass es nämlich den Pakt brach. Der Pakt war bereits gebrochen worden. Als ich also zu dem Teil des Dufthaufens gelangte, der am stärksten roch, atmete ich tief ein. All die Gerüche, die ich schon einmal gerochen hatte – fruchtbare Erde, Blättersaft, Wurmblut, Eichhörnchenexkremente –, waren immer noch da, aber in größerer Intensität.

Erneut hatte ich das Gefühl der Schwerelosigkeit, als ob mein Körper mit dem Park verschmelzen würde. Nur dass dieses Mal noch etwas anderes mit hineinspielte. Ein Gefühl absoluter Kontrolle. Nein, nicht Kontrolle – Macht. Als ob all die wilden und natürlichen Kräfte, die im Park unterdrückt waren, sich in mir erhoben. Oder vielleicht erhob ich mich in ihnen, das war schwer zu sagen.

»Also gut, Wahnsinnswedler, du hast dir deine Information redlich verdient«, sagte Falstaff, während ich immer noch untergetaucht war. »Emily wird dir dein Herrchen nicht wegnehmen. Sie bringt vielmehr *mich* weg. Sie verkauft das Haus und zieht zurück nach London. Wahrscheinlich sagt sie ihm das gerade. So, hast du jetzt deinen Seelenfrieden wieder?«

Merkwürdigerweise nein.

Als ich meinen Kopf herauszog, stieg mir ein anderer Geruch in die Nase, nur eine Sekunde lang, aber deutlich genug, um mir Übelkeit zu verursachen.

»Da stimmt etwas nicht«, sagte ich.

»Holla, Wahnsinnswedler, hast es übertrieben, wie?«, kicherte Falstaff und pinkelte neben den Dufthaufen.

»Nein. Da war ein Geruch.«

»Ja natürlich.«

Mein Verstand klarte auf, und ich spürte, wie ich wieder in meinen eigenen Körper zurückkehrte. »*Nein,* ein merkwürdiger Geruch. Hast du es nicht auch gerochen? Nicht wie letztes Mal.«

»Weißt du, Wahnsinnswedler, ich glaube, dir ist endgültig der Faden gerissen.«

»Nein, komm doch her und rieche!«

Falstaff trottete gemächlich herüber und senkte seine Nase auf den Bereich, auf den ich zeigte.

»Riechst du es?«

Er sagte nichts, was an sich schon eine Antwort war. Ich schnüffelte erneut und folgte der Spur. Sie führte hinter den Dufthaufen, unter einem Gewirr von Zweigen und Ästen hindurch, vorbei an Nelkengewächsen, Nesseln, Gänseblümchen, bis in den dunkelsten Winkel des Parks.

Ich fing an zu graben.

»Wahnsinnswedler, was machst du denn da?«

»Falstaff, es gibt etwas, das ich dir schon früher hätte erzählen sollen. Merkwürdige Dinge haben sich in diesem Park ereignet. Eine alte Freundin von mir, Joyce, eine Wolfshündin, wurde ermordet. Man hat ihr die Kehle durchgebissen. Ihr toter Körper wurde im Gebüsch gefunden.«

»Na toll, dann jagen wir jetzt also Leichen.« Ich grub tiefer, und der Geruch wurde stärker.

»Da ist ganz eindeutig etwas.«

»Wie auch immer. Das überlasse ich dir.«

Ich drehte mich um und sah, dass Falstaffs Kopf wieder im Dufthaufen verschwunden war. Ich machte weiter. Der Gestank war entsetzlich. Nicht stark, aber erschreckend. Erschreckend, weil ich instinktiv wusste, was er zu bedeuten hatte.

Es bedeutete, da lag ein toter Körper. Ein toter *menschlicher* Körper.

BREMSE

Hinter der Parkmauer trat ein Autofahrer quietschend auf die Bremse.

ERDE

Meine Pfote traf auf etwas Hartes und zuckte zurück. Es war ein Kopf. Ein Gesicht. Die Haut war unter der Decke aus Erde spürbar. Vorsichtig grub ich weiter.

Eine Frau.

Ihr Mund war zwar mit Erde gefüllt, stand aber offen. Als ob sie versuchte, die Geschichte ihres schmutzigen Todes zu flüstern. Mein Herz schlug schneller. »Falstaff!«

Er antwortete nicht.

»Falstaff!«

Immer noch nichts.

»Falstaff! Komm her!«

Er zog seinen Kopf aus dem Dufthaufen zurück.

»Ich hab's ja gehört, Wahnsinnswedler, ich hab's gehört.« Er kam zu mir. Unterwegs knackten die Zweige unter seinem aufgeblähten Körper.

Er sah erst die Leiche an, dann mich.

»Es ist eine Leiche«, sagte er.

Ausnahmsweise konnte Falstaff die Situation nicht mit einem Lachen abtun.

»Wir müssen etwas unternehmen«, ließ ich ihn wissen.

»Wir? *Wir* unternehmen gar nichts. Das ist eine Angelegenheit der Menschen.«

»Wir müssen dafür sorgen, dass die Menschen es erfahren. Familien sind in Gefahr. Wir müssen die Leiche aus der Erde holen.«

»Hör zu, Wahnsinnswedler, bei allem Respekt, du hast mein Herrchen getötet. Du kannst nicht beides haben. Ich habe mich darüber nicht aufgeregt, warum also sollte ich mich hierüber aufregen?«

»Weil dieser Tod sinnlos war.«

»Wir sind Hunde. Unsere ganze Existenz ist sinnlos.«

»Hör zu, du holst Adam und Emily, während ich sie ausgrabe.«

Aber er rührte sich nicht. Er saß nur da und sah mir zu, wie ich mit den Zähnen am Mantel der Frau zerrte.

»Wahnsinnswedler, denk das doch mal zu Ende. Wenn wir Adam und Emily involvieren, könnten sie in die Sache verwickelt werden. Du weißt doch, wie es um das menschliche Rechtssystem bestellt ist.«

Da hatte er nicht ganz unrecht. Wenn ich Adam in die Sache hineinzog, könnte das die Familie noch sehr viel mehr gefährden. Aber wenn die Leiche nicht gefunden wurde, dann würde der Mörder möglicherweise niemals überführt.

»Na schön, lass mich nachdenken«, sagte ich. »Was wäre, wenn wir die Leiche herausziehen, damit sie irgendwann entdeckt wird, jedoch nicht von Adam und Emily?«

Falstaff suchte nach einem Einwand gegen diesen Plan, fand jedoch keinen. »Hör zu, du verrückter Labrador, das ist das letzte Mal, dass ich dir und deiner dämlichen Mission helfe. Und denk daran: Ich tue das aus Loyalität gegenüber meiner Spezies, nicht für die Menschen.«

»Danke, du bist ein guter Freund.«

»Und deine Sentimentalitäten kannst du dir sparen.«

»Na gut. Machen wir uns an die Arbeit.«

Wir mussten schnell arbeiten. Jeden Augenblick konnten Adam und Emily uns beim Namen rufen, um mit uns nach Hause zu gehen. Jeder von uns packte eine Schulter und zog. Wir versuchten unser Bestes, dabei den Geruch des Todes auszublenden.

Ihr Kopf sackte nach hinten auf die Erde, schlug hart auf dem Boden auf. Erdkrumen fielen von ihrem Gesicht und legten die graue Haut darunter bloß.

Ich sah zur Parkmauer, die nicht weit entfernt war. »Jemand wird sie hier finden«, sagte ich zu Falstaff.

»Ja, sicher. Komm schon, bevor Adam und Emily *uns* finden.« Falstaff konnte offenbar weder den Anblick noch den Geruch länger ertragen. Aber ich war dankbar. Trotz seiner völligen Missachtung der menschlichen Rasse, trotz seiner Versuche, so zu tun, als ob nichts wichtig wäre, hatte er sich als wahrer Freund erwiesen.

Wir bahnten uns mühsam unseren Weg zurück über die Zweige, kamen am Dufthaufen vorbei und standen im Freien. Adam und Emily saßen immer noch auf der Bank. Beide starrten zu Boden, dann sahen sie auf und entdeckten uns.

»Ich werde dich nicht wiedersehen«, sagte Falstaff. »Wir fahren morgen. Nach London.«

»Oh«, sagte ich, und mir fiel wieder ein, was er mir erzählt hatte, während ich im Dufthaufen untergetaucht war. »So bald schon.«

»Ich bin nicht gut im Verabschieden, Wahnsinnswedler. Echt nicht«, sagte er und schnüffelte unbeholfen an mir. Ich spürte, dass er mir etwas sagen wollte, es aber nicht konnte. Etwas, das er lange Zeit in sich vergraben hatte.

Ich sah zurück in den hintersten Winkel des Parks, wo die Leiche einer unbekannten Frau ihrer Entdeckung harrte.

»Ich auch nicht, Falstaff. Ich auch nicht.«

NACHRICHTEN

An diesem Abend schaute ich ungeduldig die Nachrichten an und betete, dass niemand den Sender wechseln würde. Charlotte hielt die Fernbedienung in der Hand, und ausnahmsweise zappte sie nicht weiter, um zu sehen, was sonst noch lief.

Schlimme Dinge passierten auf dem Bildschirm.

Männer rannten in einer zerstörten Stadt über staubige Straßen und feuerten Maschinengewehre ab.

Wie immer lautete Grandma Margarets Kommentar: »Es gibt böse Menschen auf dieser Welt. *Böse* Menschen.«

Wie immer wurde sie von allen ignoriert. Na ja, von allen außer Hal, der missbilligende Töne von sich gab.

Jedenfalls wartete ich und beobachtete, wie die Nachrichten kleiner oder größer wurden, wartete auf das Bild mit der Unterschrift »Leiche gefunden«. Aber es kam nicht. Es war noch zu früh, sagte ich mir, viel zu früh.

Dann erschien die Wetterfrau und verlas das Wetter.

»Ich *mag* die Kleine«, sagte Grandma Margaret. »Sie ist entzückend.«

KILLER

Am nächsten Morgen (ausgerechnet) sagte Charlotte etwas, das sie in ihrem ganzen Leben noch nicht gesagt hatte.

Sie sagte: »Ich gehe mit dem Hund Gassi.«

Ihre Eltern sahen einander an, beide geschockt. Müslischachteln verharrten reglos in der Luft. Hal hörte auf zu kauen.

Für alle anderen war dies ein Fortschritt. Für mich war es der denkbar schlechteste Moment für eine solch schlechte Nachricht.

Da draußen lief ein Killer frei herum.

Ein Killer, der seine Aktivitäten auf den Park konzentrierte.

Und jetzt wollte Charlotte genau dorthin gehen.

Was wäre, wenn *sie* die Leiche fand? Was wäre, wenn der Mörder in diesem Augenblick im Park auf sein nächstes Opfer wartete?

Nichts da. Reine Paranoia, sagte ich zu mir selbst. Die Leiche lag außer Sicht hinter dem Dufthaufen. Und im Park war es auch nicht gefährlicher als anderswo in der Stadt. Außerdem musste Charlotte häufig ohne meinen Schutz auskommen. Wenigstens war ich dieses Mal an ihrer Seite.

Dennoch blieb ein ungutes Gefühl zurück. Am Abend zuvor hatte der Park mit einem toten Körper aufgewartet, und nun wollte Charlotte zum allerersten Mal mit mir dort spazieren gehen.

Als sie versuchte, mir die Leine anzulegen, widersetzte ich mich, indem ich die Treppe hinaufsprintete. Schließlich fand sie mich im Badezimmer, und da ich nicht mehr so schnell bin, wie ich einmal war, konnte sie mich in die Ecke treiben. Ich wollte es mit Falstaffs altem Aus-dem-Halsband-Schlüpftrick versuchen, aber da fiel mir wieder ein, dass Adam mein Halsband seit dem Vorfall mit den durchgebissenen Seilen enger angelegt hatte.

Vermutlich hätte ich es vehementer versuchen können. Ich hätte mich mit den Fersen im Teppich verkeilen oder mich auf den Boden werfen können, damit sie mich hätte ziehen müssen, aber das tat ich nicht. Außerdem schien Charlotte fest entschlossen, allen zu zeigen, wie weit sie es schon gebracht hatte, und ich wollte ihr diese Geste des guten Willens nicht zerstören.

»Komm schon, Prince, du dummer Köter«, sagte sie voller Zuneigung, während sie mich aus der Haustür zog.

Kurz darauf entdeckte ich, dass sie kein Naturtalent war. Bis wir das Ende der Straße erreicht hatten, hatte sie bereits drei Mal die Straßenseite gewechselt und wäre beinahe einmal über mich gestolpert. Ich hatte nie geahnt, wie schwer es war, mit mir Gassi zu gehen. Mir war nicht klar gewesen, welch immenses Geschick es erforderte, den Vier-Beine-zwei-Beine-Rhythmus genau richtig hinzubekommen.

Vermutlich machte ich es ihr nicht gerade leichter. Da jeder Fremde, an dem wir vorbeikamen, ein potenzieller Verdächtiger war, schnüffelte ich in jedem einzelnen Schritt nach Gefahrenzeichen. Ich schnüffelte auch über den Boden und versuchte, zwischen Zigarettenkippen und menschlicher Spucke Übereinstimmungen zu finden. Aber nichts passte zusammen. Es herrschte nur Chaos.

Wir kamen an einer Collie-Hündin und ihrem Besitzer vorbei. »Bist du eben im Park gewesen?«, fragte ich sie und blieb stehen.

»Ja, ja. Bin ich. Ja, ja.« Aus ihrer Begeisterung schloss ich, dass sie erst seit Kurzem ausgewachsen war.

»Hast du jemanden gesehen?«

»Nein, nein. Niemand. Nein.«

Wir wurden auseinandergezogen, aber ich hatte die Information bekommen, die ich wollte. Und als wir in den Park kamen, merkte ich, dass sie recht gehabt hatte.

Niemand.

Mein Plan war einfach. Pissen, scheißen und Charlotte sicher nach Hause bringen. Aber als ich sah, wie sie zur Parkmauer ging, dachte ich: Es dauert ja nicht lange. Nur ein rascher Blick. Nur eine kurze Überprüfung.

Also eilte ich an den Blumenbeeten vorbei, an den großen Bäumen und an den Büschen, in denen die Leiche von Joyce versteckt worden war, vorbei am Dufthaufen und dem Astgewirr, in die dunkelste Ecke des Parks.

Ich drehte mich um und sah nach Charlotte. Immer noch da. Saß an der Mauer. In Sicherheit.

Dann blickte ich nach unten auf die Schleifspur, die sich vor mir entlangzog. Der Geschmack der Jacke kam zurück. Und dann – nichts. Nur ein leerer Umriss.

Keine Leiche.

Ich sah mich um, aber weit und breit keine Spur. Jemand hatte sie mitgenommen. Der Killer war ganz in der Nähe. Doch dann fiel mir etwas anderes auf. Eine weitere Schleifspur, jünger, die in Richtung der kleineren Bäume auf der anderen Seite führte, über die dichteste Vegetation hinaus.

Ich folgte den platt gedrückten Pflanzen und dem hohen Gras, bis ich zu der dunklen Lichtung mit den kleineren Bäumen kam. In diesem Teil des Parks war ich nie zuvor gewesen, und ich fühlte mich seltsam verwundbar, fast als sei ich in eine neue Welt getreten.

Ich sah die verdreckte Leiche der Frau auf dem Boden, zur Seite gerollt, wie während eines unruhigen Nachtschlafs. Sie lag neben einem Einkaufstrolley. Meine Nase zuckte. Da war noch ein anderer Geruch. Ein anderer *menschlicher* Geruch. Ich schnüffelte am Boden, merkte aber schnell, dass der Geruch von weiter weg kam. Instinktiv sah ich auf.

Der Anblick, der sich mir bot, war zu bizarr, um ihn ganz in mich aufzunehmen. Ein Mann schwebte in der Luft, seine Füße drehten sich in langsamen Kreisen über meinem Kopf. Erst als ich einen Schritt zurücktrat und genauer hinsah, wurde mir klar, dass der Mann nicht schwebte. Er *baumelte.*

Ich sprang hoch, um besser schnüffeln zu können, aber ich konnte nicht glauben, was ich da roch.

Es war Mick, Henrys Herrchen.

Als ich wieder auf den Pfoten landete, verlor ich den Halt und glitt nach hinten. Von diesem neuen Aussichtspunkt konnte ich erkennen, wie es geschehen war. Er hatte Henrys Hundeleine um einen Ast des Baumes gebunden und war mithilfe des Einkaufstrolleys hochgeklettert. Sobald er die Leine um seinen Hals gebunden hatte, musste er den Trolley mit den Füßen weggekickt haben.

Ich konnte jetzt zwar verstehen, wie er es gemacht hatte,

aber ich begriff immer noch nicht, *warum*. Hatte Mick irgendetwas mit der toten Frau auf dem Boden zu tun? War er dafür verantwortlich? Konnte ein Mann so rasch charakterlos werden, nachdem sein Labrador ihn verlassen hatte?

Über diese Fragen wollte ich lieber nicht allzu lange nachdenken, darum drehte ich mich um und eilte zu Charlotte zurück.

Aber als ich an einem der Büsche vorüberkam, hörte ich eine Stimme. Ich sah zu dem Busch, konnte jedoch weder etwas sehen noch etwas riechen.

»Prince, warte.«

Ich erkannte die Stimme, aber gleichzeitig wusste ich, dass mir mein Verstand einen Streich spielen musste. Der Busch zuckte und zitterte. Zweige sprangen zur Seite, und eine Gestalt trat hervor. Mein Verstand spielte mir eindeutig einen Streich.

Denn vor mir, in veränderter Gestalt, war mein Mentor. Mein Leitstern.

Es war Henry.

HENRY

Henry sah schrecklich aus und roch auch so. Er hatte an Gewicht verloren, entweder durch seinen Tod oder durch Mangelernährung. Sein goldenes Fell war kaum sichtbar unter all dem Schmutz und Laub. Aber seine Augen hatten sich am meisten verändert. Hinter ihrer milchigen Oberfläche war etwas verloren gegangen. Oder weggenommen worden.

Er konnte meinen Unglauben riechen. »Ja, Prince. Ich bin es. Ich lebe.«

»Aber ich hörte, du seist tot. Dein Herrchen sagte, du bist tot.«

Henry dachte einen Moment darüber nach. »Ja«, meinte er, und seine Stimme klang unheilvoll ruhig. »Natürlich hat er das gesagt.«

»Das verstehe ich nicht.«

Henry sah zu seinem Herrn auf, der an seiner Leine baumelte. »Manche Dinge entziehen sich dem Verstehen, Prince. Das ist eine Lektion, die ich dir leider nicht beigebracht habe.«

»Henry, bitte. Was geht hier vor? Was ist dir zugestoßen? Wo bist du gewesen?«

»Es gibt Dinge über mich, die du nie erfahren wirst«, sagte Henry und kam näher.

»Dinge? Was für Dinge? Du hast mir alles gesagt, was ich wissen muss. Das hast du immer getan.«

»Nein.« Henry scharrte etwas Erde hinter sich. »Ich habe dir nicht alles erzählt. Siehst du, Prince, es gab da eine große Schweinerei, und ich habe versucht, sie vor dir zu verbergen. Schließlich ist das unsere Aufgabe, nicht wahr? Wir bauen Mist, und wir decken ihn zu. Aber manche Schweinereien sind einfach zu groß, nicht? Sie können nicht unbemerkt bleiben.«

Ich lauschte einem völlig Fremden. »Henry, was sagst du da nur?«

»Ich sage, dass ich nicht der bin, für den du mich gehalten hast. Ab dem Tag, als Mick den Polizeidienst verließ, liefen die Dinge in meiner Familie verkehrt. Die Dinge … brachen auseinander.« Henry schluckte und holte dann tief Luft.

»Mick stritt sich ständig mit seiner Frau und versuchte Sophie, seine Tochter, vom Ausgehen abzuhalten. Er war wütend auf sie. Immerzu wütend, obwohl ich nie herausfand, was sie eigentlich falsch gemacht hatte. Ich ging den Pakt durch und versuchte, eine Lösung zu finden. Ich grübelte darüber nach, wie Guru Oscar sich verhalten hätte, aber nichts schien zu passen.«

Ich zögerte. »Was geschah dann?«

Henry hob seinen Kopf zu seinem toten Herrchen. »Als Sophie sechzehn wurde, ging sie und kam nie wieder nach Hause. Sie sprach auch nie wieder mit ihren Eltern. Sie zog an die Küste, um am Meer zu leben. Damals habe ich dich kennengelernt.«

»Aber …«

»Ja, ich weiß. Welch seltsame Ironie, nicht wahr?« Er sah wieder zu mir. »Ich brachte dir bei, wie man sich um seine Familie kümmert, während meine eigene gerade auseinandergebrochen war. Aber du musst das verstehen, Prince. Ich konnte nicht loslassen. Durch dich hatte ich das Gefühl, immer noch meiner Pflicht nachzukommen.«

Ich war am Boden zerstört. Die Erde unter meinen Pfoten schien sich aufzutun, aber ich spürte, dass Henry mir noch mehr zu sagen hatte.

»Was geschah dann?«

»Mick wollte so tun, als wäre alles wie immer, darum ging er weiterhin jeden Morgen mit mir in den Park. Aber kaum waren wir wieder zu Hause, trank er. Den ganzen Tag saß er vor dem Fernseher mit einer Flasche im Schoß. Ich konnte nichts tun. Er saß einfach nur da, unterhielt sich mit mir, dachte, ich könnte ihn nicht verstehen, gab Sophie an allem die Schuld und stritt sich mit Claire, seiner Frau. Und die ganze Zeit über wusste ich, dass es mein Fehler war. Wenn ich mich nur mehr angestrengt hätte …«

»Henry, du darfst dir nicht die Schuld geben.«

»Ich saß nur da und ließ es geschehen. Ich war eine Schande für meine Rasse.«

»Henry …«

»Aber es wurde noch schlimmer.«

»Schlimmer?«

»Wenn er betrunken war, kam er auf diese abstrusen Ideen.«

»Was für abstruse Ideen?«

Henry schluckte. »Du kennst doch das Haus, in dem ich mit Mick lebte?«

»Ja. Es steht da drüben.« Ich wies mit der Nase auf die Reihenhäuser entlang der Straße neben dem Park.

»Tja, vom oberen Fenster aus kann man in den Park schauen. Man sieht alles.«

»Ich verstehe nicht …«

»Einmal stand er da, an einem Samstagabend, und beobachtete die Mädchen und Jungen. Er sagte, dass sie Drogen nehmen und Sex haben. Er sagte, sie zerstörten ihre Familien.«

»Zerstörten ihre Familien? Wie denn?«

»So wie seiner Ansicht nach Sophie seine Familie zerstört hatte. Indem sie ihren Eltern nicht gehorchten, indem sie die menschlichen Gesetze brachen und Sex hatten. Er sagte, England gehe vor die Hunde, und die Teenager seien daran schuld. Ich verstand nie, was er damit meinte, wenn er das sagte – *vor die Hunde gehen.* Aber ich wusste, dass er die ganze Schuld den jungen Leuten gab. Je mehr er trank, desto heftiger beschuldigte er sie. Er sagte mir, dass England einst ein großartiges Land gewesen sei und die ganze Welt beherrscht habe, aber wegen der jungen Leute schäme er sich heute, Engländer zu sein. Er sagte, dass sie sich gegen die christlichen Werte auflehnten. Er sagte, dass alte Menschen Angst hätten, ihr Haus zu verlassen. Er sagte, dass es bald keine richtigen Familien mehr geben würde und dass man etwas dagegen unternehmen müsse. Bald darauf reichte es Claire. Sie sagte, dass Sophie vollkommen recht gehabt hätte, und warf Mick vor, er habe seine Tochter aus dem Haus getrieben, indem er ihr keinerlei Freiheit gelassen habe. Genauso wie er Claire all die Dinge vorenthalte, die sie sich wünschte. Eines Tages, als Mick ausgegangen war, nahm sie das Telefon zur Hand und bat um einen Mann, der vorbeikommen sollte. Der Mann war jung, nicht viel älter als Sophie. Als er ankam, bezahlte ihm Claire Geld, und sie zogen ihre Kleider aus. Bevor ich wusste, wie mir geschah, hatten sie Sex. Und ich konnte nichts dagegen unternehmen.«

Ich sah zu der Leiche der Frau auf dem Boden. »Was geschah dann?«

Henry blieb ruhig, als er mir bestätigte, was ich bereits geahnt hatte. »Mick ertappte die beiden. Er sagte zu dem Mann, dass er jetzt besser gehen sollte, und als der Mann gegangen war, sagte er, dass es in Ordnung sei und dass er wisse, dass sie Probleme hätten, und dass sie einen Bummel im Park machen sollten.«

»Mick und seine Frau?«

Henry seufzte. »Ja. Als er dort eintraf, brachte er sie natürlich um. Es war dunkel, und es war niemand in der Nähe. Er erdrosselte sie und vergrub sie. Obwohl ich bei ihm war, gab es nichts, was ich tun konnte. Er hatte mich an einen Baum gebunden. Ich weiß nicht, wie man aus seiner Leine schlüpft. Ich bin ein Labrador. Nachdem alles vorbei war, verhielt er sich so normal wie möglich und führte mich im Park aus, aber bald wurde ihm klar, dass es zu riskant war, und er beschloss, im Haus zu bleiben und mich einzusperren. Sie hatten zwar keine engen Freunde, aber er wusste, dass bald jemand entdecken würde, was geschehen war. Er ging nur noch aus dem Haus, um sich noch mehr zu trinken zu kaufen.«

Mir fiel die Plastiktüte ein, die Mick an jenem Abend in der Hand gehalten hatte, als er uns erzählte, Henry sei gestorben. Ich erinnerte mich auch an etwas anderes. Etwas, das weiter in der Vergangenheit lag. Die Frau, die ich einst gesehen hatte, als sie Henrys Haus verließ. Die Frau, die nach Traurigkeit gerochen hatte. Das musste sie gewesen sein, die Leiche, obwohl die Traurigkeitsgerüche jetzt vom Tod überdeckt wurden. Henry sah mich an. In seinem Gesicht lag eine plötzliche Härte. »Er hat dich gestern Abend gesehen. Er hat gesehen, wie du mit diesem anderen Hund die Leiche gefunden hast. Er hat euch beobachtet und wusste, dass alles vorbei war. Also ließ er mich wieder hinaus und schleppte Claires Leiche hierher. Dann brachte er sich um. Seitdem bin ich hier.«

»Henry.« Ich wusste nicht, was ich sagen sollte. Der Schock war zu groß. »Henry.« Sein Name war das Einzige, an das ich mich festklammern konnte. Die einzige Wahrheit, die ich verstehen konnte.

Ein Flugzeug düste über uns hinweg. Ich hob den Kopf und sah, wie seine Kondensspur am Himmel verblasste. Das war alles grundverkehrt. Das war doch Henry. *Henry.* Mein Mentor. Der Hund, der mir den Weg gezeigt hatte, der alles wusste.

»Ich wusste nicht, was ich tun sollte«, fuhr er fort. »Ich musste loyal gegenüber meinem Herrchen sein, das hatte mich der Pakt gelehrt.«

Während ich auf die beiden toten Körper starrte, stellte ich eine andere Verbindung her. »Warum hast du es getan?«, fragte ich ihn. »Warum hast du Joyce umgebracht?«

Henry kratzte sich am Ohr. Er schien von meiner Frage nicht weiter beunruhigt. »Sie hat alles gesehen. Sie wollte dir erzählen, was geschehen war, und dann wäre es aus gewesen. Der Labrador-Pakt wäre in dieser Stadt zum Gespött geworden, wenn das bekannt geworden wäre.«

»Du hast also den Pakt gebrochen, um ihn zu bewahren?«

»So könnte man es sehen.«

»Und dann hast du Lear des Mordes an ihr bezichtigt und so getan, als ob du die Leiche zufällig gefunden hast, damit ich nicht misstrauisch wurde?«

»Ich hatte keine andere Wahl. Der Pakt muss an erster Stelle stehen. Ich hatte meine Familie enttäuscht, aber es gab immer noch andere Familien, die Schutz brauchten. Wenn das herausgekommen wäre, dann wäre der Gute Kampf aller Labradorhunde geschwächt worden.«

»Aber es *wird* herauskommen. Man wird diese Leichen finden, und dann kommt es in den Nachrichten.«

»Niemand wird jemals erfahren, dass sie einen Labrador hatten. Die Menschen wird das nicht interessieren.«

»Aber, Henry, *ich* weiß es. Du kannst nicht erwarten, dass ich darüber Stillschweigen bewahre. Wir müssen etwas aus dieser Erfahrung lernen. Der Labrador-Pakt reicht nicht aus, das wissen wir beide. Doch das muss nicht das Ende sein, es kann ein Neuanfang werden. Du kannst mit mir kommen. Wir können die Familie gemeinsam beschützen. Alles kann sich zum Guten wenden.«

Henry schien mir gar nicht zuzuhören. »Der Pakt muss bewahrt werden.«

»Aber, Henry, er hat uns doch alle im Stich gelassen.«

Henry stand auf und sprach weiter. Seine Stimme klang völlig emotionslos. »Wir dürfen niemals unsere Pflicht vergessen.«

»Aber, Henry, es ist gut, daran zu glauben, dass Pflicht über alles geht, wie Hunde es immer geglaubt haben – aber die ganzen anderen Regeln sind bedeutungslos. Sie funktionieren nicht.«

»Labradore müssen stark bleiben. Wenn wir unseren Glauben verlieren, verlieren wir alles.« Er schnüffelte an mir, als ob er mich zum ersten Mal träfe. »Und du hast bereits genug Schaden angerichtet.«

»Wie bitte? Ich verstehe nicht ganz.«

»Es geht das Gerücht, dass du diesen Mann getötet hast. Dein Freund, der Springer, erzählt es überall herum.«

Plötzlich hatte ich Angst. »Henry, komm schon. Du hast viel durchgemacht. Wir reden ein anderes Mal darüber.« Erst in diesem Moment wurde mir klar, dass es stimmte. Henry war *wirklich* tot. Jedenfalls der alte Henry. Derjenige, der Mitgefühl zeigen konnte, der die Dinge im richtigen Verhältnis sehen konnte.

»Der Pakt.« Seine Stimme war die Stimme des Grabes. »Niemals den Pakt verraten.«

»Henry …« Bevor ich mich versah, hatte er mich am Hals gepackt.

»Du musst sterben, Prince«, knurrte er. »Der Pakt muss gerettet werden.«

»Bitte, Henry«, keuchte ich. »Bitte. Ich werde auch nichts sagen.«

»Pflicht über alles«, stieß das Monster hervor, das jetzt den Körper meines ehemaligen Freundes und Mentors in Besitz genommen hatte.

Der Schmerz war unerträglich, und ich kämpfte um Luft.

»Bitte …«

Aber dann wurde mir klar, was ich zu tun hatte. Ich musste mich wehren. Ich dachte an Joyce und sah sie vor mir, wie sie tot im Gebüsch lag. Und ich spürte, wie eine unbezähmbare Kraft in mir aufstieg.

Ich wand mich aus Henrys Griff, während meine Kiefer sich um seinen Hals schlossen. Meine Zähne bohrten sich tief in sein Fleisch. Das Blut schoss heraus.

Alles wurde unwirklich.

Ich beobachtete die Szene von einem anderen Ort, von oben. Es war ein anderer Park, ein anderer Labrador.

Henry ließ sich auf die Seite fallen, und wir rollten über die Lichtung. Jetzt konnte Charlotte uns sehen.

Aber wir konnten nicht aufhören. *Ich* konnte nicht aufhören.

»Hilfe!« Charlotte rannte auf uns zu. Ich spürte, wie sie näher kam.

»Nein, Prince! Nein!«, rief sie verstört.

Ich zögerte nur einen Moment lang. Henry wehrte sich, bäumte sich auf, stemmte mir den Kopf in den Nacken. Der Sonne entgegen.

Meine Augen schlossen sich, und alles wurde rot. Die Geräusche verschwammen: Henrys anhaltendes Knurren tief aus dem Bauch. Charlottes Schritte, ihr schneller Atem. Ich wehrte mich, meine Kiefer schnappten wieder um seinen Hals, schüttelten das Leben aus ihm heraus. Ich würgte. Da war jetzt noch etwas anderes in meinem Maul. Etwas Weiches, Haarloses. Es war eine Hand.

»Aaaah«, jammerte Charlotte. Sie hatte sich an meinen Zähnen aufgerissen. Ich hatte Charlotte verletzt. Sie blutete und zog mich weg, fort von Henry.

»Hilfe! Bitte! Hilfe!«, rief Charlotte einer Frau zu, die an der Parkmauer entlangging.

Aber es war zu spät. Henry war tot.

DER LABRADOR-PAKT:

GLAUBE AN DIE EWIGE BELOHNUNG

Wenn wir auf Erden die menschlichen Familien beschützen, werden wir im Leben nach dem Tode mit unseren eigenen Familien wiedervereint.

Das ist unsere Ewige Belohnung.

Vorausgesetzt, jedes Mitglied einer Labradorfamilie versucht sein Bestes, seine Mission gemäß den Regeln des Pakts zu erfüllen, ist uns das Paradies sicher. Wenn wir vom Weg abkommen oder uns von irdischen Vergnügungen ablenken lassen, verlieren wir unser Recht, unsere Eltern, Brüder und Schwestern jemals wiederzusehen.

Labradore, bleibt stark und bewahrt euch stets euren Glauben!

MAULKORB

Der Maulkorb schmerzt. Adam hält mir nicht länger die Ohren zu, weil dazu kein Grund besteht – das Wartezimmer ist fast leer, und das Bellen hat aufgehört. Nur die junge Labradorhündin und ich selbst sind noch da.

»Du siehst also, es gab keine andere Möglichkeit.«

»Was ist mit dem Mann, der im Park baumelte? Und mit seiner Frau?«

»Die Menschen entdeckten sie, nachdem ich fort war. Aber sie stellten keine Verbindung zu dem her, was zwischen Henry und mir passiert war.«

Sie leckt mir zärtlich das Ohr. »Aber du verlässt dein Herrchen zu früh. Deine Mission ist noch nicht vollendet.«

»Nein. Die großen Bedrohungen sind ausgeräumt. Die Familie ist sicher.«

Bevor die junge Labradorhündin Zeit hat, meine Behauptung zu bezweifeln, bittet der nette Herr Tierarzt ihr Herrchen in das Behandlungszimmer.

»Danke«, sagt sie und steht auf.

»Wofür?«

»Dass du mir begreiflich gemacht hast, warum du getan hast, was du getan hast.«

»Ich tat es, um die Familie zu schützen.«

»Ja, das ist mir jetzt klar.«

»Pflicht über alles.«

»Ja«, sagt sie, als habe sie zum ersten Mal die Bedeutung dieser Worte verstanden. »Pflicht über alles.«

Und damit verschwindet sie hinter dem netten Herrn Tierarzt in den Raum, den ich bald betreten, aus dem ich jedoch nie wieder herauskommen werde.

Ich drücke meinen Kopf an Adams Beine, während er mich streichelt. Er macht mir keine Vorwürfe, das weiß ich. Und ich mache ihm keine Vorwürfe.

Er ist nur deshalb hier, tut das hier nur, um seiner Pflicht Genüge zu leisten. Um die Familie vor der Gewalt zu schützen, die ich erwiesenermaßen gegen Menschen und gegen Vertreter meiner eigenen Spezies aufbringen kann. Natürlich könnte ich jetzt sagen, dass er dem netten Herrn Tierarzt nichts von Henry oder Charlottes Hand oder dem Jungen mit der beschädigten Haut hätte erzählen müssen. Aber er hat es getan. Er sah nur die Gewalt, nicht den Grund dafür. Er erwähnte Simon nicht, weil er da keinen Zusammenhang sehen konnte, aber das änderte nichts daran, dass der nette Herr Tierarzt seine endgültige Diagnose stellte.

Charlotte geht es gut, aber es war ein schrecklicher Fehler. Ich muss würgen, wenn ich an ihr Blut in meinem Maul denke.

Jenseits des Fensters, auf der anderen Straßenseite, sitzt eine Katze. Ich stelle mir einen Augenblick lang vor, es sei Lapsang, die die Freiheit genießt, von der sie immer gesprochen hat. Sie könnte es sein, aber es ist schwer zu sagen. Die Katze dreht sich zum Fenster, aber ein Auto, das vor dem Haus parkt, versperrt mir die Sicht.

Die Wagentür öffnet sich, und eine Frau steigt aus. Da ich nicht riechen kann, dauert es einen Moment, bevor ich sie erkenne, aber dann werden meine Beine plötzlich zittrig.

Sie geht zum Fenster und klopft neben Adams Kopf an die Scheibe.

Er zuckt zusammen, dreht sich um. »Emily!«

Sie winkt ihn nach draußen. Adam zeigt auf mich und dann auf seine Uhr, aber sie winkt erneut. Adam steht auf und zieht an meinem Halsband.

»Ich bin gleich zurück«, sagt er zu der Frau hinter der Theke, die gerade ihr Make-up neu aufträgt.

Kaum ist er draußen, kniet Emily sich nieder und tätschelt meinen Kopf.

»Ich dachte, du ziehst um«, sagt Adam.

»Nein.« Emily sieht zu ihm auf. »Die Energie hier ist viel zu intensiv. Sie lässt mich nicht gehen.«

»Die *Energie?*« Adam kann die Verzweiflung in seiner Stimme nicht verbergen.

»Ich muss dir etwas sagen.«

Adam gibt ein schwaches Wimmern von sich und sagt dann: »Woher weißt du, dass ich hier bin?«

»Ich bin zu dir nach Hause gefahren. Kate hat es mir erzählt.« Sie streicht sich ihr goldenes Haar hinter die Ohren.

»Kate? Was? Warum?«

Emily steht auf und lächelt breit. »Es ist ein Wunder!«

»Ein Wunder? Emily, hör zu, es tut mir leid. Ich verstehe rein gar nichts.«

»Ich bin schwanger.«

Adam riecht verwirrt. »Schwanger? Aber ich dachte, du kannst keine …«

»Mit Simon nicht, nein. Aber offenbar mit dir sehr wohl.

Ich sagte dir doch – in jener Nacht waren jede Menge kosmischer Kräfte im Spiel.« Sie lächelt immer noch breit und legt eine Hand auf ihren Bauch.

»Mit. Mir.« Adam sieht sich ängstlich um wie ein erschreckter Pudel. »Nein. Hör zu, Emily. Lass noch ein paar Tests machen. Prüfe das gewissenhaft. Ich bin sicher, du irrst dich.«

»Ich habe bereits alle Tests hinter mir. Ich bin schwanger und bekomme dein Baby … unsere eigene Familie.«

»Emily, hör zu. Ich habe bereits eine eigene Familie. Ich kann das nicht. Ich kann nicht einmal mit dir reden. Du bist in einem Schockzustand. Du trauerst um Simon. Du bist immer noch traumatisiert. Du verstehst doch meine Situation. Das hast du immer schon.«

Emilys Lächeln ist unerschütterlich, und Glücksmoleküle schweben immer noch um sie herum. »Ach mein Lieber«, lacht sie. »Ich sehe schon, dass wir da ein paar Probleme bekommen werden.«

»Probleme? Emily, du kannst das unmöglich durchziehen.«

Dieses Mal ändert sich Emilys Gesichtsausdruck, und die Glücksmoleküle verpuffen. »Eine Abtreibung? Du willst, dass ich unser Kind ermorde? Wir sprechen hier nicht von einem Hund. Es geht um ein lebendes, atmendes menschliches Wesen.«

Adam stöhnt auf. Dann erklingt eine Glocke. Wir drehen uns um und sehen die Frau von der Theke, die jetzt in der offenen Tür steht.

»Würden Sie bitte hereinkommen?«, sagt die Frau barsch.

»Ja, ich komme sofort«, sagt Adam. Und dann zu Emily: »Ich kann jetzt nicht darüber reden.«

Emily steigt bereits wieder in ihr Auto. »Ich weiß. Ich dachte, ich komme heute Abend vorbei. Wir sollten über alles offen reden, all diese Geheimnisse loswerden, diese ganze negative Energie.«

»Nein. *Nein.* Das darfst du nicht! Ich komme zu dir.« Aber Emily lässt nicht erkennen, dass sie ihn gehört hat. Sie knallt die Tür zu.

Mir fällt etwas auf dem Rücksitz auf. Falstaff, im Tiefschlaf. Die Wut, die sein Anblick in mir auslöst, ist jenseits jeder Kontrolle.

»Das ist deine Schuld!«, belle ich durch meinen Maulkorb. »Das kommt davon, wenn man der Springer-Philosophie folgt!«

Er wacht auf und bellt zurück, während der Wagen davonrollt.

»Und wohin bringt es dich, wenn du die Familie schützt?«, brüllt er. »Es bringt dich um, Wahnsinnswedler, du dämlicher Volltrottel!«

»Wir können nicht nichts tun!«, erwidere ich. »Wir können uns nicht einfach zurücklehnen!«

Er bellt erneut, aber der Wagen ist jetzt zu weit weg, als dass Falstaff noch deutlich zu verstehen wäre. »Zu spät!« Hat er das gesagt?

Adam steht eine Weile reglos da und sieht zu, wie Emilys Wagen in der Ferne verschwindet. Ich frage mich, was er denkt. Ich frage mich, ob ihm klar ist, dass die Zukunft der Familie nun auf dem Gewissen des Hundes auf dem Rücksitz ruht.

Die Türglocke bimmelt erneut, und Adam schüttelt seine Trance ab. Die junge Labradorhündin führt ihr Herrchen durch die Tür.

»Pflicht über alles«, sagt sie und schnüffelt ein letztes Mal an mir.

»Pflicht über …« Ich halte inne. Mir wird klar, dass ich noch etwas sagen muss. »Alles, was ich getan habe – du weißt schon, als ich den Pakt gebrochen habe. Das war alles falsch. Es war ein Fehler. Erzähle jedem Labrador, den du triffst, dass man meinem Beispiel nicht folgen darf.«

»Aber du hast doch gesagt …«

»Ich weiß. Es tut mir leid, ich habe mich geirrt. Die Gefahr verschwindet niemals.«

»Aber …«

Ihr Herrchen zieht sie von mir weg und hält Adam die Tür auf.

Wir gehen hinein, wo der nette Herr Tierarzt auf uns wartet.

»Möchten Sie während der Injektion bei ihm bleiben?«

»Ja. Wenn das geht.« Adam klingt nicht mehr wie er selbst. Er ist leer, distanziert, als ob sein wahres Selbst irgendwo anders ist. Irgendwo, wo Worte ihn nicht erreichen.

»Also gut. Ich brauche Ihre Hilfe, um ihn auf den Tisch zu bekommen. Ja, genau so. Eins, zwei, drei …«

Ich werde auf eine hohe Metalloberfläche gehievt, und meine Pfoten rutschen in alle Richtungen weg.

»Sehr schön. Halten Sie ihn ruhig.«

Adam hält mich am Halsband und küsst meine Stirn über dem Maulkorb, während der nette Herr Tierarzt einen Schrank öffnet und eine Kapsel mit Flüssigkeit herausholt.

»Es ist immer schrecklich, wenn man das tun muss. Man

gewöhnt sich nie daran, vor allem nicht, wenn es sich um einen so gesunden Hund handelt.«

»Ja«, sagt die distanzierte Stimme. »Das glaube ich gern.« Adam starrt mir in die Augen. Wir versuchen beide, miteinander in Kontakt zu treten, Botschaften auszutauschen, die wir nicht verstehen werden, wie wir beide wissen.

»Also gut«, sagt der nette Herr Tierarzt und leert die Flüssigkeit in einen anderen Behälter. »Los geht's.«

Adams Gesichtsausdruck hat sich verändert. Obwohl er immer noch in meine Augen schaut, sieht er nun sein eigenes Spiegelbild. Als ob er sich selbst auf dem Operationstisch sieht.

»Wir müssen ihn ruhig halten.« Der nette Herr Tierarzt hält eine Spritze hoch, und Flüssigkeit spritzt in die Luft.

»Ich versuche, eine Vene zu finden.«

Mein Herrchen schließt die Augen und presst seinen Kopf gegen meinen Maulkorb. Uns ist beiden klar, dass die Zeit gekommen ist, mich einzuschläfern.

»Ist schon gut, mein Junge«, flüstert er, und seine Stimme klingt nicht länger distanziert. »Ist schon gut, ist schon gut, ist schon gut ...«